历史与我的瞬间

梁鸿 著

上海文艺出版社

图书在版编目(CIP)数据

历史与我的瞬间/梁鸿著.—上海:上海文艺出版社,2015
ISBN 978-7-5321-5610-8

Ⅰ.①历… Ⅱ.①梁… Ⅲ.①随笔-作品集-中国-当代 Ⅳ.①I267.1

中国版本图书馆 CIP 数据核字(2015)第 017807 号

策　　划	陈　丰
责任编辑	谢　锦
特约编辑	杜　晗
装帧设计	蔡立国

历史与我的瞬间
梁鸿 著
上海文艺出版社出版、发行
上海绍兴路 74 号
新华书店经销　山东临沂新华印刷物流集团印刷
开本 890×1240　1/32　印张 8.75　字数 185 千字
2015 年 3 月第 1 版　2016 年 2 月第 3 次印刷
ISBN 978-7-5321-5610-8/I·4462　定价 30.00 元

告读者　如发现本书有质量问题请与印刷厂质量科联系
T：0539-2925636

［导言］此刻

此刻，阳光穿过乌云，照在满是灰尘的窗玻璃上，又斜映在书桌上。从外面隐约传来压抑的车流声，极具穿透力的工地敲打声，高亢而杂乱的对话声。我背对着室内，阳光之下那飘浮着的灰尘让人心烦意乱，虽每天打扫，灰尘仍然铺天盖地，落在每一件物品上，一切都黯淡且眉目不清。但是，当凝视并倾听这一切时，仍有莫名的踏实的愉悦感从神经末梢传导入心脏中央。是的，这是你自己的日夜。与爱国、民族和那些宏大的词语都无关，而与你自己相关。或许，重要的不是你爱不爱国，而是你无法选择，最终才生成某种类似于"爱"的历史感。

这是一种颇具先验性的愉悦感，或者，悲怆感？你无法选择最初的历史瞬间……历史是活生生的"在"，热闹与喧腾，灰尘与阳光，黑暗与光明，都与你相关。如果没有这一相关性，你又是谁呢？梁庄、家人，从出生起就看到的天空、大地，你所读的每一本书、所感受到的每一种情感和思考都是你的"在"。如果一个人在此地没有"在"的感觉，那么，这风景、历史就与你无关，你也无法从这里的时间和空间得到真正的拯救。

T.S.艾略特在《四个四重奏之四》中这样写道：

> 玫瑰飘香和紫杉扶疏的时令
>
> 经历的时间一样短长。一个没有历史的民族
>
> 不能从时间得到拯救,因为历史
>
> 是无始无终的瞬间的一种型式,所以,当一个冬天
>
> 的下午
>
> 天色晦暗的时候,
>
> 在一座僻静的教堂里
>
> 历史就是现在和英格兰。

我想,艾略特想说的是历史、时间和"我"的关系。一个没有历史的民族,不能从时间中得到拯救;一个没有历史的人,也无法从有限的人生中得到救赎。

时间并非只是线性的存在,它具有并置性和空间性。历史并非只是过去,人并非只生活在现在,而是活在传统的河流之中。你的一滴眼泪、一个动作或一次阅读,所蕴含的都有你的过去与未来。所以,现在即过去,未来即历史。

这样,无论生于哪一年代,身处哪一时空,都是一样的,因为历史赋予我们了一个个瞬间。能够对这瞬间所包含的形式及与世界产生的关联进行思考,我们就汇入了过去、现在和未来的洪流。

目 录

[导言] 此刻

I 归来与离去

我们吴镇 ············ 3
家的地理 ············ 15
归来与离去 ············ 23
历史与我的几个瞬间 ············ 51
书斋与行走 ············ 65
艰难的"重返" ············ 75

II 文学在树上的自由

恶毒马尔克斯 ············ 111
白痴、疯子与先知 ············ 117

铁皮鼓、黑暗军规与纯粹精神 ………… 121

俄罗斯的大地与文学 ………… 127

文学在树上的自由 ………… 131

与大师的瞬间相遇 ………… 137

"轻"与"重" ………… 141

韩剧中的日常生活 ………… 145

Ⅲ 我们曾历经的沧桑

秋天的阅读 ………… 153

世俗主义时代的"狂人"们 ………… 159

我们曾历经的沧桑 ………… 167

阎连科：我与父辈 ………… 171

百感交集的旅程 ………… 175

"煦"之痛 ………… 179

性感的纯真 ………… 189

花街的"耶路撒冷" ………… 199

中国生活，中国故事 ………… 209

土地的黄昏 ………… 235

个体乌托邦的追求与困境 ………… 247

声、色、气、味 ………… 257

恢复对"中国"的爱 ………… 267

I

归来与离去

我们吴镇

二十岁的外甥女初来北京,很不适应,嘟囔着说:"北京啥也没有,吃没吃,喝没喝。"

我说:"胡扯,北京是全中国的中心,哪一种吃的没有?"

外甥女拿一双天真无邪的眼睛看着我,说:"我们穰县韩家糊辣汤、油条和油旋馍有没有?王小女板鸭、烩面有没有?卫生路的窝子面、牛肉汤,文化路的灌汤包,丁字口的米线,西寺的水煎包,有没有?丁老二的鱼块,吴老三的白羊肉,小西关的板面、牛羊肉煨菜,方城扯面,王家蒜汁凉面,李家芝麻叶糊涂面,张家羊肉糊汤面,有没有?没有啊,四姨,这哪是叫人活的节奏?"

她的话里含油带汁,携带着酸甜苦辣,沿着一个个小馆子,攀爬到穰县的四面八方,形成一幅详细、周密的穰县吃饭图。这幅图,只有生活在穰县,一天天浸在穰县的空气、水、植物和食物中,经历了无数个早晨、中午和傍晚的人,才能够懂得。他们知道它指向哪个地方,通向哪一种幸福,它在穰县人心里闪闪发光。但是,外地人来看它,就是乱糟糟的一团线符,毫无吸引力。

想象一种吃,就是在想象一个世界和一种生活方式。我的世界和外甥女的世界又不一样。她在河南穰县县城长大,我在穰县吴镇梁庄长大,版图缩小了很多,但图的清晰度和深刻度却一点不比她差。

她说的穰县三贤路黑楼边的韩家糊辣汤,是穰县吃饭图的核心,也是穰县人一天开始的起点。清晨六点钟,韩家门口,就排出几口三尺大锅,一锅锅赤酱色、透亮又黏稠的汤汁,里面放有不规则形状的羊肉、黄花菜梗、小碎黑木耳、方形面筋(这面筋极为讲究,和面一遍遍地揉,几百遍后才能揉出松软又有力道的面筋),最诱人的是厚厚的、滑溜的几片粉皮(那是向合作几十年的老客户订做的,绝不能有沉渣)。盛出一碗来,年轻的、打扮得油光水滑的韩家媳妇会快速拿起旁边的香油瓶,瓶塞上被透开几个极细小的洞,滴上几滴,再撒上一层切得细碎的碧绿香菜,大功告成。汤中有辣味,但不见辣椒,喝上一碗,不管多冷的天,额角准会出一层细细的汗,整个胃都暖起来,像有一小罐小火在微微地、持续地燃烧,一天暖洋洋。然后,穰县的一天开始了。上班的上班,回去补觉的补觉,妇女带着孩子逛公园,那些从十几里的乡下专门起个大早来喝的人心满意足地开始一天的采买。

喝韩家糊辣汤,地位一律平等。没有包间、散座,不管是县长局长处长科长,还是普通的、有着粗糙双手的老农,都得排队等汤自己端走,都得坐在外面那个崎岖不平的大空场里,坐在低矮的凳子椅子上,几乎半蹲着"呼噜噜"地喝汤。要是你是局长,有你的属下在吃,叫嚷着要给你让位,你不会去坐,因为左右前后几十双眼睛盯着你。

你脸上讪讪地笑着,也得站在那里,左张右望,等着别人吃完。县里有尊贵的客人来了,想着找出本地特色饭来,第一个想的就是韩家糊辣汤。要是哪天早晨,你看到县委书记带着几个威肃严整的人,正襟危坐地半蹲着喝糊辣汤,那很正常。穰县人不会因此多看一眼。

如今,韩家糊辣汤老一辈已经去世,三个儿子分家,各自找了一个地方,起了新房,房屋、凳子、台面都干净了许多,品种也多了,可人们最爱的仍是三贤路黑楼那里的老韩家。

可真要说糊辣汤,还是我们吴镇的最地道、最好喝。这一点,外甥女肯定不同意。但我百分之百肯定,并且,只要是吴镇的人,都会同意我这一点。为什么?呵呵,很简单,因为我们是吴镇人。

对吃的判断和喜好,最霸道,也最无道理。它与记忆、成长、离开、归来、故乡等等一切生命中最重要的东西都相关。就像父亲爱吃的生萝卜丝拌辣椒。那是贫穷时代冬天唯一能够用来拌饭的菜,到了深冬,辣椒吃完了,沙里埋的萝卜无论如何节约也吃完了,就把辣椒梗弄碎,撒在糊状的玉米粥里,也吃得满头大汗、津津有味。现在,年老的父亲、梁庄的亲人们,包括吴镇人,几乎每天早晨都要吃这道凉菜,它已经成为一种饮食习惯。

还有面条。穰县是河南的小麦区,主要的食物也是小麦,于是,就有了各种各样的面食,面条、馒头、面饼、面疙瘩等等,五花八门。其中,面条最为普遍。但对于普通农家来说,最常吃的不是捞面条,那太浪费了,不只费面,还得需要额外的油、菜、蛋或肉,成本太高。所以,一大海碗顶着少量浇头的冒高白面条是只有夏收前后才有的现象,那是短暂的享受期。之后就是长年的稀汤面,春夏放在面条汤里的是在田野里挖的野苋菜、野芹菜、红花草、灰灰菜,秋天则在地里掐一些红薯叶子,滴上几滴油,炒一炒放进锅里,也算有菜了。夏天芝麻秆上的芝麻叶被掐下来,煮上几锅,放在地上,揉匀,晒干,储存起来冬天吃。深秋则把霜打过的红薯叶子腌制起来,放在大缸里,能供应整个冬天。整个冬天,胃都是酸的,打一个嗝,连周围的空气都是酸的。试想,早晨吃的是玉米糁煮红薯块,中午吃的是酸红薯叶稀面汤,晚上可能又是红薯块煮玉米糁,能不酸吗?但如今,这些东西都是农家乐的最好菜品,极受欢迎。每次回梁庄,如果奶奶婶婶们告诉我,家里有腌酸红薯叶或干芝麻叶,我也会毫不客气地坐下来吃中午饭,一吃两大碗。我对外甥们不喜欢吃芝麻叶糊涂面愤怒无比,那种干菜和芝麻的特殊香味,怎么吃也吃不够,可我的外甥们一看见面条里黑黑的叶子,就愁眉苦脸。

日子稍好的人家会做糊涂面。下少量面条,炒点萝卜、青菜,如果有点猪油渣放进去那就再好不过了,等面条和菜滚得差不多,味道全部浸到一起的时候,用水搅点面粉或玉米糁和进去,再煮一段时间,让汤糊起来。饭好之后,一定要稍晾一会儿,汤面凝结一点,喝一口,油香、面香和菜香混合而成的特殊香味儿,让人心驰神往。这样的饭,既节省面、菜、油,又能够增加全身热量。这就是吴镇、穰县,或者说河南最普通人家都喜欢吃的糊汤面。它是精心衡量后的饮食,是无数农民设法度过艰苦岁月时所实验出来的基本方法,食物的搭配,营养的多少,季节的寒暖,不同时节田野里生长哪些植物,都被考虑在内。它与这一方土地的气候、地理、植物相一致。

不过,且慢,话还得再说回来,吴镇的糊辣汤真的是一绝,这可不是耍赖或偏心。吴镇北头是回民聚集地,他们杀的羊肉最好,煮的羊汤最鲜,卖糊辣汤的那几家也都是回民,戴着白色的"回回帽",不苟言笑,盛汤称馍,随意自然,又不卑不亢,仿佛这活儿与他们的尊严有关。穰县韩家糊辣汤的香是大香,敞开着香味,任人评说,好像一个成熟得要透的姑娘。吴镇的糊辣汤,尤其是街中那家吴姓老字号,那香味是收敛的,你得细细品尝,一小口,一小口,那汤慢慢滑进嘴里,羊汤的膻香、面筋的面香、粉皮的粉香、羊肉的腻香、辣末的辣香,一层层进到你心里,犹如归乡。恰如普鲁斯特在《追忆似水年华》中吃到"小玛德莱娜"饼干时的感觉,"只觉人生一世,荣辱得失都清淡如水,背时遭劫亦无甚大碍"。

要说吴镇,一年最大的盛会是农历"三月十八庙会"。街上的生意人家最盼这一天,早早把各种货贮备足,坐等客来。清晨五点多钟,十里八乡的人就陆续赶过来,即使最吝啬最节省的老农,也会庄严地坐在糊辣汤铺的油黑长凳上,要一碗糊辣汤三两油条,仿佛那是给自己一年辛劳的最大奖赏。不过,我怀念"三月十八庙会",不是因为在那一天,我能够脚不沾地从街南头被拥到街北头;也不是因为那一字排开的各种小吃,糊辣汤、油条、粉条汤、菜合子、炒凉粉、油旋饼(在不断揉面的过程中,往面团里一遍遍撒上葱末和香油,吃的时候筷子一挑,饼一层层地自动分离,每一口都是焦香)、炕火烧(有肉馅的饼放在火炉里面烤熟,咬上一口,肉香扑鼻而来,那真叫喷喷香)、羊血汤（几块羊血在清亮的羊汤里，上面飘着碧绿的香菜，八分钱一碗，诱人无比）；也不是那内容丰富的大烩菜，里面烩着各种炸食（豆腐、鱼块、羊肉，这些炸品通常只在春节、喜事待客和庙会的时候才会有），等等等等，而是因为，我在那一天，吃到了让我最回味无穷的面——板面。这是真的"回味无穷"，因为直到今天，我的舌尖上、胃里还保留着那震惊的感觉和复杂的味道。

这得回顾一下我的家庭历史。1986年是我们家最快乐的一年。那一年，似乎真的要发财了。南方小贩在村庄间走来窜去，撺掇着人们种麦冬，说是麦冬要大涨价，一斤可以卖几块钱。父亲在家里算了一笔账，要是种上五亩麦冬，我们家不但可以还了积欠十几年的旧债，还可以把已经漏风泄雨摇摇欲坠的厨房翻修一下。于是，一家人被发财梦鼓舞着，过上了提前预支的幸福生活。当时我读初中一年级，"三月十八庙会"的早晨，要上学的时候，父亲突然叫住我，给我一块钱，说，中午别回来了，太挤，在街上吃碗板面算了。在一种迷惑之中，我接过了钱，父亲那悲苦已久的脸上夸张的快乐，让我很不适应。而板面，在这之前我并没有吃过，那是根本都不会想的奢侈。

迫不及待地等到放学，随着拥挤的人群，走过一家家板面馆，看那师傅在门前案板上甩着面。面团上下翻飞，伴随着清脆的"啪啪"声，一会儿，就从一个厚厚的面团变成一条条长长宽宽的面条。后面稍进店面的地方并排摆过去的几口锅，大锅面汤，中锅羊肉臊子，小锅辣子油，都翻滚着，蒸腾着，充实着这街道喧闹的味道。选了一家偏僻人少的板面馆，我用蚊子一般羞涩的声音给师傅说"一碗板面"，师傅却回头高声喊道,"来了,一碗板面",张扬热烈,让人莫名喜悦。

青菜和豆芽是板面必须要有的两样,事先煮好,放在碗底,然后,甩面,煮面,用长长的筷子捞起,放进碗里,舀上一勺清汤,浇上羊肉臊子(那臊子是用瘦肉、五香、花椒、肉桂等等多得数不清的作料炒出来的),最后,浇上一勺汪汪的辣子油,辣香扑鼻而出,一切畅通。那个少年的我,吃上第一口面、喝上第一口汤的瞬间,就被那复杂多义的和高调的香辣味包围了。那种香,是惊心动魄的香。我只想偷偷地告诉你,我又要了一碗,那时,板面四角钱一小碗。

说起板面,它和烩面并不一样。烩面是一种醇香。郑州有合记烩面、萧记烩面、汇丰园烩面等各种烩面,各有偏好和秘方。区别主要在汤,合记烩面的汤浓面匀,萧记的面厚料多,汇丰园的面薄、汤里放当归枸杞等。面是醒过的面,一根根面在香油和盐里浸过几个小时,富有弹性,可以甩得很长,在汤里煮透后,筋道香浓。我们吴镇也有烩面,汤里面放有芝麻酱,有特殊的香味,也非常好吃。

板面则是辣香。煮面用的是清汤,羊肉臊子和在炉子上一直翻滚着的辣子油是关键,羊油、辣椒末、佐料的比例要适当。如果一勺辣子油泼到面上,没有散发出高高的辣香,如果吃的时候,没有多重细腻滋味,没有羊油沾到嘴唇上鲜香滑溜的感觉,那么,这碗面就是失败的。

可惜,欢乐时光不常在。很快,父亲的发财梦破灭了,那年种麦冬的人太多了,家家把麦冬收完炕好,等着小贩来收的时候,小贩却不再来了。父亲重又恢复了悲苦的神情,一家人看着满炕的麦冬一筹莫展。那以后的好几年,我才再次吃到板面。

说真的,如果你要去吴镇,一定要吃吴镇的板面,体会体会那惊心动魄的味道。也许,你能吃出怀乡的感觉。

当我们在谈吃的时候,其实在谈一种情感、一种生命体验和一种时间的流逝方式。关于吃的体会,就我而言,其实非常单调,不是那种富贵家庭,没有精心的制作,也没有机会经常去各色馆子品尝,所以,说不出更为高档复杂的饭菜,但仅有的记忆,也已经涵盖了生命和家的全部意义。

童年的时候,感冒并不是一件特别让人不愉快的事情,特别是重感冒。因为如果病重到得躺到床上的地步,那我的三姐就必须得给我做一碗辣面叶儿了。那可是大家都期待的小灶,尤其是小妹。在锅里放上三碗量的水,切上细细的葱丝和姜丝,再搁上两个红红的尖椒,最辣的那种,开始烧火煮,至葱姜煮化,辣椒煮软,再放进手擀的极薄极薄的宽面叶,薄到透亮,如果有鸡蛋,再打上一个碎鸡蛋花,滴上两滴香油,一碗病号面就成了。躺在床上,三姐把热腾腾、辣乎乎的饭端过来,格外温柔,自己也格外可怜软弱的样子慢慢地吃着,辣汤、薄面,喝到心里,辣到、烫到、香到眼泪都出来了,心里却乐开了花。出一头大汗,捂上被子,舒舒服服地睡一觉,真的就好了。有一次,在我感冒之后不久,妹妹也感冒发烧,躺到床上,遥遥地喊着也让三姐给她做碗辣面叶儿,结果吃一口就吐了,她烧得太高,什么东西都吃不下了。今天,这些小的事情已经成为一家人非常宝贵的回忆。春节回家,坐在一起,聊起往事,想起小妹那天真无赖的样子,想起三姐那忙碌的身影,想起父亲那很快就化为泡影的乐观,都忍不住一谈再谈，一笑再笑。

就这样，春节一年年来了又去，去了又来。每年的春节都是一次嘉年华，是吃的狂欢节。穰县歌谣云：

二十三，炕火烧

二十四，扫房子

二十五，磨豆腐

二十六，炸油锅

二十七，祭灶鸡

二十八，发面发

二十九，蒸馍篓

三十（儿），捏鼻（儿）

初一（儿），供祭（儿）①

尽管许多风俗已经遗忘或转换了形式，但是，大致的时序、规矩还都在遵守。人们按照古老的历史轨迹生活，安然又踏实。

农历腊月二十三儿的晚上，梁庄人吃了火烧，就算开始过年了。然后，开始赶集添置年货。买几斤粉条和肉挂在墙上，割几块豆腐放在背阴处，买几斤干菜、藕、菠菜在塑料袋里扎好。腊月二十六清晨

---

① 发面发：二十八那天揉面，放酵头，二十九要蒸一锅锅的馒头，够整个春节吃；捏鼻儿：包饺子。供祭儿：把煮好的猪头，或煮好的大猪肉块，插上筷子，再放一碗饺子，或一盆水果，敬神，祭祖宗。具体供什么视家庭境况而定。敬完神，这些肉都是可以吃的。

起来就开始下锅,炸豆腐、鱼块、鸡块、羊肉、藕合、丸子,各种炸,贫穷时还拿干萝卜条、茄子条炸了充数。待客的时候,它们被摆在小碗里,在蒸笼里蒸透,俗称"扣碗"。一般的客人会摆四个扣碗,两荤两素;尊贵客人,譬如亲家,会摆八个,四荤四素。还要洗萝卜剁萝卜,煮一大锅"萝卜菜",这"萝卜菜"里通常会放几大块肥猪肉,熬上几个小时,放起来,供整个春节用,萝卜菜放几天略有点酸味儿,烩菜特别好吃。那几天每家都忙着杀鸡剖鱼洗菜晒菜、蒸馒头包饺子,我们家有自己晒干的枣子,会在馒头两头塞上几个,蒸出来就是所谓的"灶卷儿"。整个村庄,都是深深浅浅、高高低低的"梆梆"声,都在剁饺子馅,它们汇合在一起,如交响乐,在梁庄的上空回响。那无数方向的香顺着炊烟在梁庄上空弥漫,仿佛格外殷实和富足。

所有的食物都做好,从正月初一这天开始,人们不再劳动,只是串亲访友,尽情吃、喝、打牌、嬉闹、玩耍,一年的紧张、背井离乡、痛苦都在这短短十几天内得到最大的弥补。

我记得那些微的欢乐和幸福,偶尔的一件新衣,一盆带肉的饺子,满满一碗肉的扣碗,南方而来的清甜的甘蔗和长辈给的珍贵的压岁钱。它们穿越黑暗,一次次来到我面前,为岁月流逝提供真切的证据。

但说起春节、年货、吃,我还必须交待,我最幸福的一次经历是春节里的偷吃。

记不清哪一年了,腊月二十九的下午,父亲不知从哪里带回来几块钱,想着家里肉太少,就决定再去吴镇北头买几斤熟羊肉、熟羊血和馒头以充实年货。也许因为太冷,或者其他人太忙,我和二姐被指派干这个活。吴镇的回民在每年春节时都会杀羊、煮羊血卖给大家，我们拿着盆子去的时候，那一家正在煮肉。肉香弥漫在空气中，熏得我们头晕眼花、饥肠辘辘，几乎难以自持。等到肉熟，羊血也煮好的时候，天已经完全黑了。

走在回家的路上，不知谁先撕了一小块羊肉，掰一小块馒头，然后，偷吃开始了。在黑暗中，我们两人配合着，一次次准确地伸向那大块羊肉，撕掉一点，又准确地填到嘴里，轻轻地咀嚼。说出来你不相信，那羊肉是甜香的，没有放盐，就是白煮，吃起来没有任何腻味，只有纯粹的肉香，再配上馒头，简直无与伦比。我和二姐边吃边笑，想着回到家里，大家看到那羊肉缺角的情形，想着他们因偷懒而没来的后悔，笑得眼睛都睁不开。

那时候的夜还是黑的，完全的黑。眼睛睁不开也没有关系，我们不会走错路，也不会摔倒在沟里。在乡村的黑夜里，你是自由的、安全的。只需凭借本能，你可以丝毫不差地走在路上，你熟悉通往村庄的每条小路、每个拐弯、每块石头、每棵树，那方位、空间和气味就在你心里，不需要眼睛，只用随心而行，你便可以到达村庄，到达那有着微弱光亮但却温暖的家。

我始终怀念那个夜晚，那因自由广大的黑暗而突然意识到的自我，意识到的田野、存在和家的感觉。双脚交替奔跑，耳边呼呼生风，眼睛里的笑意，嘴里那羊肉和馒头的馨香，它们携带着你跑进岁月的深处，并沉淀为一种永远的记忆。

是的，我们穰县，我们吴镇，我们家。

家的地理

夜晚黑黢黢的。天空一动不动,乌青的蓝色,没有星星,没有月亮,连空气都是黑暗的。房屋后面那棵高大的毛勾树,四处张扬的枝条覆在房屋的顶部,似一只正向房屋内部窥探的怪兽。凝神盯视,屋顶从黑暗中显露出来,然后是倾斜的屋架,青瓦在黑暗中泛着一点微光。接着,长长的房屋的轮廓冲破阴影,矗立在我面前,笨拙而严肃。房屋是灰黄的土的颜色,除了青的瓦,木的门,一切都是灰黄的。即使在黑暗中,那颜色依然存在。万古长存。

我似乎站在另一个空间,充满迷惑而又清晰地看着这房屋慢慢呈现,看那房子里的人在活动。父亲和他的一个朋友,坐在堂屋昏暗的灯光下,抱着腿,整夜整夜地聊天;母亲躺在后墙的阴影中,永远躺着;姐姐们相互拥抱着躺在那张唯一的大床上,做着不知什么颜色的梦;而我,因为麻疹,被幽闭在由被单围成的狭小空间里。足足一个月时间,不能见光,不能被风吹,不能见任何人。我学会了在黑暗中识别事物,在黑暗中想象生活,在黑暗中,把一面墙壁涂满了字符。

黑暗逐渐褪去,弥漫在我眼前心中的那团雾慢慢消失,我看到了房屋旁边的那个小厨房，看到了院子，院子里的枣树、椿树、苦楝树，看到院子前面那更土色的房屋和正在酣睡的邻居。然后，我看到了村庄、坑塘、湍水和更大的空间和时间。在这广大的时空中，那笨拙而严肃的房屋是我的家。

那是我第一次看到自己的家，第一次意识到家的地理位置。

八岁那年，好吧，也许是九岁，我离开家，到父亲的朋友那里，另外一个村庄的一户人家住了一段时间。那个村庄离梁庄有十来里地。我不知道这是不是我第一次离开家，第一次较长时间在外生活。我不曾记得。

在那个村庄，我过了一段幸福的日子。我记得那些温柔。那家瘦弱的母亲对我勉强地笑着，每天在厨房里忙碌。那家姐姐，同样瘦弱，大大的眼睛里却是倔强的神情，闪着火花，仿佛就要把自己或什么东西燃烧掉，让人莫名害怕。那个姐姐经常出现在我家，和我父亲商议着什么，一连几个小时，一连几天。有一次，那个姐姐晕了过去，父亲俯身抱着她，我看见了父亲的脸，我有些不理解，但却很受震动，有点慌乱。我不喜欢那个姐姐、她身上的强悍和脆弱，还有她和父亲在一起时的那种气息。那家哥哥，一个沉默的年轻人，时刻关注着我，给我找小伙伴，带我到村庄外面玩，给我拿不知从哪儿弄来的发皱的水果。我忘了是什么水果了，但那发皱发黑的表皮的形状却记得很清楚。我记得他忧愁的黑眼睛，和他黑色的眉毛几乎连在一起，像一片海，能让人淹死在里面。也许是时间过去太久，而那黑又太鲜明，眉毛和眼睛之间的空间消失了，记忆里只有那片海。

是晴朗的春天。三间狭小低矮的土屋，房顶中间的瓦已经下陷，好像大波浪一样，游动到另一端，有点倾斜，但仍然没有丧失安全感。灰黄色的院子，有几只鸡在地上啄食，一边悄声"咕咕"地互相叫着。几株月季长在墙根，开着深红的花，怯生生的。隔着低矮的院墙往外看村庄，好像是一连片灰色的梦，同样的房屋，房前屋后是几棵歪脖柳树、榆树或槐树，田野是平的，只有树和屋顶形成空间的起伏的形态。空气轻清上扬，我无端觉得有些孤独。像往常一样，我让自己陷入定格状态。站在一个地方，呆呆地盯着某个事物，一片被风卷起的树叶，一粒上下飘游的灰尘，一只摇晃脑袋快速啄食的鸡，我盯着它们，好像在理解它们，但实际上也只是盯着而已。这是我从很小就开始玩的游戏，我喜欢让自己沉浸在一种状态里面，外表呆滞寂静，心里却在不断抓住，失去，再抓住，再失去。

那家哥哥清晨起来就在院子的两棵槐树间忙碌，拿着一根很粗很长的麻绳，爬到树干的中间，绑上，下来，然后，拿着绳子的另一端，绑到另一棵上。试了试，再爬上去，再往高处绑。他沉默地忙着，有时候看一眼在发呆的我，继续忙碌，好像带着一股子决心，一定要完成这项工程。

他邀请我去坐。那个简陋又结实的秋千架，中间那块厚实的木板被牢牢地捆住，他已经试坐了好几次。我不记得自己是否喜悦，但肯定是喜悦的。从来没有人这样专门为我做过什么，一个早晨和一个上午的专心巴结，迟钝的我虽然还不会特别的感动，但看着渐渐成形的秋千和那个哥哥的眉毛，我应该是喜悦的。

我坐了上去，那个哥哥在后面推我。越推越高。连那家母亲也出来看了，脸上的笑容似乎更开了些。风呼呼地吹着，春天越来越近，房屋越来越低，我越过了房顶，似乎看到了更高的远方，无边的空间，无尽的连绵的平原。在天旋地转之中，我似乎看到了即将面对的未来，我的双腿僵硬，双手死死地拽着绳子，心脏倏忽来去，像不断被挖去又不断装上，身体忽轻忽重，恶心、难受、烦躁，我觉得自己要死了。然后，我听见自己发出长长的可怕的尖叫声。

我不记得那家人如何安慰我，那个哥哥是怎样的惊慌。我只记得睁开眼的瞬间，看见那槐树上即将开的白色的花，一串串的，绿色的胚，珍珠白的花蕾，害羞又耐心地等待着时日，和地上那连绵的灰色形成反差，却又有一种奇怪的一致。

那家寡言的人，充满内容地看着我。我吃到了从来没有吃过的槐花饼、炒鸡蛋、土豆、鱼，我受到前所未有的注视。在一种安静得怪异的气氛中，我安静地吃着。我很快乐，我记得我笑啊，笑啊，不知道为了什么事，在风中后仰着头笑着，像是飘了起来，浮在不知道什么地方的空中。八九岁的我不会想到其他，我浑然不觉地享受着这一切。浑然，不是意识不到，而是那种不知道时间流逝及其意义的空白状态。生命还没有发育到那一地步，概念还没有形成，我根本没有感知到我，还有那家人在经历黑洞、时间和贫穷。但安静与温柔，我却是意识到的。一家人如此紧密地待在一起，像是劫后存活一样，相依为命，不需要说话，互相一个眼神就知道对方的心思。我被这密码一样的眼神感动，也为之困惑。在我的家里，没有这种眼神。来不及有这种眼神。船还在摇晃着向前走，船身、船舷、各个零件都已撕裂、腐朽，但却仍然向前走着。每个人都疲惫不堪，不知道这日子什么时候是终点。每个人都沉浸在自己的世界里，挣扎着寻找光亮，有时候暴怒，有时候背叛，更多的时候把自己封闭起来，暗自哭泣。那黑暗的阴影无处不在，是我们生活中一道深深的、无法逾越的诅咒。

我不记得我在那家住了多长时间，一星期，十天，还是半个月，也不记得是谁决定送我走的。我的记忆从黑暗中的行走开始。我，还有那家姐姐和哥哥，浮在黑暗中，仿佛被层层浓雾笼罩着，深一脚浅一脚，在路上走着。看不到路，看不到方向，也看不到周围的人和物，我们就那样飘浮着。我不知道我们要到什么地方，虽然我知道我是要回家。

但是，如此陌生啊，我从来没有见过这些地方。那家姐姐不断提醒我，这是吴镇、街北头、那个杀羊的地方、那个清真寺、村南头的菜园，但是，我一点也没有印象，我觉得从来没有见过。我不认识吴镇，不认识回家的路，周边的一切我都很陌生，但又有点怪异。它们好像在很远的地方存在着，离我很远很远，又好像很神秘，有某种启示。黑暗如此广大，把所有的标识都遮蔽了，取消了，或者它们仍在那里，但我一点也不认识。所有的事物都飘浮着，与大地、记忆和真实毫无关系。

那家姐姐说，到了，到家了。到了？我还没有一点准备，我一点都不认识。我睁大眼睛去看那黑暗，和黑暗中若隐若现的房屋。

那三间房子慢慢浮现出来，陌生而亲切，古怪又安然。

再次凝神盯视。我看到土墙上那块不规则形状的破玻璃，我和妹妹每天都要在那里照上几次；我看到玻璃旁边土墙上那错字连篇的涂鸦；看到了那紧闭着的木门后面的父亲、母亲和我的姊妹们。突然间一切有了归属。万物各自归位。黑暗褪去，院子里的枣树，门前的道路，村头的槐树，吴镇的清真寺，都清晰真实地呈现在眼前。是的，世界明朗起来。我的脚下有了确定的位置。

那是我的家。仿佛一个概念升起，我第一次感觉到了家，从感性到理性，从经验到知识，从陌生的地理空间到心的深处。如果说此前的九年只是一种感性的积累，"家"是浑然不觉的存在，时间只是朝着空间拓展——认识越来越多的事物、色彩、植物、土地、灰尘、人，而非线性的、替代性的、不可逆的存在，而此刻，时间不再无知无觉。它在流逝，如一条河一样，不断流走，抓不住它，之前的生活变成了过去，清晰的过去，而不只是模糊蔓延于某处某地。

因为离开，我发现了家，感受到了时间的分界和转瞬即逝，感受到了地理空间与家的紧密依存。

父亲迎了上来，但并不是看我，而是和那家姐姐和哥哥说话。他似乎从来都没有注意到我的存在。他们竟然说起了秋千的事情，说起了我的害怕和昏倒。父亲扬声笑了起来，那家姐姐也跟着笑，而那家哥哥也居然咧开了嘴，应和着笑声说了一些当时的情形，提到他们如何担心我照顾我，脸上还有些说不出来的神情。然后，大家又哈哈大笑起来。

他们在嘲笑我。我在黑暗的角落站着，面红耳赤，羞愧难当，同时也慢慢愤怒起来,我感到一种背叛。我觉得那应该是我和那家哥哥,甚至和那家姐姐的一个秘密,难以启齿的、必须保守的秘密,他们应该早就知道我的心思。

泪水顺着我的脸颊流了下来。没有一个人看见。我就这样迅速被抛弃了。泪眼模糊中,我看到了光秃秃的地面,凹凸不平,丑陋异常。它和那家人的院子一起,并列在我脑海的空间里,具有惊人的相似性。悲伤第一次来临。真正的有意识的悲伤。生活露出狰狞的面容,你试图往里面窥探,但却无法看透,只隐约感受到其中腐朽的和让人窒息的气息。它开始发挥威力,不断进攻、侵蚀、伤害你,因为你窥到了它的秘密。但它又是如此诱人,你看到了自己的位置,你还试图看得更远,你想和它作战、博弈,以寻找其中的光亮。而家庭,是这场战争最原初的载体。

就像所有离家、离乡的人一样,回家并非有明确的目的和价值,而是为了不断确定自己,确定自我生命的物理空间和时间,把生命的半圆重新拉回到家的位置,以扩张自己,以再次回到童年的那次离家,重新寻找家、存在的感觉。

所以,梁庄在哪里?吴镇在哪里?许多时候,我们对面而不相识,但一当你意识到它时,你就无法再忘掉它。你会穷尽一生,去追寻它,想象它,完成它。

多年之后,我才知道,那几乎一年时间,父亲在帮那家人打官司,和那个村庄的村支书。那家人把所有的希望都放在了父亲——这个乡村能人——的身上,也许还因为是父亲怂恿他们去打官司,父亲似乎是在发泄自己对权威的恨意和不满,而忽略了这场官司会给那家人带来什么。或者是作为一种回报,我去的那段时间,那家人竭尽全力让我快乐,从而制造了安静温柔的假相。当然,官司失败了。那家人几乎倾家荡产。两条摇摇欲坠的船,靠在一起,并不能互相取暖,相反,却为对方增加了速度,各自坠入自己的深渊。那家姐姐得了一种昏厥的病,稍微有点紧张,不管是悲伤还是高兴,都会晕倒。我再也没有见过那个哥哥,他的面容已经模糊,消失在时间深处。我完全忘了他,如果不是此刻坐在春日里,回想那个晚上,寻找第一次"家"的感觉,他可能永远不再存在。他是在"家"浮现出来之后才出现的。此刻,想起他,想起他几乎连在一起的黑眼睛黑眉毛,我马上觉得忧愁得要死,也温柔得要死。那个秋千还在春日里晃动,阳光让人目眩,我迎着风,高高地往上飘,浑身战栗,心脏失控,长长的尖叫声仍在空气中游荡。

生命的内部到底有多深,有多远,有谁知道?也许,在某一天,在城市的某条街道,某个路口,那个仍然沉默的人就是当年的那个哥哥。可是,有谁知道,他曾经那么温柔又忧愁地注视过一个女孩,满怀着希望,满怀着他作为一家唯一男性的强大和脆弱,希望这个女孩就是他的希望。

吴镇,梁庄,还是一个未曾开启也永远无法穷尽的空间。那所有生活在中国的村庄,或任何一个地方的人们,也都正在经历着难以言说但却值得不断探究的情感和人生。

归来与离去

回　家

　　北方的冬天，一切都是土色的。刮过的风，闻到的味儿，看过去的原野，枯枝横立的树，青瓦的屋顶，都是土黄色的。万物萧条，但因其形态多样，村庄、院落、树木、河流、坡地、炊烟、人，却也不显得枯寂。乡村的房屋和炊烟仍然是一种温暖的形态，引领着远在异乡的人们回到家中。

　　梁庄洋溢着节日的气息。车突然多了起来，走在村里，一个随意的空地，就停着黑色的、白色的或绿色的小轿车、面包车或越野车。大众，比亚迪，奥迪，三菱，什么牌子的都有。它们屹立在那里，显示着主人公钱财的多少和在外混得如何。

　　平时空落落的村庄，忽然有些拥挤了。从某一家门口经过，会看到里面来回走动的很多人，听到此起彼伏的划拳声和叫嚷声。村中的各条小道上，居然出现了错不开车的现象。大家各自下车，看到了彼此，惊喜地叫着，顾不得错车，点支烟，先攀谈起来。在村庄里，绝对不会出现错不开车相互大骂的情形，因为大家都知道，那车里的是自己熟识的，按辈分排还要叫什么的人。然后，就有几个乡亲凑过来，又惊喜地叫着，哟，原来是你这娃子，混阔了，不认识了，啥时候回来的？开车的年轻人一边忙着递烟，一边回答，昨天。人们哄的一下笑了，他旋即醒悟了过来，脸红了，换成了方言：夜儿早①。

在中国各个城市、城市的角落，或在城市的某一个乡村打工的梁庄人都陆续回到梁庄过春节。花钱格外大方，笑容也格外夸张，既有难得回来一趟的意思，但同时，也有显摆的意味，借此奠定自己在村里的位置。整个村庄有一种度假般的喜气洋洋的感觉，"回梁庄"是大的节日才有的可能，不是日常的生活形态，因此，可以夸张、奢侈和快乐。

福伯的大孙子梁峰腊月初十就回来了，他和五奶奶的孙子梁安都在北京干活。梁安开着他的大面包车，载着梁峰夫妻、父亲龙叔、老婆小丽、儿子点点和新生的婴儿，一车拉了回来。福伯的二孙子，在深圳打工的梁磊回来已有月余，他把工作辞掉，带着怀孕的妻子回梁庄过年，过完年后再去找工作。福伯在西安蹬三轮的两个儿子，老大万国和老二万立，和在内蒙乌海的老四电话里一商量，全家所有成员都回梁庄。春节大团圆。

其实每年都有很多人不打算回家，买票难、开车难、花钱多、人情淡，等等等等，但是，又总会找各种理由回家。回与不回，反复思

---

① 夜儿早：yèar zao，意指"昨天早上"。

量,最后,心一横,回。一旦决定回,心情马上轻松起来,生意也不好好做了,开始翻东找西,收拾回家的行李。

在内蒙的韩恒文一大家子回来了。说是给爷爷做三周年的立碑仪式,这是恒文的提议。恒武和朝侠也没多说什么,立马放弃年前的好生意,三姊妹开着三辆车,浩浩荡荡地从内蒙开往梁庄。

在湖北校油泵的钱家兄弟回来了。黑色的大众车停在他家大铁门外面,霸气十足。他们的父亲,梁庄小学优秀的前民办教师、现王庄小学的公办教师,每天骑着小电瓶车来回十几公里去上班。他们的奶奶,瘫痪在床已经将近二十年,由他们的母亲经年服侍。现在,那个强壮的女人也胖了、老了,站在门口,看着来来往往的梁庄人,开朗地和大家打招呼。

韩家小刚回来了。我们在老屋后面院子里给爷爷、三爷烧纸,他从围墙外经过,站了下来,与父亲打招呼。他胖了,白了,穿着深蓝色羽绒服,西服裤,很是整齐。他在云南曲靖校油泵,韩家有好几家人都在那边干活。他们几家各开几辆车,一天一夜,中途稍作休息,直奔梁庄。

在北京开保安公司的建升回来了。说被中央电视台忽悠了。电视台每天放着回家的节目,看着看着,他哭了,说,走,回家。开着车长途奔突回来。回来了,也不激动了,但也不后悔。

万义的孩子和侄儿清生从新疆回来了。他们两个在一家修车店里做修车师傅,管吃管住,年薪将近四万元。万义解释说,现在不能开店,形势不好,当师傅钱是稳拿,开店就不一定赚钱了。

在福建的万生也回来了。他家临着公路的老房子看起来仍然不错,透过半开的大门,可以看到院里砖砌的花坛、水井和四面的房屋。当然,还有院子里两辆鲜艳的红绿颜色的小轿车。他们一家孤僻,不爱交往。早年在村庄,我们就不敢去他家玩。现在,仍然没有人进他家的院门。

在广州中山市周边一家服装厂打工的梁清、梁时、梁傲都回来了。这些梁庄的晚辈,我都打过电话,彼此联系过,但是,至今我还没有见过他们。

做校油泵的清明从西宁回来了。在梁庄广撒英雄帖,约请大家腊月三十那天到他家喝酒。

"尽管一百次感到失望和沮丧",尽管梁庄"像采石场上的春天一样贫穷",但是,每年,他们都还是像候鸟一样,从四面八方飞回。回到梁庄,回到自己的家,享受短暂的轻松、快乐和幸福。

时序与葬婚

农历腊月二十三,小年夜,梁庄家家都吃了火烧。所不同的是,很多家是在吴镇买的,就连年龄稍长一点的人也不愿意再去一个个在锅里炕了。不过也有例外。二堂嫂的儿媳妇怀孕,她不愿去街上买,怕不干净,就自己盘了一碗纯肉馅儿,发了面。晚上,二嫂把煤炉搬到堂屋,坐在煤炉旁,这边一个个地炕,那边一个个地吃。掰开滚烫焦黄的面饼,里面突然冒出来的肉香能让人无限陶醉。犹记得小时候,在昏黄的煤油灯下,扒在锅台边,眼巴巴地看着姐姐炕饼时的情景。那是冬天温暖和充实的记忆。我们知道,吃到火烧,春节就正式来了。

"二十四扫房子"。即使在北京,在腊月二十四那一天,我也会大动干戈,把整个家大动一次,里里外外打扫一遍。我相信,很多从农村出来的人都有这一习惯。嫂子挽着袖子,用围巾包着头,把床、家具用报纸或旧床单蒙着,指挥哥哥打扫天花板上的灰尘和蜘蛛网。他们两人在屋里院子里来回忙碌,清理出尘封一年的藏在房间各个角落的垃圾,捡出一个个已经消失一年的还有用的东西,抱出一堆堆的衣服。

傍晚时分,突然传来消息,邻村的一位大娘,走在乡间公路上,被一辆飞驶而来的小轿车撞飞。人直接就死了。

人们放下手中的活计就都往邻村跑。我到的时候,大娘已被抬回到家中院子,身上蒙着白布,白布下面还有隐隐的血迹。院子里三层外三层围满了人,人们纷纷议论,不时发出"啧啧"的惋惜声。据说老人的儿子闺女也是今年特意回家过年,一是全家团聚,二是商量老寡母的赡养问题。这年还没过,老母亲却没有了。

村中的男人们很快进行了分工,有围着轿车司机谈判的,负责通知亲戚的,去镇上订棺材并订酒席的,去订做死者要穿的六套老衣的,组织妇女们去帮忙做家务的,等等,各项事务,忙碌但有序。大娘的两个女儿正从各自的村庄迅速赶来,人未进村庄,就听到了那女性的长长的号哭声,"妈啊——",大娘的大女儿,四十多岁的样子,穿着很时髦，身上还围着做饭的围裙。她匍匐着瘫坐在母亲的脚边，扬着胳膊，扑打着地下的灰尘，双脚不停蹬地，头一仰一仆，开始了唱哭：

> 你一把屎一把尿把我们拉扯大，我的老亲娘啊——
>
> 可该你享福的时候，你走了，我可怜的老娘啊——
>
> 你叫俺们咋活啊，我的亲娘啊——
>
> 爹走得早，这你又走了，我的亲娘啊——
>
> 俺们还没让你吃上好的，穿上好的，你可走了，我的亲娘啊——
>
> 你走了，俺们可咋活啊，我的亲娘啊——
>
> 你自己不吃不喝，供我们上学啊，我的亲娘啊——
>
> 那个天杀的，他要遭雷劈啊，我的受苦受难的亲娘啊——
>
> ……

哭者灰尘满面，任眼泪在脸上划出一道道浑浊的河流。听者，为之着迷，又为之迷惑。大家围在院子里，倾听着，仿佛被这直抒胸臆的叙事诗和巫婆一样的表演带入一个古老而神圣的世界。年轻的孩子觉得不好意思，想笑，但又笑不出来，也被这长篇的无休无止的抒情弄得不知所措。

这古老的唱哭，也许平时从来没有出现在这位妇女的心中，也许平时她听到这些还会有所嘲笑，可是现在，悲伤来临，她不假思索地选择了历史的场景。她张口就会，因为她生活在这样的河流之中。唯有此，才能纾解她心中的悲伤。在这样的河流，以这样的姿态，她才能充分表达对娘的感情。

年三十的早晨，飘起了小雪，气温骤然下降为零下十来度。整个穰县都没有暖气。我这样在北京过惯有暖气日子的人，冻得腿抽筋，腰打弯，抽着头，袖着手，在屋里转圈。父亲生气地看着我，骂，有多冷，你没冻过啊，腰给我直起来！

嫂子搅了半锅糨糊，拿着一个大刷子，在家里的各个门上刷糨糊，里屋外屋，诊所内外，哥哥拿着对联，在后面一张张地贴。

十点左右，清明就打来电话，让去他家喝酒。清明性格活泼、毛躁、爱搞怪，总是咋咋呼呼，高声大调。年三十喝酒的事儿，已经嚷嚷了好多天，见人就说。

那几天在村庄来回走动，各家串门，发现这些回乡的男人们每时每刻脸都红扑扑、醉醺醺的。他们也在各家串着，相互约着，东家喝完西家喝。万国大哥有严重的胃溃疡，总是在一开始嚷嚷着不喝不喝，结果，坐到酒场上，就不起来。而每次见到四哥，他总是涨红着脸。当年他在家时，和我哥哥关系很好，也曾在梁庄小学当过短暂的民办老师。四哥英俊，剑眉大眼，方脸直鼻，头发遗传了他母亲的鬈发，垂过耳边，优雅洋派。看见我，他总是一把搂过我的头，说，妹子，你说我们多少年不见了？看见小孩，就问，这是谁家的小孩？一说是本家的，就从口袋里掏出一百元的红票子，往人家怀里塞。有时四嫂站在旁边，又不好拦，就眼斜着看他，他也只装作看不见。

清明家的院子已经站满了人。大哥、二哥、四哥都在，已处于微醉状态，还有万峰、万武和韩家一些他们同年龄段的人。清明老婆和其他一些媳妇们在厨房、院子、客厅之间来回穿梭，拿菜，洗菜，摆碗具，忙个不停。这些梁庄的青年媳妇，个个穿着洋气，高跟长筒靴，黑色紧身裤，过膝羽绒服，头上扎着各种发夹、头花，进进出出，飘摇招摆。一顿饭几个小时下来，她们得不停地来回跑，让人很担心那高跟靴里面的脚是否受得住。

清明家的两层楼居然还没有装门，敞开着，门边框还露着青砖茬子。风直进直出，大家就像直接坐在野地里，比野地还要冷，因为这是一道风进来，一个方向吹人。

梁庄的男人们已经进入状态，这将是又一次不醉不归，这些长年不在家生活的男人们仿佛要把这兴尽到底，要撒着欢儿、翻着滚儿释放自己所有的情绪。

将近十二点的时候，我偷偷溜了。我要去参加清生的婚礼。

过梁庄小学，上公路，公路的右边就是清生的家。清生家门口早已搭起一个塑料花编成的拱形花门，一簇簇的粉红气球挂在门前。

院外屋里都放着宽大的圆桌，一桌能坐十二个人还多，总共有十四五张桌子。后院里，一个新盘的大灶正冒着滚滚热气，万生围着围裙，周边长长的门板上放着大大小小盛满菜的盆子、盘子、已经切好摆好的凉菜等，万生站在中间，像一个镇定自若的将军，把几个帮手指挥得团团转。在自己熟悉的领域，万生不结巴了，也不内向了，眼生精光，威严十足。

新人马上就要到了，接到电话的清生爹拿着手机跑前跑后，紧张得不知道干什么好。清生，一个白净、腼腆的小伙子，穿着一身深色西服，打着红色领带，锃亮的皮鞋，站在门口，笑眯眯的，手却紧紧攥着，像要捏出汗来。

十二点整，一个车队从吴镇那边缓缓过来，头车是一辆挂着红绸、扎着花的白色宝马车。一阵"噼噼啪啪"的鞭炮声响起来，屋里、周边、村子里面的人都被这鞭炮声惊动，纷纷往这边来。鞭炮声停，碎屑落下，车停稳，清生急步过去，打开宝马车门，穿白色婚纱、套红色毛外套的新娘低着头、红着脸出现在大家面前。

新娘抬起头，一个大眼圆脸的姑娘，微胖，头发拢一个高高的发髻，后面箍着长长的白纱，婚纱前面开得很低，露出胸前性感的弧度。年纪大的婶嫂们有些不太习惯，脸上的表情很不自然，一个围观的小伙子"嗷"地叫了一声，大家都哈哈大笑起来。

几个年轻人簇拥着新郎新娘，嚷着让瘦瘦的清生抱胖胖的新娘进去，清生笑着，不敢回应。他们就更大声音地叫，抱啊，抱啊。被围在中间的清生没有办法，用探询的目光看了看新娘，得到了首肯。清生弯腰下蹲，却是去背新娘。新娘不易觉察地进行了配合，踮着脚，轻轻趴在清生背上。清生脸涨得通红，背着新娘，憋着一股劲，一口气跑进了新房。大家都相跟着，去闹新房。新房里堆着新娘娘家陪送过来的高高一摞被子、丝绸被单、毛巾被、七件套被罩等等，还有立柜、梳妆台、沙发，这都是娘家前一天才送过来的。床上的四角、被子上扔着一些红枣、花生、核桃，寓意早生贵子。新娘坐在床边，清生站在旁边,激动着,不知道是坐好,还是站好。和他相好的同村年轻人把他们往一块拉扯,要让他们亲吻,啃苹果,喝交杯酒。

这边厢,和新娘一块儿来的五辈家人,从老到少,都被作为贵客让进了单间,清生家也派出了相应的长辈作陪。新娘新郎拜天地、拜长辈,客厅里都摆满了桌子,没地方拜,清生的爹和娘被请进了新房,老两口拘谨地坐在新娘新郎的床边,接受了年轻人的跪拜。新娘给自己的婆婆端上一碗荷包鸡蛋,请她吃。清生娘点了一下,算是吃了。

不管是青屋瓦房,还是红砖楼房,这些古老的程序也在自然地延续。

年三十的下午,是给逝去的亲人上坟烧纸的时间。人间过年,阴间的亲人也要过年。鞭炮响起,惊醒亲人,让他(她)起来捡亲人送来的钱,也好过一个丰足的年。

在老屋的后院给爷爷、三爷烧完纸,放过鞭炮,我们又朝村庄后面的公墓去。我没有再到老屋去看。老屋的院子被已有点疯傻的单身汉光虎开成一畦畦菜地,房顶两个大洞,瓦和屋梁都倒塌了大半,雨、雪直接泼到屋里。已经没法再修了。枣树也死了,夏天的时候,我回去看,只有一个枝丫长出嫩弱的叶子,并且,没有开花结果,其他枝干全部枯死了。

通向村庄公墓的路越来越窄,没人管理,大家都各自为政,拼命把自己的地往路上开垦。上坟的时候,那些开车的人也只好辗压在绿色的麦苗上了。

许多人都朝着公墓那边走,大人、小孩、开车的、骑自行车的、走路的,大家边走边说,并没有太多的悲伤,就好像也是在回家。

烧纸,下跪,磕头,放鞭炮,四处看看,发发呆,聊聊天,拔拔坟上的杂草。有爱喝酒的,家人会带一瓶酒,把酒洒在燃烧的纸上,让火烧得更旺些,让死去的人闻到那酒的香味,把剩余的酒放在坟头上,下面垫一张黄草纸。喝吧。

我看到了福伯家的男人们,大哥、二哥和四哥,堂侄梁平、梁东、梁磊,正按照长幼依次在新坟和旧坟前磕头。梁磊、梁东、梁平走到坟园另一边矮点的一座坟上,烧纸,磕头,提着燃烧着的鞭炮,在坟边绕了两圈,大声喊着:"小叔收钱啊。"

这是我第一次看到小柱的坟。小柱,我少年时代最好的朋友,离开家乡,就在半路上死掉。他的坟在墓园地势较低的地方,几乎淹没在荒草之中,坟头有新培的土。小柱的女儿小娅也跟着过来给小柱磕头,她是拜她的叔父,她已是三哥的女儿。四哥十来岁的儿子,拿着打火机,点那密密的、枯黄的荒草。"轰"的一声,火苗蹿了起来,瞬间,那一排排草就倒下去,变为了灰烬。小柱。小柱。我站在坟边,在心里默叫了两声。

站在高高的河坡上,看这片平原。浅浅绿色的麦田里,一个个坟头零落在其中,三三两两的人,来到坟边,烧纸,磕头,然后,拿出长长的鞭炮,绕坟一圈,点燃,捂着耳朵飞快地往一边跑去。淡薄的青烟在广漠的原野上升。鞭炮声在原野上不断响起,这边刚落,那边又起,广大的空间不断回荡着这声音。

又一年来了。

大年初一

"初一（儿）供祭（儿）"，就是敬神。三十晚上已经把猪头或肉摆好，插上一双筷子，再放一碗饺子。初一早晨，插上香，全家拜一拜。大功告成。然后，穿着新衣服，端上碗，跑遍全村，各家相互端饭。最后，各家锅里的饭都是全村人家的饭，一碗饭也是百家饭。然后，就是全村人相互串着，各家跑着拜年。现在，饭早已不再相互端了，拜年却没有中断过。

吃过早饭，我们把父亲敬到沙发上，让他坐好，我们给他磕头拜年要压岁钱。父亲大笑着说，你们就来骗我钱吧。哥哥、嫂嫂、我和侄儿依次给父亲磕头，张着手向父亲要压岁钱，父亲左右挡着，晃着他那花白的头说，不行，你们都大了，不给你们了。我们仍然张着手，父亲假装抗不过去的样子，从口袋里掏出早已准备好的红票子，一张张仔细数着，很得意地说，今年一人两张。我们一个个把钱抢过去，兴高采烈地在口袋里装好，嘴里也得意地嚷嚷着："爹给的钱，一定得保存好。"父亲已然老去，大家都想着法子让他开心。他能给我们钱，我们还要他的钱。他依然在养活我们，我们依然是仰赖他成长的小孩。这种感觉，对他对我们，都是幸福又伤感的事情。

年初一的上午八九点钟，梁庄喧闹无比。昨晚下了一层薄薄的小雪，早晨太阳金光万丈，照射在村头的枯树上、房屋上，仿佛温暖普照大地。雪却丝毫未化,干的、细的雪粒随着微风贴着地往前飞卷着,一会儿,就扬起来,扑到人的面前来。气温很低,阳光遥远。我把带回来的行头,两件毛衣,一件厚毛裤,全部穿在里面,又借嫂嫂土头灰脑的厚绒靴穿上,才略微感觉到点暖意。我的侄儿兴奋地在屋里屋外跑,放了几次鞭炮之后,已经满头大汗了。

拜年开始了。父亲、我、哥哥、侄儿,这是我们一家出行的人。年长的老人一般都会等在家里,让那些晚辈先过来拜年,到中午的时候,才到事先约好的哪一家,坐下喝酒。父亲为了陪我,破例出行。

村里的各条小路上都走着人。以家族为单位,中年夫妻带着年轻的儿子、儿媳,儿子、儿媳又抱着、拉着自己的孩子,都穿着崭新的衣服,喜气洋洋地走在路上。见到另外一群,就停下来,寒暄一会儿,问对方都去了哪家,如果之前没有在村庄碰过面,就会再问什么时候回来的,什么时候走,然后扬着手分别,说"一会儿在××家见啊",各自往自己要去的方向走,或者就并到了一块儿,一起往哪一家去。

有许多熟悉而陌生的面孔。熟悉是因为大家彼此都还会认识,当年的相貌轮廓还在。陌生却是岁月留下的各种痕迹。住在村后的万民一家,当年万民婶粗糙衰老,现在看上去却很年轻,她的儿子梁明比我小七八岁,当年一个瘦弱文静的小男生,现在身边却站着他的媳妇和十来岁的儿子,俨然一个成熟的男人。他看着我,微微笑着,又很矜持。他和弟弟都在浙江一带校油泵,万民婶这几年也跟过去照料他们的孩子。去年,梁明回村盖了房子,就再也没有出门。

万生一家四口,万生弟弟一家五口,昨天的新媳妇也出来了。我们在村口的坑塘边碰到。新媳妇低着头，站在旁边，不好意思面对大家好奇和盘查的眼光。万生的大儿子长得结实帅气，看起来也挺活泼青春，比清生还大，但还没有找到合适的对象。他们刚走过去，就有人说，都是他妈把他的婚事耽误了。万生老婆小气，不会事，得罪了村里很多人。其实还有一个根本原因：现在的农村男孩女孩根本没有机会自由恋爱。他们很小远离家乡，无法在本土本乡交往女孩，在城市又被悬置。再帅气优秀的男孩，也得等待别人给他介绍，以速配方式完成自己的婚姻。

人群里有很多年轻的、陌生的面孔。这几年的调查、访问也只认识到三十岁左右的梁庄年轻人，二十岁以下的男孩女孩我几乎都不认识。他们平时也很少跟着父母一起出来，要么出去打工，要么在城里寄宿学校读书。

我们先从村头五奶奶家开始串。五奶奶家里已经站满了一屋子人。客厅的一个方桌上摆着四个盘子，炸麻花、凉拌藕片、牛肉和小酥肉，一把筷子、一摞小酒杯、小酒碟放在旁边。五奶奶张着嘴，笑着，迎来送往，一定让着人家，"坐一会儿，坐一会儿啊，吃个菜，喝口酒再走。"大家笑着，说，"一会儿再来，一会儿再来，还没有转过来圈儿呢，"然后，出院门，再往另一家去。五奶奶看见我，惊奇地拍着手迎过来，"四姑娘来了啊"，她可能很意外，平时老在家就算了，年初一，这出了嫁的姑娘还在娘家村里胡跑，可就不对了。龙叔拉着父亲的手，往桌子边扯着，说"二哥，别走了，上午就在这儿，咱哥俩儿好好喝一杯"。

梁安带着媳妇和梁欢也出去转了。我们到里屋看了看梁安新生的小婴儿，粉白水嫩的一个孩子，躺在大红的被子里，黑黑的眼睛骨碌碌地转着。这是五奶奶家族特有的黑眼睛。光亮叔家那个十来岁的姑娘一直拉着五奶奶的衣襟，不放手。五奶奶不停地打她的手，让她过去，过一会儿，她又拉上。我看到她眼神里的孤独和可怜。在这个春节，和以前的许多个春节，她都好像是个孤儿。身在青岛的光亮叔丽婶此刻在干什么？他们有没有想梁庄，想梁庄的这个女儿和五奶奶？

我们往村里走，到坑塘旁边又看到了钱老师夫妻站在大门口和大家打招呼说话。我总是在他家大门口看见他们。慢慢的我有点明白，他们是要在门口完成礼仪，爱面子的钱老师不想让别人看到他母亲的凄凉形态，不想让别人尴尬。

到光明叔家的院子里，几个小女孩儿正在院子里跳皮筋儿，嘴里还唱着歌谣，她们跳的还是我们小时候跳过的样式。我过去跳了几跳，却感觉腿脚僵硬，难看至极。进得屋来，只看见正屋两面墙上都贴着奖状，一溜过去，从这边到那边，各三排。这是光明叔孙儿的奖状。这是梁庄人的习惯，孩子的奖状一定要贴在正屋，让所有人看到。这是家庭最大的骄傲。果然，大家都在赞叹这些奖状，光明叔不断地就其中重要的奖项进行解说，然后就有人问，孩子在哪儿？光明叔喊一声，"强娃儿——，"一个白净微胖的男孩应声过来，看了爷爷一眼，知道他要干什么，又跑了。我看到另外一个高个大眼的年轻人在屋里忙碌，就悄悄问父亲那是谁，父亲说："那是傲啊，光明叔的儿子。"傲也听到我的问话，往这边看过来，我过去对他说："我是你四姐啊。"

傲恍然大悟，不好意思地笑起来："四姐啊，我不知道是你。"是啊，他不知道，我和他的二姐同岁，非常要好，小时候经常在他家玩，他长大后我就再也没有见过他。他在中山打工，我也跟他联系了好多次。他昨晚刚从中山回来。那白净的成绩优秀的男孩就是他的儿子。

又到李家朝胜那儿去，他的母亲马上就要过一百岁生日，是村里名副其实的老寿星。朝胜家刚盖了一个三间平房，门前那旧屋的木梁还没拆掉，倒塌的土墙，孤零零的屋梁，和新房映衬着，有强烈的时空错位之感。朝胜的儿子刚本科毕业，在浙江一个公司上班，也回来过年。老寿星坐在门口，晒着太阳，她坐在那里，颤巍巍地听我们的问候，她的身体还不错，头脑也很清楚，能够听明白我们的话并能够准确地回答出来。大家都围着她，一边感叹着。这样一个老人健康地活着，这是梁庄的宝贝。

我们从梁家，转到李家、韩家，见了许多老人、熟人和陌生的年轻人，又转回到我们的老屋旁边，老老支书家里。老老支书的院墙已经坍塌了一半，站在外面能看到院子里的活动。

看到我们进院子，老老支书的大眼一瞪，连声说，屋里坐，屋里坐。屋里的摆设仍然是几十年如一日，他的一个高大的孙儿坐在正屋一角看那十几寸的闪着雪花的电视。这是他家老三的儿子。老三长期在荥阳一家工厂卖饭，去年送儿子回来到吴镇高中上学。

待转到二嫂家，十二点已过。梁磊、梁平他们正围着煤炉打牌，看到我们进了院子，赶紧扔了牌，摆桌子，上茶。一会儿，二哥风风火火地进来了，嘴里叫着："二叔，咋才来，我还说跑哪儿了。中午哪儿都别去了,我已经给老大、光义叔几个说好了,都到我这儿喝酒。娇子(二嫂,我才知道她还有这样一个俏的名字)早就准备好了。"我问二嫂去哪里了?二哥不屑地说:"哈,和几个女的去街上拜土地庙去了,一会儿就回来。"

梁庄已经没有土地庙,但是,在梁庄通往吴镇的路上,不知道是哪个村庄什么时候建了一个小的土地庙。每年正月初一,梁庄的女人们就会去拜一拜,烧烧香。

话刚落音,二嫂回来了,笑着说:"你们可来了。"二嫂端出早已备好的四个凉菜,让男人们先喝着。大哥、三哥、四哥来了,龙叔也一扭一扭过来了,他是找父亲来的,也是找酒场来的,来了当然就不走了。万民也来了,清明也来了。

正月初一的大酒开始了。

江 哥

春节第一次见到江哥,他正开着一个机动大三轮车往吴镇去,风把他的头发吹成一个大背头形状,配着他紫膛色的脸和肥胖宽阔的躯体,还颇为气派。在巨大的"突突突"声中,我们打了个招呼,就分手了。江哥是我母亲的干儿子,梁庄王家人。1958年大跃进吃食堂期间,作为梁庄的新媳妇,我母亲在梁庄幼儿园做保育员。江哥当时三四岁,送到幼儿园时,话不会说路不会走,严重营养不良。半年过去,江哥会说话也会走路,人又活过来了。江哥的父母认为是我母亲救了江哥，一定要让江哥认我母亲做干妈。两家就成了干亲。每年都要走动，每次都要把这个故事讲一遍。江哥结婚有孩子以后，他的孩子们每年跟他一块儿到我家走亲戚，就又会把这个故事给孩子们讲一遍。在乡村，认干亲很普遍，每家都因为这样那样的缘故结好几门干亲。母亲去世以后，江哥和我家慢慢断了走动。

记忆中的江哥是沿街叫卖豆腐的形象。上小学、中学的时候，他的叫卖声几乎是我们的起床铃，早晨五点多钟准时在梁庄上空响起：

"卖豆腐啊——，豆腐——"

悠长、单调，然后，声音也越来越远，往吴镇方向去。当时，母亲还卧病在床，偶尔碰到我，江哥会问我："清啊，妈身体最近咋样？"后来我出去上学，就好多年不见了。

快走的前几天，江哥给哥哥捎信说想见我，他有事给我说。正月初七的晚上，我到江哥家去找他。江哥住在大儿子盖的新房里。大儿子一家已经好几年没回来了。二儿子没有结婚，但是因为要看机器，也没有回来。两层小楼，上三下三，江哥的大机动车停在院子里。屋子里摆设简单，家具也很少，一个二十几寸的电视机开着，江哥夫妇在看电视。我喊了几声，江哥才从电视剧的对话中挣脱出来，扭过头看到我，高兴地叫起来："清啊，你可来了。"

"江哥，吃饭了没有？"

"吃了。你吃了没？"

"刚吃过。你现在干啥啊？豆腐也不卖了。"

"还是力气活儿，给人家拉砖。"

"能挣个多少钱?"

"百十来块吧。"

"一趟都挣百十来块? 那可不错啊。"

"憨女子,那咋可能? 一块砖二分钱。一天来回得多少趟,总共下来能挣个百十块。"

"我说呢,不过也不错,总比闲着强。"

"小清啊,我问你个事儿。俺们王家保生找过你没有?"

"没有,保生是谁? 我不认识。他找我干啥?"

"没有? 咋我听人家说,他找过你。说你在写啥东西哩,怕写住他了。"江哥语气犹豫了一下,又问我,"那咱们公路边煤厂的地那事儿你听说过没有?"

"听说过一点儿,地不是你们王家队上集体的吗? 后来被煤厂租去了。"

"你不知道别的事儿?"

"不知道啊。啥事?"

"保生家在那儿盖了十二大间房,十来亩地呢。"

"哦,哦,我咋说走那儿经过时感觉不一样了。我还想着谁家房子盖哩可气派。我没想到地的事儿。那咋回事? 地不是集体地吗? 咋他能盖房?"

"这说来话长啊,说不清,复杂得很。"

"你慢慢说。我听着。"

"那得从头说。咱煤厂的地,原来就是俺们王家的庄稼地。九几年时国家说开煤建公司，要租王家的地，当时都想着是国家的事儿，它用过之后还是咱的，另外，要是在这儿开公司，王家人可以搞点副业挣点钱，就同意了。把地毁了。我到会计那儿看过合同，煤厂就缴一年租金，就不缴了。后来煤厂破产了，这块地就闲了。中间有一个姓何的，手里有点钱，看中了这块地，非要买下来，找到县煤厂公司，把钱给了他们，回梁庄宣布说地是他的了。

"现在的情况是，保生家侄儿前两年占住这个处儿，说，他从姓何的那儿把地买过来了。盖了十几间房子，前面都是门面房，往外卖。你不知道多少钱？一套都卖到二十四五万！王家人都是好，没人敢吭气。肯定他伯在背后出过力了。保生帮过大家忙，现在都是敢怒不敢言。"

"江哥，你的意思是保生侄儿在煤厂上盖房子，说是这块地又从姓何的那儿买回来了。可不是说当时那个人官司打输了吗？这块地不属于那个姓何的，是属于你们王家的。"

"是啊，谁知道这中间咋弄的？再说，当时打官司的时候，保生说他为王家出力了，还花钱了，王家每个群众又收了十几块钱，给他了。现在是等于他又把煤厂霸占了。"

"这有点不对头啊，江哥，是保生侄儿盖房，又不是保生自己盖房，与人家保生没有关系。"

"清啊，你还不清楚，这背后肯定是保生支撑，他侄儿哪儿恁大胆？"

"那当时闹恁厉害，应该是所有王家人都清楚，这煤厂地是集体的，咋保生侄儿在那儿盖房子，都没人吭？"

"是没人吭。原因是啥？人家在外面年代多，有势力。另外，当时人家也帮过王家。只要王家出事，人家都办。化肥紧张了，人家也给办，谁家有啥事，去找人家，人家都可热情。人也周到，从外地回来你不去看人家，人家还到你这儿坐坐。名声可好。这个煤厂，当时争啊吵啊，王家人去告状，前后都是保生跑的，名誉上都是为王家了。可到最后，等于是王家替他一个人出力了。现在，大家都衡量着，谁敢跟人家对抗？没钱没势。再说，保生的娃儿在县里也是个干部，谁去惹人家？"

"那你们队队长都不会去说？大队支书都不管？"

"队长说等丁零。大队支书谁管这事儿啊。那大队支书算个啥呀，啥也不是。"

"江哥，我还不理解啊，这个事儿，他谁也没说，说盖就盖了？"

"那你说去！"

"农村盖房不是需要这许可那许可吗？他不经过同意，哗啦就竖起一排房？"

"那你说去！人家就是恶。"

"恶就行？那我也盖去！"

"咱干不出来这事，咱没这个势力。"

"江哥，那你咋现在想起来说这事？人家都盖十来座房子了。咋想起这事了？"

"你侄儿在云南开的校油泵点儿，我去快一年，等回来时人家房子都盖好了。你不知道,梁庄现在没有一个盖房子的地处了。清是没地了。路边都盖满了。现在就煤厂还有两座门面的处儿。人家保生们还没来得及盖。咱两个娃儿,一个娃儿房子已经盖了,另一娃儿还没房子,找不来地了。我就想着,他要是找你,是他求着你了,给他说说,看能不能让咱盖一处。"

江哥在村中是一个谨慎、老实的人,一心一意为生活操劳,他目光所及之处,只有儿子和自己的家庭。他很少参与村中的这类议论,我猜想他肯定还有其他想法。果然,他有自己的心事。梁庄就剩那一块公路边的地了,保生家霸占那么多,他自己的儿子还没有地方盖房。于是,他想到了那片地。

"是这样啊。保生没找过我。就是他找过我,估计也不行。江哥你想,那都是钱,咋可能说给你就给你,他不会让的。江哥,你可以联合王家人去找他说啊,当初你们王家不也反过姓何那个人吗?"

"那不一样。这是自己人,现在说等于是得罪他了。全村人都没人说,咱去说,等于是没材料事,咱也没有力量告人家。确实是生气。我认为他这个事是违法的,听有人说他找过你。他求着你呢,要是没找过你,咱也不好弄。你哥也是没能耐,想着你们都干起来了,看能不能帮忙。不能就算了,咱们是姊妹们,说说也算是冒冒气。"

"那王家人都没有背后议论他?可以去和他论理,这是明摆着的事,看看他的手续。"

"咋不议论?都说他弄得可不像话得很。论理谁知道能论过人家不能?谁知道有没有人来给你当这个清官?这个社会都是金钱社会,人家外面也有人,咱只能硬是论理,一个地方的事儿又黑,咱论不过,就不论了。我现在要是有所房子,说个儿媳妇,我就没事了。"

"那咱们村里面也没有地方盖房了?"

"你都看见了,村里就没有个趟。走都走不出去。没有说五丈一条路,十丈一条路,规划得清清楚楚。要是到处都通,非要在路边盖房子干啥?都是各顾各。农村的规划,国家出钱,干部不好好弄,把这钱给贪了。村里为啥盖不成房?乱得很,谁家去找规划员,给他喝喝酒,送个礼,说,行啊,你说在哪儿盖就在哪儿盖,都行。到最后,乱得不行。你看李营,规划多好,行是行,趟是趟,从哪儿都能出去。俺们出去跑,有些村的干部给家家户户修的路可好,国家出的钱,为啥不修好?咱梁庄还是穷,他自己口袋没装满,哪管群众?没得到实惠的还是群众。按这个腐败劲儿,应该给他们说说。"

"那都没人管了?按说规划是国家定好的,有具体要求的。"

"唉,清啊,你还是没明白我的意思。"江哥对我执拗于"按说是什么样子的"这种语调很着急,"那根本都没人管,都是乱的。国家今儿这样,明儿那样,政策可多,可好,没人管还不是白搭?"

"这倒也是。"

"我的意思是,煤厂现在还有两个房子的处儿,他保生要是找你了,你给他说一下,看行不行,他求你了呢,应该会看你面子。你们现在外面干大事了。人家都说你在干啥呢?在调查啥事?"

"我主要是在写一本书,写农村的事儿。也调查一些实际的事儿,可不是为告状。不是为管实际事。我不想那样写,要是因为咱这本书,让村里的谁谁出啥事了，咱心里也不美。毕竟咱出去这些年了。要这样，以后都没法回家了。"

"说的可是，我可理解你。我就是想问问你。"

"我要是管了，也成私心了。你说是不是？再说，这里面也弄不清楚，不知道牵扯住谁？"

"没事儿，我不能妨碍你的工作。你江哥还不糊涂呢。我以为他找过你，那还可以说说。"

"要不然，咱也直接在那儿挖地基盖。他都在那儿盖了，没经过谁同意。咱为啥不能盖？"

"我气急了，也想过。那非得恶打一场。咱祖祖辈辈要在这儿生活，我的意思也是不愿意把这个事儿弄到死地里去，结住死仇很麻烦。"

……

"江哥，你好好的，想开点儿。咱不能在一棵树上吊死。"

"唉，你不知道，我走到那儿，心里就气。成心病了。娃儿没地方盖房子啊。"

"不行还先在村里盖。不能光瞅着那个地儿。"

"那咋办，还是老鳖一啊。咱得想得开阔。唉，说起来，那年你结婚，我没去，心里一直可不美。那时候我在开食堂，正响午呢，去了两桌客，走不开，你嫂子去了。你想，咱开食堂哩，不能把客人扔下不管了。后来，为这，爹还说过我。我现在连你家相公还没见过。"

"我都不知道这事，江哥，这些年了，你记这干啥？今年暑假我还回去,到时专门带着他到你家里去坐坐。"

"好啊,好。可别光说说不来。"

……

离　开

冬去春来。又是出门的日子。仅十来天时间,阳光给人的感觉已经有所不同,年三十的寒冷已经远去。稀薄的暖意弥散在空气中,虽有些凄凉,但毕竟还预示着未来的希望。

梁庄的喜庆如潮水般迅速消退。院子里的小轿车后备箱都打开着,老人往里面塞各种吃的东西,春节没有吃完的炸鱼、酥肉、油条,家里收的绿豆、花生、酒,还有春节走亲戚收到的各种礼品,后备箱怎么摆也摆不下了。老人还要不断往里塞,儿子媳妇则不耐烦地往外拿,嚷嚷着说吃不了,会坏的。老人生气了,回到屋里袖着手不说话,儿子媳妇只好又把东西塞进去。然后,一辆辆车往村外开,上了公路,奔向那遥远的城市,城市边缘的工厂、村庄,灰尘漫天的高速公路旁,开始又一年的常态生活。

路边到处是大包小包等公共汽车的人。他们站在路边,心不在焉地和送别的家人说着话,因为等得太久,该说的都说了,也不知道如何填充这应该表达感情的离别时刻。老迈的父母站得太久,腿有些站不住了,十几岁的孩子则急着回去看电视,扭着身子不愿意和父母多说话。等到上了车,大家才突然激动起来。在车里的母亲噙着眼泪,扒着车里拥挤的人往车窗边移,往窗外张望,找自己的孩子。已初为少年的孩子手插在裤子口袋里,背对着公共汽车远去的方向。他不愿意让母亲看到他的不舍。

这个春节,万明三兄弟分别从北京、广州、云南回来过年。正月初四那天,兄弟们叫来了两个老舅舅和几个表哥,商量如何赡养老母亲的问题。结果,怨气集中爆发。万明的两个孩子都留给母亲照顾,万峰家的孩子在城里上寄宿,一个月回来一次,万安则自己带着孩子。按说万明应该多给母亲一点钱,但是,该多给多少呢?这是很重要的问题。都喝了一些酒,兄弟三个打了起来。舅舅和表哥们一气之下走了,不管这事了。正月初五清晨,万安装车,把春节所收的礼都装走了,方便面、酒什么的,大小东西全塞进车里。这让万明很不屑。三天后,万明、万峰也走了。他们的老母亲流着泪说:"都走都走吧,我还死不了,还能给你们干两天。"

在西安的万国大哥和万立二哥正月初十走了;去乌海的四哥正月十一走了,在村庄的这十几天,他一直处于醉的状态;梁安一家、梁峰夫妻和三哥夫妻又坐上梁安的车,于初九出发,走时把一直处于迷失状态的梁欢也带上了,五奶奶站在村口,对着他的大儿子、大孙子,千叮万嘱,一定要把梁欢照顾好;一直在村庄活跃的清明初六走了,到西宁他那孤零零的校油泵点儿,在家的十来天,他似乎要把憋了一年的话说完,忍了一年的酒喝够;梁时正月十六去中山,留下怀孕的老婆,走之前他再次交待父亲万青,不要管那么多村里的事,他回来的十来天,女儿一直不跟他们睡,她只要她的继奶奶巧玉;在云南的、贵州的、浙江的和各个城市的梁庄人，在某一天黎明时分，也都悄悄离开村庄，以便当天夜里能够赶到那边的目的地。

离别总是仓促，并且多少有些迫不及待。

犹如被突然搁浅在沙滩上的鱼，梁庄被赤裸裸地晾晒在阳光底下，疲乏、苍老而又丑陋。那短暂的欢乐、突然的热闹和生机勃勃的景象只是一种假象，一个节日般的梦，甚或只是一份怀旧。春节里的梁庄人努力为自己创造梦的情境。来，来，今天大喝一场，不醉不归，忘却现实，忘却分离，忘却悲伤。然而，终究要醒来，终究要离开，终究要回来。

历史与我的几个瞬间

此刻我坐在美国杜克大学图书馆。从高大明亮的窗户向外看去，是庄严静穆的杜克大教堂。蓝天之下，那不规则的赭彩色石头如同呼吸，使整个建筑充满生命，而修直高耸的尖塔在极细处与天空相接，仿佛把视线和灵魂引向那无限的辽阔处。你感觉到你的意识在内部慢慢浮升起来，生命的庄严和辽阔，"在"的清晰和逼视，你必须要思考你自己。

从来没有如此意识到天空、大地、白云、地球与人的一体关系。"天似穹庐，笼盖四野"，目之所及，天如盖，包裹着你，白云恒久地在，人既是孤零零的，因为你于如此辽阔之中，但又有所归属，因为你看到你所在的空间位置。

一个人如何与历史发生关系？就像这教堂、天空与人的关系。哪怕仅仅是一种形态，教堂的尖顶，如盖的天空，逍遥的白云，也会在不自觉中塑造着你——你的气质、性格和命运。

那最初的形态是什么？对我而言，毫无疑问，是灰尘、贫穷和村庄整体的封闭。寂静、黯淡、沉默，好像处于涣散状态，但又似乎在酝酿着新的躁动的力量。父亲和村支书之间的斗争是童年最清晰的记忆,它是我对恐惧的最初体验。村支书那双犀利、威严的大眼控制了我好多年,每次走过他家门口,甚至是看到那个朱红大门、那座院墙都会让我莫名颤抖。我不知道父亲的勇气从何而来,但我却看到这恐惧压倒了母亲,还有我们这些孩子的内心精神。

多年之后,我才明白,在我的童年时代,1970年代末至1980年代初期,村庄其实正处于大浩劫之后的死寂阶段。"文革"处于尾声,农村生产力严重下降,斗争思维还没有过去,联产责任制刚刚实施,父亲所讲的乡绅、前政府官员、基督教徒、小业主在不断的运动中都逐渐消失。但是,村支书家里的热闹及在村庄的权威,普通百姓的卑微和狡黠仍然延续千百年来的模式和思维,村支书与父亲的斗争既是"文革"力比多的剩余物,也是获得生存权利的基本形式。这战争总是以不同的面目延续着。历史的阶段性重复和折腾,其实就像人一样,所谓"好了伤疤忘了痛",不断愈合,再重新制造新的创伤。无论如何,我并不知道"反右"、"大跃进"、"三年自然灾害"、"文革",我所记忆的童年只是一些碎片式场景,争斗、播种、收割、春天、夏天、上学、成长,它们嵌入在平静日常的生活中,带来并不深刻的伤心、害怕和欢乐。

1987年,香港的电视连续剧《射雕英雄传》在内地电视台上映。那一整个夏天,每到傍晚,梁庄的大人少年就一群群地到吴镇去,寻找有电视机的家庭,站在人家门外等着电视开始,也不管人家是否愿意。所有人都看得如醉如痴,每当片头那两个骷髅出现并交错放出两道彩色光柱时,大家都会发出一片惊叹声,而俏皮的黄蓉头一歪,逗她的靖哥哥时,又都发出会心的哄笑。

我也是那群人中的一个,那两道光柱,在我心中闪烁了好多年。对于当年那个十四岁的大陆少年来说,"香港",就是《射雕英雄传》,它是工业文化和传统文化完美结合的化身;就是充满某种温柔和哀伤情感的"流行歌曲",它们突然让你体会到一个人原来可以有如此丰富的情感,那应该是现代个体意识的初次萌芽吧;就是充满动感的"迪斯科",它让你震惊,一个人原来可以这样放肆、自由地舒展自己的身体。在当年的大陆,这些来自于香港的事物,都有很深的"解放"意味,虽然今天看来,这里面蕴含着更复杂的也更难以判断的文化意识形态。

似乎有一个通道慢慢打开,世界还有新的方式,身体还有更多感应,生命还有更多情感,它是无穷尽的。我记得十四岁的我,在看完郭靖黄蓉之后,和一个小伙伴,坐在暗夜的河坡上,在虫鸣中,羞涩地谈我们似是而非的暗恋对象。"射雕英雄传"、费翔和"恋爱"到底有什么关系,这还需探讨,但由那色彩和身姿而起,却是毋庸置疑的。但他们离我仍然遥远,我当时为之痛哭的却是另外一件事。

我和一个女生上自习课的时候在走廊聊天,被学生会干部发现,在被严辞批评的时候,我嘟囔了一句:又不是在搞同性恋。那几个学生干部大惊失色,迅速离开。晚上,我的班主任把我叫出了教室。那时候大家正在上晚自习。班主任是一位五十多岁的讲马列的老教师,方形脸,黝黑呆板,严肃正义。我刚一站到走廊,班主任就狠狠地推了我一把，愤怒地嚷道："你知道那是啥吗？你还要不要脸？"我一个大踉跄，整个身体撞到了栏杆上，又向前扑倒，在倒地的一瞬间，我看到教室里那几十双惊诧的眼睛。我羞愧至极，不只是因为我在全班同学面前被羞辱，而是他语气中那强烈的愤怒和羞耻感，他眼睛里仇恨的、禁欲的、教条的目光让我震惊和害怕。

围绕着这一事件，我被连续批判了六天，我的头越垂越低，错误越来越多，也越来越清楚地认识到"同性恋"是一个来自于资产阶级社会的、不道德的、罪大恶极的词语。至今我都不明白，在那时，不止是我，学生会、学校领导、我的班主任可能比我更不知道"同性恋"到底是什么，但是，那正义感、羞耻感及想象力从何而来？在这背后，有一个洪水猛兽般的"西方"：色情的、无耻的、变态的世界。"西方"就这样以一种奇异的纠缠状态出现在 1980 年代后期的中国日常生活中，关于爆炸头、喇叭裤、接吻等的争议和政治升华在今天看来甚至有点滑稽，但是，它突然丰富起来的身体和情感，以不合时宜的复杂、柔软、多元冲击着坚硬的中国心灵。外面的世界正在轰轰烈烈地行进，十六岁的我，却因为这懵懂的"出轨"而被不断规训。

可以这么说，当"60 后"知识分子在如醉如痴地吸收学习西方思想并借以批判中国政治与社会现实时，还只是少年的"70 后"则如醉如痴地阅读来自于港台的琼瑶、三毛、金庸，并沉湎于一种自我营造的感伤和对传奇的向往之中，或因模仿港台剧中的英雄人物而成为小镇的不良少年，或如我这样，被像拔刺一样把叛逆的因子一点点拔掉。对于"历史"、"社会"这两大名词，"70 后"是通过学习而得来的，是书本上的知识和家人的闲谈，哪怕并不遥远的"大跃进"、"文革"，也只存在于支离破碎的话语之中，与现实的生活与情感都无关。没有跟得上战场（虽然这战场只有在叙事时才有意义），没有经历宏大场景，没有荣耀、炫耀和言说的资本，没有被安排继承历史遗产，也没有来得及领悟新的历史规则并投入其中，却总是被历史的碎屑、生活的边角料所击中，这些碎屑是如此琐细、不重要，以至于根本不值得被提起，但却仍然实实在在地影响着一代人的人生。

规则和惩罚一直伴随着我的整个成长过程。我常常有一种无所适从的感觉。不知道该如何处理自己的表情（就好像不知道如何面对这个世界），不知道该如何表达自己的观点（我对那些有鲜明政治观点和历史观点的人总是敬佩不已），我讨厌自己的道德感和某种保守的倾向——这一保守并非一种有意识的文化选择，而是长期被规训后的结果。有时，我觉得这种保守是一种有益的坚守，但一想到它来自于当初那狠狠的"推搡"，又觉得有些诡异。规则与惩罚沉重地粘滞在心灵深处，不敢张扬，不敢冲破任何一种哪怕最简单的成规。在历史的河流里，我无从捉摸自己，无法真正投入任何一件事情。没有迷失过，因为没有选择过；没有忏悔过，因为没有行动过；没有狂欢过，因为没有自由过。我只是一个看似冷静、实则不知道如何处理自己的旁观者。

也许并不只是我。关于"70后"，在当代的文化空间（或文学空间）中，似乎是沉默的、面目模糊的一群，你几乎找不出可以作为代表来分析的人物，没有形成过现象，没有创造过新鲜大胆的文本，没有独特先锋的思想,当然,也没有特别夸张、出格的行动,几乎都是一副心事重重、怀疑迷茫、未老先衰的神情。

即使"怀疑",也并非都是有效的表情。没有经历过"迷失"、"行动"或"激情",或者,更确切地说,没有清晰的历史意识,怀疑或者只是一种置身事外的虚妄。"50后"深沉地谈论"饥饿","60后"热烈地讨论"文革"和追忆"黄金八十年代","80后"悲愤而又暧昧地抨击"商业"和"消费",这一切,"70后"似乎都没有确切的实感,面对这样的话题和隐在话题后激动的面孔,你会有强烈的被抛出之感。这是先天不足。碎片之感、隔离之感清晰地印在我们的言行举止中,以至于无从知道自己如何与历史发生真正的关系。

无关主义,也无关立场,而是不知道从何开始。

怎么办?如果找不到历史的契入点,你将无法找到存在的理由和价值感,如果无法感受到问题和矛盾之源,你就如进入无物之阵,陷入四面空虚的困境。难道因为我们生活在历史的琐屑之中,就不配拥有进入历史并寻找自我的机会和权利?

在进入大学教书并成为一名研究者之后,这种被架空的感觉日益强烈。并非研究本身没有意义,而是你,研究者主体,无法从研究中寻找到与历史共在的感觉。这并不是在否定学院生活和纯粹思考的价值,而是害怕过早的平静、过早的隔离和过早的夸夸其谈。我听到很多这样的夸夸其谈,看似非常有道理,但一当与正在行进中的生活相联系,你立刻就会发现其中的可笑和苍白之处。更为致命的一点是,成为学者,也即确立一种阶层和一种生活方式。它意味着你再次被隔离开来。当学者仅仅是某种知识生产和一种职业的时候,它所蕴含的内在破坏力和启发价值就逐渐消退。我害怕自己再次未老先衰。

重返梁庄,最初或者只是无意识的冲动,但当站在梁庄大地上时,我似乎找到了通往历史的联节点。种种毫无关联的事物突然构成一个具有整体意义的网络呈现在我面前。那早已遗忘的个人记忆——我走过的坑塘,经过的门口,看到的树木,那随父亲长年征战的铁球,百岁老人"老党委"家那个神秘而又整洁的庭院,童年与小伙伴决裂的瞬间,1986年左右全村、全镇种麦冬的悲喜剧,所有的细节都被贯通在一起,携带着栩栩如生的气息,如同暗喻般排阵而来。

在那一刻,个人经验获得历史意义和历史空间。从梁庄出发,从个人经验出发,历史找到了可依托的地方,或者,反过来说,个人经验找到了在整个时间、空间中阐释的可能。两者相互照耀,彼此都获得光亮。

我看到村庄的坍塌。那座空荡荡的小学,它曾经是全村的文化中心和政治中心,我们在这里上学,父亲在这里被批斗,也在这里领取一年的口粮;那个像孤魂一样移动的老人曾经是全镇乃至全县的基督教长老,我曾被他的自信和光亮所震慑,如今他信徒满座的家早已倒塌,而他显赫的家族,早在新中国政权交移之际已经开始分崩离析。是的,村庄一直处于坍塌之中,只不过,不同的历史阶段,面目不同而已。

我发现,当把目光有意识地投向与"我"相关的事物时,你会很容易察觉到它内在的生长性和历史性。1986年,几个来自南方的贩子在吴镇走过,吆喝着收麦冬,一斤麦冬两块多钱。那一年,种麦冬的人家都"发财"了。光亮突然照耀在梁庄的上空,天开了,云散了,黯淡的乡村变得欢快、辉煌,所有人都忙碌起来。麦冬,金光闪闪的、圆滚滚的"南方",第一次进入梁庄的生活空间。父亲把小麦地、玉米地全毁了,也种了五六亩麦冬,收获的时候,雇了二十多个人。一时间,家里家外,欢声笑语,父亲每天计算着能挣多少钱,还多少债,剩多少钱,怎么花。我清晰地记得那一年,是因为,父亲脸上盛开的花朵,那流溢出来的快乐实在诡异;还有,那一年,全家人,包括来帮工的人,都长了疥疮。我的手缝里、胳膊上、屁股上、腿上,全身上下,都长满了疥疮,奇痒无比。那半年时间,我只能站着上课,至今,腿上仍有铜钱大的深深的疤痕。但奇怪的是,这些痛苦都被忽略了,大家都被"挣钱"、"南方"鼓舞着,对眼前的困窘视而不见。每晚睡觉前,我们的功课是互挤脓疱,看哪一个成熟了,按下去,看黄色的脓液飙出去,彼此取笑着。

那欢快从何而来?发财、南方、城市、经济、生意、贸易、广州,这些词语具有强大的魔力,封闭已久的乡村为之神魂颠倒。当然,父亲的发财梦破灭了。吴镇的许多人家因为麦冬而破产,抵押房产、跑路、逃避债务,有熟识的人家一再筹措路费到广州去要债,但是,每次都凄惨而归。冬天再次来临。在"改革"的第一次博弈中,乡村以惨败而告终。城市与乡村、南方与北方,彼此之间的二元性、对立性和残酷性也立马呈现出来。

2011年,追寻梁庄的足迹,我走遍中国的大小城市,西安、南阳、青岛、内蒙、北京、广州、厦门、东莞等等,我想了解我故乡的亲人们的生活,我想看到那短暂的"欢快"是否再次出现在他们的脸上。当然,在经历了多年的学术思考之后,我也希望,能够在"实在"的生活中找到与之相对应的东西。肮脏拥挤的城中村,尘土飞扬的高速公路边,如地狱幻影的电镀厂,一双双眼睛投向我,一个个场景震撼着我,他们高度对抗性的生活,对自我命运的认知,以及种种无意识选择背后所折射出的深远的历史空间都让我意外。我意识到,1986年的命运仍在延续,而学术和政治话语中的阶级、差异、资本、金钱、发展、乡村、城市,知识分子口中的虚无、忧郁、叛逆等等司空见惯的词语是怎样的大而无当和华而不实。那油污背后的一双眼睛,那电镀厂里移动的幽灵足以动摇一切理论和那些斩钉截铁的、宏大的结论。

如果你笔下的术语、心中的情绪和现实生活、历史之间没有构成真正的对话,就不会产生真正有效的思考。是的,即使是"虚无"——我们经常会拿它作为一种批判和思想的起源,也是某种姿态的标榜——如果我们对"虚无"的对象一无所知,如果没有实在的所指,它就只是肤浅的伪饰而已。

对于中国人的人生而言,悲欢离合从来都不是自然的生活进程,而是随着政治、制度的变动而被迫改变。一种生活和传统如潮水般迅速消退,虽然这种消退或许并不值得怀旧,但它的速度及留下的疮痍却实实在在地让人惊心。我看到了激进主义的破坏性,保守主义的虚妄之处,也真切感受到自中国被迫进入"世界史"以后,与"世界"、"西方"及"现代"之间的复杂联系。从梁庄的命运中,我看到,"现代性"的道路还很遥远,而如果不对密布于时代空间的诸如"乡村"、"城市"、"现代"等词语及彼此的相互关系作观念史的梳理的话,那么,梁庄、无数个梁庄,中国的心灵,还将继续无所归依。

这是一场战争。我们随时都处于"大时代",战争并非都是流血的革命,这几亿人如大军般的迁徙、流散及由此带来的社会矛盾一点也不亚于一场战争,并且,是一场持续的、必败的战争。所谓的"小时代",个人化的、小资产阶级的、物质的"小时代",只是一个假象。裂隙无处不在,我们被锁定在特定的场域中,被围困在真空之中,探讨着言不及义的话题,对同属于一个生活场景的另一面视而不见。那些鲜亮的术语、概念就像那疥疮,密布于身体,吸噬你的精气神。或者,其实从来如此。

历史意识的生成与其所处的历史阶段无关,重要的是"我"与历史的联结方式。历史存在于其与"我"的关系之中。历史就是你自己。以"我"——既是个人的"我",也可以是大的集体的"我"——为原点,以经验世界为基点,向过去和未来辐射,并不都导向主观和偏差,相反,它能使得我们的思考更有切实的基础。对于处于尴尬位置的"70后"而言,摆脱无历史的空虚之感和历史阶段论,也就摆脱了那种无谓的自恋式的感叹。无论何时何处的生活,都如阳光下的灰尘一样丝缕可辨,历史纷繁而又清晰异常。

大历史和大事件为后人的反思提供最基础的内容,但也很容易传奇化、浪漫化和概念化,就像今天许多人在重新谈起"民国"、"解放战争"、"文革"、"知青"时,多是"激情燃烧的岁月",在溢美与否定之间走钢丝,却对认知真正的历史毫无帮助。能粉碎大历史框架的恰恰是个人的记忆,是历史空白处的碎屑和不引人注意但却又久远的伤痛,它影响甚至制约着历史的运行。1986年的"麦冬"在我身上留下永远的痕迹,而父亲和吴镇的许多人也因此一蹶不振好久。和广州做生意的那家人,原是吴镇最早的万元户,在麦冬神话传来之前,正准备兴土木,盖"豪宅"。之后,丈夫出去避债多年不归,老婆在家做种种零活挣钱还债并养活三个儿女。多年之后,在走过一个地方时,年老的女人仍然忍不住说,这就是当年我们看好的造房子处,两层,十四间,砖瓦都买好了。她的手横着、大力地划过去,划出了一道虚空。麦冬,这个椭圆的、乳白的小果实,附着在"南方"、"改革"身上,结结实实地改变了他们一生的轨迹。

对我而言,"西方"的概念来自于"郭靖黄蓉",而"同性恋"事件对我更直接,所产生的思想震动更大。阐释历史的通道并不只来自于大的政治事件,也可能仅来自于一个词语。

与此同时,回到梁庄对我而言是一种激活,重新找到思考的起点和支点,并激活自己的生活——学术生活和实在生活。它是一种学术实践,我从来不认为它只是创作实践。这四年多的田野调查、阅读和写作给我的锻炼和启发不只是最终的那两本书,而是我似乎越来越接近问题的源头,我注意到由生活实践所折射出的观念冲突,由观念冲突所引发的生活实践的种种反应。我意识到"乡土中国"这一概念的生成性——自晚清以来它一直处于被塑造中——及这一生成背后的社会意识的变迁、时代精神的分裂和利益驱动的巨大作用,它们互相生成,并且正塑造着新的中国形象。我想我会重返书斋进行学术研究,并且,我会把这一学术研究看做我的生活实践的一部分——它不再只是无关任何风月的书斋生活,而是历史的一部分。"生活实践",即与正在行进中的历史相结合的能力,从正在行进中的生活场域寻找理论的起点和依据,最终达到一种及物的思考和结论。从这个意义上讲,我反对过早的专业化,反对过早的平静,我崇尚某种行动、冲突,甚至自相矛盾(包括思想上的),哪怕它可能偏激,可能错误,也比四平八稳要更有启发性。当然,从另一方面来看,偏激和愤世嫉俗是一个可以向上的词语,但如果没有扎实的考察和思考支撑,也会流于某种狡诈的圆滑和为虚名寻租的屏障。

文章还没有写完,我又回到国内。十一月初下午四五点钟的北京,雾霾满天,天空灰暗,高楼飘浮在空中,如同末世纪的魅影。灰尘阻塞着呼吸,我不由得在内心发出许多人都发出过的感叹。

而此刻(又一个"此刻",这是又一个历史瞬间,和我坐在杜克大学的图书馆看大教堂、在出租车上看北京的天空时一样),阳光穿过乌云,照在满是灰尘的窗玻璃上,又斜映在书桌上,从外面隐约传来压抑的车流声,极具穿透力的工地敲打声,高亢而杂乱的对话声。我背对着室内,阳光之下那一屋的灰尘让人心烦意乱,虽每天打扫,灰尘仍然铺天盖地,落在每一件物品上,一切都黯淡且眉目不清。但是,当凝视并倾听这一切时,仍有莫名的踏实的愉悦感从神经末梢传导入心脏中央。是的,这是你自己的日夜。与爱国、民族和那些宏大的词语都无关,而与你自己相关。或许,重要的不是你爱不爱国,而是你无法选择,最终才生成某种类似于"爱"的历史感。

这是一种颇具先验性的愉悦感,或者,悲怆感?你无法选择最初的历史瞬间。美国的蓝天、白云像梦一样,没有真实感。这种感觉真的非常奇怪,仅仅十来天而已,那几个月的生活已经在你意识中遁去,就好像从来没有经历过。它对你的观点、逻辑思考,甚至对美的感觉都产生过影响,它也成为你经验的一部分,但却没有形成历史感。我似乎明白了"离散"这一词背后的含义。历史是活生生的"在",热闹与喧腾,灰尘与阳光,黑暗与光明,都与你相关。如果没有这一相关性,你又是谁呢?梁庄、家人,从出生起就看到的天空、大地,你所读的每一本书、所感受到的每一种情感和思考都是你的"在"。如果一个人在此地没有"在"的感觉,那么,这风景、历史就与你无关,你也无法从这里的时间和空间得到真正的拯救。

T.S.艾略特在《四个四重奏之四》中这样写道:

> 玫瑰飘香和紫杉扶疏的时令
> 经历的时间一样短长。一个没有历史的民族
> 不能从时间得到拯救,因为历史
> 是无始无终的瞬间的一种型式,所以,当一个冬天
> 的下午
> 天色晦暗的时候,
> 在一座僻静的教堂里

历史就是现在和英格兰。

我想，艾略特想说的是历史、时间和"我"的关系。一个没有历史的民族，不能从时间中得到拯救，一个没有历史的人，也无法从有限的人生中得到救赎，哪怕你坐在庄严的杜克大教堂里，聆听高亢而清澈的歌声。

时间并非只是线性的存在，它具有并置性和空间性。历史并非只是过去，人并非只生活在现在，而是活在传统的河流之中。你的一滴眼泪、一个动作或一次阅读，所蕴含的都有你的过去与未来。所以，现在即过去，未来即历史。

这样，无论生于哪一年代，身处哪一时空，都是一样的，因为历史赋予了我们一个个瞬间。能够对这瞬间所包含的形式及与世界产生的关联进行思考，我们就汇入了过去、现在和未来的洪流。

书斋与行走

回首自己是一件特别让人容易虚幻的事情。你过往散浮着的东西，你写的文字，你走的路，你经历的时日，突然要被某种逻辑归纳起来，这本身就是可疑的。但是，又好像很有意思。当散浮着的东西被收拢起来，具有某种逻辑的时候，你才突然发现，原来你的人生如此简单，又如此不可说。

现在想来，从一个文学青年进入文学研究，这其中不知不觉中产生了巨大的错位。顺着学生的被动性和学科的惯性，十几年下来，你变为了一名文学研究者，但是，你却并没有尝到文学研究的快感和充实，也没有感受到这一研究的内在价值和尊严。这大概是许多文学博士的心路历程。

就我自己而言，从1997年进入郑州大学中文系读硕士研究生算起，至今已经从事研究十七年。在这十七年间，我出版了两本学术著作《外省笔记——20世纪河南文学史》、《新启蒙话语的建构：〈受活〉与1990年代以来的文学与社会》，一本学术评论集《灵光的消逝：当代文学叙事美学的嬗变》，一本和作家阎连科的文学对话《巫婆的红筷子》,两本长篇散文《中国在梁庄》和《出梁庄记》。还有几十篇长长短短、散发于各个期刊的随笔散文。罗列这些,不是为了显示自己写了多少东西,而是想郑重地看看自己做了什么。

我曾经在《中国在梁庄》前言中写道:"我对自己的工作充满了怀疑,我怀疑这种虚构的生活,与现实、与大地、与心灵没有任何关系。"这并非是否定文学研究本身的意义,而是自己无法找到意义的通道。

你清晰地看到,许多时候,你的评论语言只是在虚空中缠绕,华丽而无所指。拼命地阅读、摘抄各种理论和思想,但这些理论和思想只不过成为你阐释一个文本的大帽子,不具备实在的意义。或者说,它们并没有转化为你自己思想和认知的一部分。在写作博士论文《外省笔记》(原题目为"外省文化空间的嬗变与文学的生成")时,有一段时间,我对这种一百年的宏大的线性文学史的梳理有点厌倦,一个最直接的原因就是,我突然发现,我所总结的河南作家写作特征与时代的关系其实也是文学史中普遍的作家与时代的关系,我对作家作品与地域文化、政治时空嬗变之间的关系并没有真正形成一种判断。我没有自己的观点。或者说,我怀疑这一论题是否是真正的论题。但是,这样的疑问很容易被自己忽略过去,它被无数的资料、被形成一种线索的喜悦、被自己的自圆其说和必须完成的决心所遮蔽。

这并不是说这一研究毫无价值,也不是自己毫无所得。如果不是硕博期间大量阅读中西方名著和各种理论,如果不是几年间对各类哲学、历史和思想的涉猎,如果不是重新回到文化母体审视自身的语言、地理和精神内部的嬗变，也许，就没有今天这样总体的我。但即使这样，那一微微的厌倦和空洞之感始终埋伏在那里。一有机会，它就会反扑过来。

而在写作作家论时，我发现，我特别容易陷入某种高义之中，漂浮感特别强。某一判断和指述拿到哪一种作品那里都可以。有许多时候，甚至只是一种词语游戏，词藻用得更好，修辞更巧妙一些，因为它与这一世界、与世界的内心无关，只是词语的循环，而无真正的所指。说到底，面对一部作品，批评家很难建构出自己的一个世界。我很难说，这是中国当代作家作品的问题，还是我作为一个批评家自身素质的问题。

如果你不满足于自己的学术思考只是知识的累积或角度的变化，不满足于自己的批评文章仅仅是一种阐释，或只是附着于作品的次生品，我想，一种反思就必然会开始。这一反思可能也是每一个严肃的批评者的必经之路。

在这一反思过程中，我无意间选择了一个更曲折弯曲，也更暧昧的方式。重回梁庄，重回故乡。不管是因为学术，还是因为创作，重回梁庄的这几年成为我思想生命中最重要的几年。

对梁庄的书写，在梁庄和出梁庄的行走，犹如一个铅坨把我从不着边际的摸索和困顿中拖了出来，找到了可能的通道。游走、探索、进入一种生活的内部，这是之前想过，但却又不知从何做起的事情。

从创作角度来看，写作梁庄是一个不断修正和学习的过程，寻求合适的文体，琢磨用什么样的语言精准地描写一个人的表情，排哪种序能够把屋内的场景更富有画面感地呈现出来,情感控制到什么程度以不破坏你所书写的内部生活,这都需要反复琢磨。从总体来看,过往的思想和认知都参与进来,阻碍或帮助你去塑造一个村庄,一种生活。许多之前在研究文学时没有注意到的问题都呈现出来。譬如说你会注意到前辈作家、社会学家和人类学家在塑造村庄时所使用的词语、所建构的场域及背后的选择倾向。

其实,从更深远的层面来看,我把梁庄的行走和书写看做一种学术行为。或者说,是学术生活的拓展和延伸,虽然它不是以学术的面目出现。

"细心考察社会的实在形态"(胡适语),对行进中的生活的研究和思考,不管是哪一种生活或哪一个群体或哪一个层面的问题,城市、乡村、政治或文化,都会使你对生活内部和文化内部的逻辑有更为深入的了解。它的纠节点在哪里,它最微小的肌理是什么样子,它和时代、历史及与政治的冲突表现在什么地方。它会纠正,或让你反思你原来在书本中看到的只是结论的东西,它让理论重新还原为纷繁琐细的生活,使理论有了附着。这样,不管你更确定还是怀疑,也都有了扎实的依据。

必须承认,这两本"梁庄"使我重新获得了学术研究的勇气和信心,也重新感觉到它内在的意义和尊严。实践的层面和学术的层面相结合,使我的精神有了某种较为实在的支撑。

就学术方式而言,我对语言的花活、对热烈而直接的观点、对鲜明的态度越来越质疑。语言。这是一个言说的时代。不管是小说、诗歌或散文创作,许多文本内在是空的。实实在在的空。不是那种指向人性、人生的某种虚无的空,而是语言指向的空洞无物。当词语的内部无法超越其自身而达到与世界的联结时,它是无效的。

观点和态度。铿锵的、确定无疑的东西总是鲜明而令人兴奋,也能够达到淋漓尽致的效果。我想,真理在握的感觉是人类最美好的感觉和梦想。但是,你又隐隐约约觉得,在宣讲、告知的同时,它们隐蔽了很多空间。

我会回避这些,并且,这是一种基于理性思考后的回避。

就创作而言,我始终希望自己能创造出那么一个空间。它柔软、暧昧、丰富,有无数条交叉小径。你走你的,我走我的,各自拥有风景与空间。这是文学的空间。创造这样一个空间,它里面有生活的脉络,有一个个人的生命,有来自于家庭内部的痛感,也有整个社会给予的动荡与不安。

与之相对应的,则是对这样一个空间形成的文学文本的研究。如前所言,作家论往往沦为一种虚空。说实话,很多关于文学与艺术、社会及现实关系的争论,都是废话和套话。很多总体概念都容易是废话,套来批评、表扬、阐释谁的文本都可以。另一方面,却缺乏扎实的、基于文本而来的思考。

一个好的文本总指向某个方向,一篇好的批评文章应该能够读出这个方向,并能够把这个方向背后所涉及的复杂肌理说清楚,它不只深化这个文本的内部空间,并且,从中可以看到批评者本人对文学及这一相关世界的认知。

这意味着，好的文学批评应该是基于一种限定性之上的阐释和批评。"限定"非常重要。它意味着，批评者不是拿一个理论来套某个文本，而是先理解文本所设定的或所想要到达的空间和方向，在这一设定空间的基础之上，再讨论文本可能到达的高度和限度，由此，再去谈相关的问题。这样，空间是真空间，问题是真问题，你的思想也就可能是真的思想。我们不妨把它命名为"限定性批评"。

当然，我可能会更侧重于研究某种关联性，而不是文本本身。研究文学与作家、作家与时代、政治与人，它们之间回环往复的关系。回到时代的内部，分析各种话语的生成、撞击和游移，研究各种人生、思想和事件的交叉及最后形成的空间。

有一种非常奇怪，但却又非常强烈的感觉，我想我以后会重新回到历史之中，回到"故纸堆"之中。我仍然会研究文学，但却会较少参与当下的创作形态，而更多地去研究文学以何种方式与时代、思想发生联系，从此出发，研究文学背后的文化场域和思想场域的生成。

我希望有那样安静的时刻。坐在图书馆，或某个只有自己的房间，为某个问题、某种思想的生成，耐心翻阅昔日的报纸、书籍，行走在历史之中，和历史、故人对话，考察彼时彼刻思想的交锋，寻找蛛丝马迹，并试图架构出一个实在的时空和网络。外面骄阳似火，这里却清凉安然，有脉络正在形成。这既是实在的温度反差，也是一种与外部世界关系的想象。

其实，随着这几年的学习、思考和行走，我反而对胡适当年的态度有了点理解。胡适在《多谈些问题　少谈些主义》里面认为，"研究问题是极困难的事,高谈主义是极容易的事。比如研究安福部如何解散,研究南北和议如何解决,这都要费工夫,挖心血,收集材料,征求意见,考察情形,还要冒险吃苦,方才可以得一种解决的意见。又没有成例可援,又没有黄梨洲、柏拉图的话可引,又没有《大英百科全书》可查,全凭研究考察的工夫,这岂不是难事吗?高谈'无政府主义'便不同了。买一两本《实社自由录》,看一两本西文无政府主义的小册子,再翻一翻《大英百科全书》,便可以高谈无忌了!这岂不是极容易的事吗?"

在今天这样一个混杂的时代,当人人都在发表观点,当激情、理想、正义都被挟裹进一个更大的话语之中时,当你自身作为一个个体被政治架空之时,作为一名研究者,不妨回到历史空间之中,去寻找问题之内在脉络。研究者需要某种冷却和与社会之间的疏离。对这个时代需要一种免疫力和超越力。但是,我想,这种超越是你在深入了这个时代和生活之后又穿越了它,这样,才有更切骨的体验。否则,只是一种虚样的话语和姿态。这是这五年来行走梁庄给我最大的体验。

譬如说,接下来的几年,我可能会做一个概念的或观念史的考古研究。这恰恰是我这几年在乡村行走和思考过程中产生的问题。我发现,今天我们所使用的"乡土中国",无论是政治层面(在具体政策实施过程中所依赖的理念)、文化媒介层面、民众思维层面,还是在学者的逻辑思维中,都具有固定的含义:一个前现代的、农业的、愚昧的、落后的、无法在现代化过程中生存的观念体和象征体。即使我们谈起乡村、乡愁,也多是在怀旧意义上,而非现实主义上而谈的。

但是，在翻阅晚清留日学生于1900年代所创办的杂志时，会发现，大多以地域为名，《河南》、《四川》、《云南》、《江西》、《开陇》、《滇话》、《粤西》、《晋乘》等，留学生们以省域为对象，谈的也是"乡土"、"地域"、"地方性"、"方言"等等，讨论的问题却是"自治"、"开放"、"平等"、"民主"等。鲁迅等一批留日学生都在杂志上发表文章回应这些问题。每一期后面还有国内的各种反馈，它与国内的自治运动、乡村改造相互呼应。

而1930年代在中国内陆，"乡村自治"运动也如火如荼，如河南的土皇帝别廷芳、涪陵的卢作孚，这些自治运动以中国传统道德秩序为纲，结合西方的政治、经济理念，创造出一个"生机勃勃"、具有实际运作能力的新乡村形象。总体来说，在民初时代，"乡土"、"乡村"是具有某种开放性和活力的，对于未来的历史发展来说，当时的"乡土"、"乡村"似乎还具有多种可能性，还没有后来的完全封闭的概念。

我想要考察的是，"乡土中国"是如何逐渐被塑造成为一个过去的事物？这中间经历了怎样的概念流变？晚清一代的知识分子经历了怎样的思想嬗变？这一思想嬗变和当时的中国政治命运、与个人的生活经验、与当时所接受的西方话语之间是怎样的关系？我想重回晚清时期，重回现代性追求之初，回到各种观念、概念、实践的碰撞和纷争的语境之中，梳理脉络。尤其是，回到整体概念形成之初，看知识分子各种思想体系和话语体系形成之初内部所包含的"前视野"。再具体一点，我可能会从鲁迅入手。我想研究的并非是鲁迅小说中的乡村图景、乡村模式是什么，而是想研究鲁迅小说中为什么会呈现出如此的乡村图景，他接受了怎样的思想，经受了怎样的冲击，在这背后，蕴藏着怎样的传统与现代、民族与世界等概念的冲突。

也许，隔了几年，我还是回到学术研究，还是回到了纸张之中，但是，对现实的相对深入和宽阔的理解必然会贯注到纸张背后的历史时空。

当然，就总体而言，这样一种"重回历史"的研究难免有消极的成分，尤其是在这样一个每天有无数新的现实、思想和文本产生的时代，这样一种疏离难免不被看做是逃避或借口（也可能确实是一种借口）。但从另外的角度来说，也不妨看做是一种参与形式。但反过来，我对那些能够积极投身于一种运动，或以实际行动争取政治空间和言论空间的人，始终持一种非常庄重的敬意。

我发现，当在试着梳理自己的研究之路、所遇到的困惑和内心的想法时，我好像脱离了一个纯粹文学研究者的身份，我的想法似乎有些偏离了通常的文学研究。我在作为一个知识分子，作为一个试图打通文学与社会学、人类学和历史学的学者在说话？或作为一个社会实践者在说话？或作为一个生活者，一个始终陷于困顿、无法自解的生活者在说话？我不清楚。

其实，有许多亟待澄清的问题。道路漫长。没有一劳永逸的学术、实践和方法，就像没有一劳永逸的人生一样。

艰难的"重返"

2012年11月中旬,《出梁庄记》终于交稿。持续的压力突然卸去,我以为我会如想象中那样欢欣和畅快。然而,没有。呆坐在租来的小书房,我不愿看书,也无法思考。这个小书房陪伴我二十个月,让我这个从来没有过书房的人享受了一段难得的安静、独立和内向的生活。因为不断出差,窗台上的那盆文竹经常从碧绿变为枯黄,又顽强地从枯黄变回绿色。每天早晨,来到书房的第一件事,就是往文竹的每一个枝茎上细细洒水,观察那枝茎上的绿色是否又往上攀爬了一些。然而,这一次,那一半却无论如何回不去了。

"我终将离梁庄而去。"好像患了强迫症一样,我在脑海里不断重复这句话。有时候,我惊慌地抬起头,四处看看,我怀疑我已经悄声说了出来。它已经在心里叙说太久,不知道从什么时候开始。也许,从重返梁庄的第一天,从再次看到梁庄淤黑的坑塘,坍塌的老屋,衰老的叔婶,从一次次在城市艰难地寻找、接头,看到堂哥在西安漆黑的厕所,兰子那漆黑眼睛里蓄满的泪水,电镀厂那浓重的雾气时,这句话就像旋律一样反反复复响起,并且音量不断增大,最终,聚合为一个巨大的感叹句出现在"梁庄"的结尾。

我害怕这句话成为现实,也好像是为了反抗这必然的结果,2012年11月下旬,我再次回到穰县。每天早晨,我沿着湍水往下游、上游,或往周边的村庄里走。没有任何目的。只是漫走。丰盛而芜杂的水草蔓延在湍水广阔的湿地之上,层层交结、错综、缠绕,如悬于水上的无边迷宫。踏在上面,如行走于虚空之上,步步心惊。

雾气笼罩村庄。深秋的早晨阴冷、潮湿,树干和枝条因潮湿而变得黑枯,夜晚的落叶被清晨的露珠一遍遍浸压,又经过人的踩碾,显得卑微、破碎,有些难以承受。无论是红砖白墙的高屋、青瓦泥墙的矮房,门口堆积的泥沙,踩得发白的小路,还是那缓慢行走、无意盯视的人,都被这灰色的雾气所统摄。仿佛一切都还是原始的、未经文明触摸过的、未经修改过的世界的一部分。

但又不尽然。在清晨的静谧中,看远处小石桥上来来往往的机动车、小三轮、自行车,无声无息地流过。桥头的肉架子上挂着一扇扇新鲜的、粉红的肉,在初阳下微微发光,摊主刀起刀落,又熟练装起,然后,一个人拎着袋子匆匆离去。生活如此古老又新鲜,永恒存在,又永恒流逝。但并不悲伤,甚至有莫名的希望存在。

是的,我不会离开梁庄,虽然在身体上和行为上我即将或已经离开。我清清楚楚地看到我未来的道路,我与梁庄之间将再次被阻隔起来。或者说,我从来都没有真正进入过梁庄。我指的是,它的结构和它的命运。

梁庄和梁庄的生命究竟是什么样子?我与梁庄,梁庄与我,到底是什么样的关系？我为何重返？是否真正到达？在不断"重返"梁庄的过程中，我逐渐意识到，"我"，甚或说，自上个世纪以来，"我们"，在不断逃离梁庄中试图建构梁庄。它的生命、历史、形象，都被盖上种种印戳，并以此成为时代"风景"的基本元素。

我把这篇文章的写作看做一次重返梁庄和反思自己的机会。

一、荒凉而又倔强的生命

因为必然的"归来"、"离去"和另一空间的比照，"重返"故乡，在某种意义上，其实是在回望过去、寻找生命的蛛丝马迹和早已隐于时间深处的血缘亲情，它们和现时的形态交织在一起，形成故乡的所谓"现实"。当鲁迅看到，"苍黄的天底下，远近横着几个萧索的荒村"，他看到的并不只是故乡的现实，而是由过去投射而来的"风景"。这一"风景"叠加着童年回忆、家道中落、三味书屋、百草园、祖父、母亲、兄弟一起呈现于他的精神内部，眼前的"村庄"只是让这些内部情景物化了。我们甚或可以说，当"我"在看到"鲁镇"以前，这一苍茫的风景已经存在于作者心中了。这是每一个回到故乡的人都有的先验风景。"梁庄"是由回忆、老屋、家庭的经历这些先在的事物推导出来的一个多重的存在物。

如果不曾离开，我不会如此震惊地看到梁庄的变化。我不会看到村庄的连绵废墟，不会看到坑塘的消失和死亡的气息，也不会看到梁庄小学给梁庄带来的精神上的涣散，当然，更不会看到如怪物般盘踞在湍水的挖沙机,因为,对于梁庄人而言,那是日复一日、年复一年的悄然溃败。

那个老屋并不只是荒凉、废弃的房屋,它承载着我所有的成长、情感和生活,看着它,你想着的是那里面曾经有过的欢声笑语和漫长的哭泣争吵,还有黑暗中经年沉默的母亲;那个小厨房,它竟然如此之小如此之低,两个人进去几乎已经转不过身,我还记得我和妹妹、哥哥、三姐在一盏昏黄的煤油灯下,围着灶台等待那一锅饭好的时候的喜悦,而最后,不知道谁把煤油洒到锅里了,就这样,我们仍然顽强地在另一边盛起一碗碗的饭。而走过老支书家已经坍塌的院墙时,仍然有莫名的紧张,这个眼大如灯的老支书和他的房屋是我童年和少年时代最直接的压力。

那在墓园后面的河坡上孤独生活的一家人居然还在。只不过,那痴傻妻子已经去世,大女儿也已经出嫁,当年发着高烧、不能动弹、极度营养不良的小女儿,如今已经有着红润的脸庞和羞涩的笑容。而那个沉默的老汉,他是打定主意把自己放逐于尘世之外了,杂乱的白发纠结于头顶,俨然一个孤僻失语的老人。

2012年10月,我和《人民文学》杂志社主编、批评家施战军老师在一次会议上碰到,当时他正在进行《梁庄在中国》(刊于《人民文学》第12期,后出版单行本时改名为《出梁庄记》)的终审。自然,我们谈起了它。他对我说,你有没有意识到,书中有太多死亡了?我一愣,在这之前,我从来没有意识到,更没有察觉到,"死亡"竟是"梁庄"如此正常的风景和如此隐蔽的结构。

确实,开篇有"军哥之死"、"光河之死",第三章有"贤生的葬礼",第七章"金的千里运尸",第八章"小柱之死"、"无名死亡",即使在结尾"梁庄的春节"一章中,也有"老党委之死"和流传在吴镇的神话故事"义士勾国臣之死"。

死亡如此随意而密集,犹如尘埃。生命孱弱地生长,又悄无声息地逝去,悲伤、痛哭、欢乐和点滴的幸福都被黑洞一样的大地吸收。我想写出大地的感觉——整体性、混沌性和蔓生性,想写出人(不只是农民)在其中的平常。你只是大地的一部分。人的生命没有高于一切,至少,它不高贵于自然界的那一棵普通的树木,一座平常的山脉,更高不过那永恒流淌的河水和宽阔的山谷。但,尘归尘,土归土。死亡并非意味着走向虚无,相反,它是一种虽然让人怅惘却又踏踏实实的归宿。是的,和树叶飘落一样,清晨的露珠一滴滴地砸向它,把它砸回到泥泞而又柔软的土地中。"每一片落下的树叶在下坠时都在实现天地间最伟大的法则中的一条。"它时刻都在进行,安静又镇定。梁庄,在每一个清晨醒来,又在黄昏中睡去,时间停滞,又长远行进。

但是,如果只有大地,只有人类生命的普遍性背景,而没有社会、文明、制度,没有家、爱、离去——那塑造种种死亡的实在因素,那么,生命的存在样态,它内部的复杂性、差异性又会被遮蔽。

尘土飞扬,农民大规模地迁徙、流转、离散,哪怕"死在半路上",也要去寻找那"奶与蜜的流淌之地",确实有《出埃及记》的意味,只不过,"出梁庄"却成为一种反讽的存在。他们没有找到"奶与蜜",却在大地的边缘和阴影处挣扎、流浪,被歧视、被遗忘、被驱赶,身陷困顿。对他们而言,律法时代还远未来临。他们仍是被遗弃的子民。

我希望能在"普遍"和"实在"之间寻找一种结合,叙述的和存在观的结合。只强调人类普遍性背景对个体生命的存在是不公平的,它会抽象并忽略掉其中丰富、细微和独我的存在。即使同归死亡,其精神和形态也是各异的。

所以,既站在大地之中,又回到文明和生活的内部,把目光拉回到大地上那移动的小黑点,"人"——如何移动,如何弯腰、躬身,如何思量眼前山一样远的道路,如何困于劳累和幸福——是《出梁庄记》最基本的任务。它也是我一个小小的野心。

回到"梁庄"。梁庄的"死亡"究竟意味着什么?仅仅几天而已,"军哥之死"已经成为"闲话"沉淀于梁庄的言语中,现实变为了历史。军哥,已经成为一个被遗忘了的人。梁庄的道德、良心、情感是混沌的、残酷的,但却又有着奇怪的宽容和包容。就像那即将沦为乞丐的清立。他孤独行走在梁庄的边缘,既被遗弃,又气定神闲。就像已经死去的光河,他躺在备受谴责的"用儿女的命换来的房子里",拒绝进食,此时,梁庄的人们早已忘记自己曾经鄙夷过光河。如果你是启蒙主义者,你会谴责梁庄的人们;如果你是强调生存法则的自然主义者,你无从解释梁庄这样富于包容性和生长性;如果你是个性主义者,你会说他们如此不平等,只看生,不管死。我不敢作出判断。我只能迷惑而犹疑地看着眼前的梁庄,我故乡的亲人们,试图勾勒出其中最细微的逻辑和枝蔓。或者,那也是我们这个生存共同体共有的逻辑和枝蔓。

贤生的葬礼为什么要在梁庄举行？我的二婶，他肥胖的母亲为什么要在那停放儿子棺材的原野上哀哀地哭？她在哭她自己。哭她"没材料"卖了祖屋，以至于让儿子失去了可以"回家"的地方，哭她将来也只能是孤魂野鬼——就像"金"的尸体被千里迢迢运回村庄，哪怕尸体变形、变味，哪怕身体不再是身体。在这里，梁庄不再只是具体的"梁庄"，而是"家"、"归属"和"存在"等等具有本源性词语的象征，它们是人类最基本的精神需求。

与此同时，像小海这样的传销者，他的唯利是图是显而易见的，但他对卖假货那种单纯而又可爱的自然状态又使你意识到，不是因为他是法盲，而是我们这个时代的生活就是一种法盲生活，小海只是最赤裸裸地把它表现出来。

不只是城与乡的关系，不只是农民与市民的关系，也不只是现代与传统的关系，而是这些关系的总和构筑着梁庄的生活，并最终形成它的精神形态和物质形态。我不想把《中国在梁庄》和《出梁庄记》问题化，也特别希望读者能够体会到其中复杂的层面。它不是一个为民请命的文本，而是一种探索、发掘和寻求，它力求展示现实的复杂性和精神的多维度，而非给予一个确定性的结论。

我试图找到的是"梁庄"的结构，它以何种方式与城市、时代精神和当代生活纠缠，包括，与它自身纠缠？有读者把《出梁庄记》归结到2013年的"打工六书"中，这很有意味。但我从来不认为《出梁庄记》仅仅是写"打工者"生活的。我更关注的是梁庄生命的源头，不只是未来，还有历史、过去及这一历史和过去对他们现实生活的影响。我关注梁庄的进城农民与梁庄的关系，他们的身份、尊严和价值感的来源，由此，试图探讨村庄、传统之于农民，也之于我们这样一个生存共同体的意义。我把此看做《出梁庄记》的内结构。如果没有这一内在结构，那么，《出梁庄记》就缺乏了那种回环往复的时空感和历史感。

我看重"梁庄"里面的细枝末节，刹那的羞涩，无知无畏的坦率，瞬间的凶猛，不肯褪去的羞耻，不愿释怀的"无身份感"和那眉间遥远的"开阔"。我喜欢这些"闲笔"。它们附着在梁庄荒芜的场景中，就像那夏天暴雨后的植物，以一种荒凉的方式显示出顽强的活力。我想传达出这一世界的内部，它的蔓草丛生、尘土飞扬、忧伤，还有"生活的动力"。没有哪一个生命和场景完全绝望，即使被侵犯的天真而又迟钝的小黑女儿，在经历过那样的黑暗之后，她依然在成长，生命仍然在蓬勃。活下去，就是一种对抗。

"被塑造"的梁庄

然而，似乎并没有那么确定。

写《出梁庄记》开头"军哥之死"时，在反复修改的过程中，有那么一刹那，我突然意识到我在刻意模仿鲁迅的语调，那样一种遥远的、略带深情但又有着些微怜悯的，好像在描写一个古老的、固化的魂灵一样的腔调。我心中一阵惊慌，有陷入某种危险的感觉。我突然发现：我在竭力"塑造"一种梁庄。写作《中国在梁庄》时就隐约感受到的某种奇怪的惯性再次控制了我。通过修辞、拿捏、删加和渲染，我在塑造一种生活形态，一种风景，不管是"荒凉"还是"倔强"，都是我的词语，而非它本来如此，虽然它是什么样子我们从来不知道。我也隐约看到了我的前辈们对乡村的塑造，在每一句每一词中，都在完成某种形象。

那刹那的危险感和对自己思想来源的犹疑一直困扰着我，它们促使我思考一些最基本的、但之前却从来没有清晰意识到的问题：自现代以来，中国知识分子们在以何种方式建构村庄？他们背后的知识谱系和精神起点是什么？换句话说，他们为什么塑造这样的，而非那样的村庄？这一"村庄"隐藏了作者怎样的历史观、社会观，甚至政治观？而我，又是在什么样的谱系中去塑造梁庄？

我们在如何想象梁庄？正如故乡的先验性一样，在我们还没有写"村庄"之前，关于"村庄"的想象已经在我们的思维之中。从接受角度看，我们在文学史中所体会到的村庄叙事有宿命般的几重模式：乌托邦式的，田园诗的描述，过于美好的幻象；启蒙式的，带着悲悯和天然的居高临下；原型的、文化化石般的家国模式。后来的作者总是不由自主地掉入其中一种。

古典文学时期，"村庄"并不具备这样独立的、完整的象征性和符号化作用，它在思想史上和文学史上的本体性地位与晚清以来知识分子能够以外部视野审视、观照中国生活有基本关系。实际上，"外部视野"中的"中国"在18、19世纪并不是一个积极的形象，在被迫进入

"资本主义世界秩序"的过程中,它基本上是作为一种古老封闭、愚昧怪异的形象出现在世界史上,一个异域的、颓废的又原始落后的有着种种不可思议的神秘制度和生活的地方,这在许多外国传教士、旅游者、商人、思想者的著述里都有体现(著作如《穿蓝色长袍的国度》、《中国乡村生活》等,如黑格尔就认为中国"缺乏属于精神的所有的东西","象形汉字是中国社会停滞的象征",等等)。它们汇集起来为西方塑造了近代中国的形象,在这背后,有鲜明的西方中心主义和欧洲文明优越论的基本支撑。当代美籍阿拉伯裔文化批评家萨义德在其《东方主义》中最著名的论断是"东方是西方想象出来的",这当然不是指地理意义的东方,而是在相互观照的过程中东方的被客体化和他者化。

但是,如果细究的话,就会发现,不只是西方视野以"东方主义"角度来看东方,在"东方"内部,我们也不自觉地按照西方视野中的"东方"来看自己,也把自己"客体化"和"他者化",并以此来批判和塑造自身(这与20世纪初中国的衰败和知识分子总体接受西方知识体系有直接关系)。"村庄"突然被发现,它成为"东方中国"的活的标本——固态的、停滞的、前现代的存在,文学家、人类学家和思想家都参与到对"村庄"的阐释和塑造中,我们在他们的著作背后可以感受到那双异域的、遥远的、审视的眼睛。

鲁迅的先验思想是什么?当他看到"苍黄的天空下,远远几个萧瑟的荒村",当闰土轻轻喊一声"老爷"时,他之前什么样的知识谱系、思想经历及对"中国"的认知参与进来并最终形成故乡的这一永恒孤独和沉默的"风景"（除却前文所言的感性基础）？追寻鲁迅"中国观"初期的形成过程——尤其是在域外，日本，他看到什么样的事情，接触了哪些与中国有关的叙事（除了最著名的幻灯片事件），阅读了哪些对他思想产生影响的书籍，这些思想具有怎样的倾向（关于中国），而这些事件、符号、思想最终在他脑海中沉淀化合出怎样的"中国"——将是一个很有意思的事情，它可以探讨现代初期中国知识分子"中国观"的形成过程及与西方叙事、域外视野的关系。

对文学而言（不只是文学），最不可避免的就是，在"看到"某个事物之前，作者已经有一整套的概念、核心词语，并且在不自觉中运用这些概念去理解、分析这一事物。鲁迅小说中的"村庄"充满原型性和启蒙性，它形象地勾画出了一种愚昧、落后、浑然的国民性和生活形态，但是，它忽略，或者剥夺了中国乡村普通生活和生命的内在敞开性，它们被封闭在一个历史空间内，一个固化的且已经丧失活力的空间。而这一空间中的人，似乎很难走出历史框架之外，恰如20世纪初英国作家托马斯·德·昆西所言，"一个年轻的中国人是一个未出生就已经过时的人。"

在塑造"国民性"这一具有整体性的历史概念时，作为个体存在的每一个农民会失去或被忽略他的主体性，即他主动面对历史与自我承担的能力，这是生活往前推进的基本前提。这并不是在谴责鲁迅的叙事具有"东方主义"的特点，而是说，在我们重返故乡或思考村庄之时，我们的前视野非常重要，它必然影响并形成我们对所观事物的感觉和判断。它常常表现为一种"道德想象"，即用自己对文化、生活的理解,用自己的认知框架去建构一个"乡村"。维特根斯坦批评弗雷格的《金枝》在阐释原始部落的种种习俗、巫术时有过于明显地把自己的知识框架放置于其上的现象,"弗雷格的灵魂是多么的狭隘!结果是:对他来说,想象一种不同于他那个时代的英国人的生活是多么不可能!"

审视一下中国当代文学史中的乡土小说,就会发现,当代的村庄"风景"和叙事并没有超出鲁迅那一代的内部逻辑。我们不自觉地按照闰土、祥林嫂、阿Q的形象去理解并继续塑造乡村生命和精神状态,它已经变为一种知识进入到作家的常识之中。就我自己而言,尽管在《中国在梁庄》的前言中,我告诫自己要避免以自己的知识体系凌驾于村庄生命和生活之上,并因此采用了人物自述和方言的方式,以减少自己的干扰,但是,最终也并没有完成。我注意到,我总是不自觉地在模拟一种情感并模仿鲁迅的叙事方式,似乎只有在这样一种叙事中,我才能够自然地去面对村庄。

这里面其实有着双重的困境。假设写《金枝》的弗雷格没有对自身文明结构和知识体系的深刻认同(与殖民意识、欧洲中心主义和帝国主义紧密相连),那么,他该如何理解并结构原始部落的社会组织、思维特征?假设鲁迅舍弃外视角,即批判性的、先验的知识结构及"我"在文本的实际存在,"未庄"是否就因此拥有了自主性和敞开性?我们看到很多以第三人称书写的村庄和那些以相对客观笔调出现的村庄比"未庄"更加遥远,也更加"古老"和"奇观",这种貌似原生态的叙事隐藏着更加鲜明的"东方化"特点。早在1970年代,人类学研究界开始反省民族志调查中强烈的结构意识及学科背后所蕴藏的与殖民主义、欧洲中心主义视野的关系，在经过一系列的检讨之后（最集中的就是1984年举办的名为"民族志文本的打造"的研讨会，最后结集出书《写文化——民族志的诗学和政治学》），一批学者提出调查者应该尝试把调查对象当做主体和行动者来写，以他们的语言和逻辑记录并理解他们的生活，而不是简单地给出判断。调查者承认自己的主观性和可能有的文化偏见，而非之前所强调的客观性和真理性。

中国的文学创作和研究，尤其是乡土文学创作和研究，都还缺乏这种反思意识。从现代的《故乡》、《阿Q正传》、《生死场》、《果园城记》，到当代的《陈奂生上城》、《乡场上》，再到《爸爸爸》、《小鲍庄》《红高粱》、《故乡天下黄花》、《日光流年》，其中很多作品的写法和叙事方式已经有所变化，但就作者对"乡村"的整体世界观和叙述地位而言，其实变化也并不大，并且，那双异域的、俯视的眼睛一直都在。如何使"乡土中国"、村庄、农民、植物具有主体性、敞开性，并拥有自我的性格和逻辑，获得和作者平等的视野甚至对抗性，还是尚未开始探讨的问题。

在一种并不明晰的警醒意识中，我最终选择了以"人物自述"作为《中国在梁庄》和《出梁庄记》的基本叙事方式。克利福德·吉尔兹在《地方性知识》中认为，我们在阐释中不可能重铸别人的精神世界或经历别人的经历，而只能通过他们在构筑其世界和阐释现实时所用的概念和符号去理解他们。的确，在反复听自述录音的过程中，我常常被他们语言的丰富、智慧、幽默所打动，他们有自己认知世界的方式和逻辑，简单的一句话中往往蕴含着祖祖辈辈的经验。我尽可能呈现他们说话的原貌，语气、口语、方言，保留那些与主题关系不大但说者又有强烈表达愿意的话，以此达到对梁庄自身历史和生命状态的揭示。

但是，这一自述结构并非完整地契合在整个文本之中，有时候显得突兀、割裂，有时候又因为和"我"的叙述之间的反差而使得这些自述显得冗长、啰嗦，其实，是因为"我"的叙述过于拔高和抽象，反而伤害了人物自述所具有的活生生的美感。

《中国在梁庄》有过于鲜明和抒发的味道，这限定了文本意义的扩张和敞开。在写作《出梁庄记》时，我最终选择以一种克制、谨慎、相对冷静又含带情感的语言方式和叙事方式进入"梁庄"，以避免对人物进行截然的判断，而是试图从人物的行动、语言和故事中寻找他的结构和逻辑，更多体察梁庄生活内部的复杂性和生命的多义性，尤其是有可能超越其历史存在的层面。

譬如贤义。他为什么成为"算命者"？他真的懂得传统知识，理解传统文明在中国生活中的意义和价值吗？他那个支离破碎的、混搭的、荒谬的正屋墙壁，似乎彰显着他内心的混沌和芜杂。这样一个"过时了的"、"可笑的"人，他的神情居然有着某种清明和开阔。这些神情从哪里来？你很难辨认清楚。在梁庄，这样驳杂而又难以界定的生命和精神非常多。它们从来都不是清晰的，从来都不是非此即彼的，而是又此又彼，既左亦右。这也是我在文中细致描述贤义的墙壁和他的精神状态的原因，我希望能够写出他的复杂性。我对他一直念念不忘，他让我看到在早已被我们否定的古老中国生活和中国知识可能的空间和悠远的东西，他的复杂性也使我意识到简单的判断往往远离生活本身。

我特别担心"梁庄"只被作为一个"活化石"或原型性的存在，只具有历史的、文化的内涵，或者只是过去的某种形态，我希望梁庄和梁庄的生命内部具有敞开性和现实性。拥有这一现实性和敞开性，也就意味着乡村仍然可以和当代生活对话，乡村的生命仍然具有面向未来的可能性。

站在梁庄的大地上，并非意味着你就能够看到并叙说梁庄，相反，你可能离梁庄更远。在这个意义上，"军哥之死"仍然是一个谜。我对《出梁庄记》的开头，对"军哥"呈现在大家面前的姿态和气息至今并不满意。我和其他梁庄人一样，虽然他尸骨未寒，但却已经在像谈过去的事物一样谈论他了，他已经被遗忘了。在关于他的生命存在的叙述中，这是一个无法弥补的残缺和黑洞。

"所有的都是译释，而且我们的点点滴滴俱在其中迷失。"我们在何种意义上能够通向梁庄，能够触摸到军哥沉默的生命，这不只是一个情感问题，更是一个基本的文学问题。

三、"真实"的限度

"真实"是个很奇怪的词，许多时候，我把它作为对我的批评，但这又是这两本书获得频率最高的评语，而我确实又企图在文本中塑造一种"真实"感以带入读者。这也促使我思考,面对这样的评价,为什么我会觉得这是一种批评,而不是肯定?为什么我又要冒险进行尝试?

必须承认,这里面有我的虚荣心在作祟。我不希望"梁庄"只局限在"真实"层面,因为我知道,大部分读者所赞美的"真实"只是事实存在的"真实",指的是事件本身,并不包含文学的"真实"。

但我想谈的并不是我的虚荣,而是梁庄的"真实"到底包含着哪些层面。在通行的文学标准中,"真实"只是最低级的文学形式。韦勒克在《文学理论》中谈到"现实主义"时认为,"现实主义的理论从根本上讲是一种坏的美学,因为一切艺术都是'创作',都是一个本身由幻觉和象征形式构成的世界。""真实"从来都不是艺术的标准,这里所说的"真实"是就其最基本意义而言的。"那儿有一朵玫瑰花",这是可以达到的物理真实。这不是文学。文学总是要求比这物理真实更多的真实。"那儿是哪儿?庭院、原野、书桌?谁种的,或谁送的?那玫瑰花的颜色、形态、味道是什么样子?"这才进入文学的层面,因为关于这些会有千差万别的叙述。

我冒险塑造一种"真实"氛围把读者带入梁庄,是因为我想达到另一种效果,即,让读者感知到"梁庄"是活生生的情境,活生生的人和活生生的现实,它不是与你无关,也不是只在历史深处,而是与你息息相关,在同一时空之中。

这样的结果所面临的第一个发问必然是:你写的是真实吗?这是许多人会问我的话。面对这样的问话,我总是非常为难。但我自己种的苦果我必须吞咽。于是,我肯定地回答,我写的是真实。另一方面,我又会补充:这一真实是我所看到的并且叙述的真实,它们必须是同时存在的条件。物理真实是陈述的基础,而叙述的差异性则是必然的结果。所以,我既希望你认为它是真实的、历史的,同时,也希望你意识到其中作者的叙述性,它是经由作者的思想所结构出的梁庄。我不想打着"真实"的旗号塑造一个伪客观的村庄。

我还是希望读者能够意识到梁庄的叙述性。我不敢狂妄地说我写出了梁庄的全部历史性和现实性。我想,没有一个写作者敢说他写出了全部的真实。因为我非常清楚,我父亲的梁庄和我的梁庄肯定不一样,清立的梁庄和我父亲的梁庄也不一样。同回梁庄,同出梁庄,同听故事,你和我,看到的和写出的肯定不一样。也许,你根本看不到梁庄的芝婶也在为留守孙子的事情而苦恼,因为她看起来是如此雍容闲适,与众不同;在青岛,你会看到电镀厂里的很多工人,但你或许就看不到我的光亮叔和丽婶,你也看不到那一年也不歇一天的我亲爱的云姐,看不到那几个妇女在冰冷的夜晚唱赞美诗。你写其他人,和我写梁光亮、云姐是一个道理。我们的真实都是经过选择的真实。哪怕是头顶"非虚构"之名,也不能说自己所写的就是全部"真实"。在听到八十几岁的福伯讲"勾国臣告河神"的故事时,你也很难有突然的震惊和通透。只有在对梁庄人和福伯的性格有一个基本了解后,你才会明白,平时木讷的福伯为什么突然眉飞色舞,而我父亲和我的堂兄们又为什么听得那么入神,那么意味无穷,津津有味?因为他们讲的就是自己,就是他们自己的过去和未来。对于梁庄人而言,"勾国臣告河神"并不是一个神话故事,它就是真实。

"真实"需要很多条件。并非你亲身到了某一场地,你就是真实的。那只是一个最无用也最虚伪的假设。"真实"要求你对情境、细节或事件过程的准确描述并具有再现性(这和小说的要求不一样),但另一方面,这些细节肯定不是最核心的要素。因为最终这些事物都必须组成意义,而这一意义是由作者的排列、意图和塑造产生的,它必然会有倾向性。因此,在更多时候,我们所呈现出的或者只是对真实的幻觉,而非真实本身。所以,即使是非虚构写作,也只能说,我在尽最大努力接近"真实"。在这个意义上,"真实"其实是文学的最高要求,不管你是通过小说的虚构、象征或夸张,还是通过非虚构的准确、细节和再现,我们最终想要给世界呈现的都是我们自己认识世界的一个图式。也因此,对自己写作的前逻辑的警醒和考察是一件非常必要的事。

无论是虚构,还是非虚构写作,文学作品中的"真实"并非"是这样",它更指向"我看到的是这样"。它通过在现实中行走、观察、体验,通过对现实存在的人和场景的描述去达到作者所理解的人、社会和生命,它包含着作者本人的偏见、立场,也包含着由修辞带来的种种误读。

但是,只有在你声称自己是非虚构写作时,你才面临着"是否真实"的质疑和指控。假借"真实"之名,你赢得了读者的基本信任,并且,这一信任被置换为"你描述出了整个世界的真实",你因此拥有了阐释权和话语权。它使你获得了某种道德优势。你也必须承受这样的质疑和挑剔。

《人民文学》杂志把《梁庄》放在"非虚构"栏目,无意间使"梁庄"获得了一种命名,并因此得到广泛的认可,但也使它陷入某种困境——《中国在梁庄》和《出梁庄记》经常因为不符合"非虚构"的标准而被批评。"非虚构"并不是一个陌生的词语。1950年代至1970年代的美国出现了大量的非虚构作品,学者约翰·霍洛韦尔在《非虚构小说的写作》中定义为"一种依靠故事的技巧和小说家的直觉洞察力去记录当代事件的非虚构文学作品(nonfiction)的形式",它融合了新闻报道的现实性与细致观察和小说的技巧与道德眼光——倾向于纪实的形式,倾向于个人的坦白,倾向于调查和暴露公共问题,并且能够把现实材料转化为有意义的艺术结构,着力探索现实的社会问题和道德困境。最著名的就是诺曼·梅勒的《刽子手之歌》,但他把这部书的副题定为"一部真实生活的小说",在其后的小说《夜晚的军队》中,他也加了一个副标题,"如同小说的历史和如同历史的小说"。这些都是对"非虚构"所谓"真实性"的充满矛盾的诠释。"真实",但并不局限于真实本身,而仍然试图去呈现真实背后更深更远的东西。

有学者认为,美国五六十年代社会的剧烈变化是这一文学现象出现的主要原因,"艺术家缺少能力去记录和反映快速变化着的社会。美国的这种现象是与其高速的社会发展有关系的。""这一时期里的日常事件的动人性已走到小说家想象力的前面了","小说家经常碰到的困难是给'社会现实'下定义。每天发生的事情不断混淆着现实与非现实、奇幻与事实之间的区别"。非虚构小说的出现是对社会危机的反映与象征。这很有点像近三十年来中国社会的情形。在近四十年中,我们完成了西方四百年的历史,在这一转变下,中国生活经历了犹如坐过山车般的眩晕与速变。光怪陆离的现实常让人有匪夷所思之感,比虚幻更为不真实。在全球化和信息化时代,"真实"和"真实感"反而成为一种稀缺的存在和感觉。

或者,非虚构写作的方式能够把虚幻感、混淆感和疏离感锁定于真实感中,让你必须面对它,会因它而疼痛。它集中在两点,一是准确性,对现实的无懈可击的准确描述与理解;二是还应该具备只有在文学中才有的情感作用。在个人的思索和公众的历史、社会现实之间寻找平衡点。

但是,对我来说,我又不愿意被这一命名所束缚,我愿意去探索一些边界,文体的边界,喜欢看到当超越或模糊这些边界所产生的特殊效果。我也从来不认为《中国在梁庄》和《出梁庄记》是社会学的,因为它并不客观,也并不具备科学性。我听到过很多争论。认为它们是社会学的,会批评它们(尤其是《中国在梁庄》)过于情感化,不够客观,问题不够清晰,也没有提出解决方案;而如果被作为文学文本,它们好像还不够"纯",形式和结构有些混杂。

说实话,面对这样的歧义甚至争论,虽然有点尴尬,但也愿意由此思考一些问题。文学能够溢出文学之外而引起一些重要的社会思考,我想,这并不是文学的羞耻。相反,这一文学应该具备的素质之一离当代文学越来越远了。同时,文学文体并非有某种固定的模式,一个写作者如果能够用一种新的结构使文学内部被打开,那无疑是一件幸运的事情。但同时,我也意识到,如果多数人仅从社会学方面来理解这两本书，也恰恰说明它们可能存在着一些问题。文学的结构没有在文学性和社会性之间形成一种张力，而让一方遮蔽了另一方，这说明文本在某些层面还不够成熟。

但不管怎么样，"梁庄"是文学的。它所以让人谈论，恰是因为文学的溢出。梁庄从来都不是客观的、物理的"真实"。生活的复杂性和敞开性远远超出了作者眼睛所见。梁庄是我的故乡，它一开始就是情感的、个人的、文学的"梁庄"。我也是以梁庄女儿的身份重回并体察梁庄，我的所有调查也因这一亲缘关系而变得更加内化和敞开，"我"本身就是梁庄风景的一部分。这里的时间、空间是双重叠加的，这是我和梁庄特殊的关系所致。

因为奉"真实"之名，一切都变得非常艰难。"非虚构写作"变为了一种悖论式的写作。或者，写作本身就是一种悖论。写作要面对世界，但是，我们面对世界时并非为了改变它，而只是为了叙述它。文学者对叙述世界的兴趣要远远大于面对世界的兴趣，更不用说"行动"。我们着迷于叙事和文字本身，并不真正关心真实的世界。

四、"我"是谁？

《中国在梁庄》和《出梁庄记》中都有"我"。有论者这样认为，"不是梁庄要你写这两本书，也不是梁庄人要你写，而是你要写这个梁庄。因为，你需要它。"是的，"我"需要它，"我"想找到救赎。对于我来说，重返梁庄的第一冲动不是想揭示梁庄的真实，而是为了寻找一种精神的源头，以弥补自己的匮乏和缺失，个体精神的要求要远远大于对集体精神的探索。但"救赎"这个词在这里无疑又是高高在上的。你必须意识到，"救赎"、"忏悔"本身就是一种居高临下的姿态。想通过"梁庄"来完成"我"的精神重建，这是"我"羞耻的根源之一。无论是作为一个知识分子，梁庄的亲人，还是哪怕只是一个观察者，"我"的身份、位置和叙事姿态都是让人质疑的。

我一度想放弃"我"，用一种完全客观的方式重写梁庄。《出梁庄记》第一章在部分上显现了我的这一放弃，一种遥远的、与己无关的、仿佛是客观存在千年的生活。但如前所述，我并不满意这种固化的和封闭的"风景"。在开始进入城市后，书写每一具体的打工人和打工生活时，我又放弃了这一"客观"。我反复衡量两种写法。譬如"西安"一章。如果完全舍弃"我"，那么，我的大堂哥二堂哥的生活又会变为一个"与己无关"的风景，他们与"我"，也就是与每一位读者是被观看者和观看者的关系，是分离的，不是互为所属的关系。因为"我"的存在，他们生活的状态、场景变得鲜活，更有同在感和现场感。

但同时，也因为这一"现场"，它似乎离文学的"自性"远了。这是一种代价。在写《出梁庄记》的过程中，我充分衡量了这一代价后，仍然选择人物自述作为主体。一是两本书有某种延续性，另外就是，我希望能够把"我"和"梁庄内部"之间真正弥合，并创造一种新的文体。文学并无定法，关键在于你能否使你的框架具有张力并最终变成一种可供叙说的新文体。

我希望能够在文本中如实呈现并探究"我"的存在，因为，唯有通过"我"的眼睛,才能够更加深入地展示出"梁庄"在我们时代和历史中的存在真相,反过来,通过"梁庄","我"也看到了"我"自己的历史形象。

"我"是谁?我特别强调作品中的"我"梁庄亲人的身份。书中的人物都是我的亲属,我也以亲属的名称去称呼他们,他们往往是我的堂叔、堂侄、堂兄弟姐妹,哪怕只是按照辈分排的一个亲属关系,它本身就是一个巨大的网络。每个人在这网络上都有自己清晰的标属。梁庄是一个有机的社会网络,并非只是一栋栋房屋。每一个人和另一个人有关,彼此互为所属。在当代社会,他们也利用这一互为所属的关系以"扯秧子"的方式进入城市,并在城市的边缘建构一个"小梁庄"。在这一"小梁庄"里,他们仍然打架、吵架,爱恨情仇着,但是,他们都有结构感和身份感,在这里,他们感觉到自己在活着。而一旦离开进入到城市,他们只是城市边缘沉默风景的一部分,没有身份和依托。

在许多时候,我真的觉得我就是梁庄的一分子。当建昆婶拿着告状信给我看,并希望我能想出办法去惩罚那个十八岁的王家少年,我突然地纠结和害怕;当看到梁平那深陷的、明亮而狡黠的眼睛,我仿佛看到他的叔叔小柱在朝我笑,刹那间,我对眼前这个年轻莽撞的小伙子产生了柔软的感情,我像任何一个家长一样开始对他絮絮叨叨。那一刻,我觉得我是梁庄人。

2011年8月的一个傍晚,我们从南阳贤义家开车回梁庄。突遭暴雨。天瞬间变黑,雨铺天盖地,我小心翼翼地开着车,但却什么也看不见。天地茫茫,我们像被抛弃了。恐惧和不祥的感觉爬升上来。我情不自禁地在心中呼唤着各路神灵,老天爷、耶稣、真主、观音菩萨、土地爷,我在心里一遍又一遍地呼唤他们,向他们祈祷,希望他们保佑我们。我想起了贤义,我羡慕他有神灵的庇佑,羡慕他明亮、平和的双眼。在那一刻,我觉得我就是梁庄人,因为我就是贤义。

但我又始终不是。在梁庄,我时时遇到的是陌生而茫然的目光。即使是在村庄住了几个月,即使是你每年都要回家几次并且每次都尽可能地探访一些人,但是,那眼神投过来的一刹那,你明白,在他们眼里,你已经是异乡人。还有,当你在西安堂哥家的厕所面前徘徊,在小旅馆里如坐针毡,在青岛光亮叔家因霉味而想逃跑时,也都说明了,你不是梁庄人。你已经习惯了明窗净几的、安然的生活,你早已失去了对另一种生活的承受力和真正的理解力。

我不是梁庄人,还因为我时时承担着阐释的功能。许多时候,正是这些阐释,暴露了"我"其实已经不是梁庄人的尴尬事实。《中国在梁庄》在"人物自述"和"我"的议论之间有明显的分裂和不协调。当人物自己讲的时候,他讲的是自己的生活、结构,讲自己对社会的认知和世界观,他所包含的内在层面远远超出了书写者所能理解的层面。反过来,"我"的叙述一方面构成梁庄内部风景的一部分,而一当我以客观的形象进行公共议论时,所运行的完全是另一套话语。比如在"平地掘三丈"那一章里,最后"我"的议论多余而俗气,和老贵叔自己的精彩叙述非常不协调,并且苍白无力。这也显示了"我"作为一个外部人对村庄内部生命的简单化理解。

我是谁?"我"是我们这个时代的每一个人。逃离、界定、视而不见、廉价的乡愁、沾沾自喜的回归、洋洋得意的时尚、大而无当的现代，等等，我们每个人都是这样风景的塑造者。

现在想来，在《出梁庄记》结尾处，"我"的形象很让人生厌。"我"为什么有如此大的无力感？"我"在代谁哀叹、诉说？"我"把这种无力和下坠之感也附着到了小黑女儿身上，这贬低了小黑女儿和"梁庄"的存在。或者，它只是作为中产阶级的"我"的浅薄和软弱而已，"我"却把这些作为乡村生活和精神的全部。小黑女儿还活着，这就是她的意义和力量，这就是"梁庄"的意义和力量，大地再一次包容并继续抚育她。就像那时而世俗、时而铿锵的穰县大调，唱出的是欢乐、悲愁和力量并在的中国。

《出梁庄记》试图揭示"我"在"梁庄"结构中的暧昧存在（这一点也是在重新阅读后才感觉到的），并在文本结构上形成重要的参差和互文作用，"我"的视野、情感和"梁庄"的时空交织在一起，形成一个更大的时空。"我"也是一个"出梁庄者"，当重又回到"梁庄"之时，"我"没有资格作任何道德审判，更没有资格替"梁庄"作出判断。相反，"我"应该是一个被审问者。在西安，那个只有十八岁的、倔强的年轻人在"我"面前的羞耻感是对"我"最有力的审判。

> 他始终没有正眼看我，好像我是他的创伤，好像一看我，就印证了他的某一种存在。
>
> 羞耻是什么？它是人感受到自身存在的一种非合法性和公开的被羞辱。他们被贴上了标签。

他为他的职业和劳动而羞耻。他羞耻于父辈们的自嘲与欢乐,他拒绝这样的放松、自轻自贱,因为它意味着他所坚守的某一个地方必须被摧毁,它也意味着他们的现在就必须是他的将来。他不愿意重复他们的路。"农民"、"三轮车夫"这些称号对年轻人来说,是羞耻的标志。在城市的街道上,他们被追赶、打倒、驱逐,他愤恨他也要成为这样的形象。

　　直到有一天,这个年轻人,他像他的父辈一样,拼命抱着那即将被交警拖走的三轮车,不顾一切地哭、骂、哀求,或者向着围观的人群如祥林嫂般倾诉。那时,他的人生一课基本完成。他克服了他的羞耻,而成为了"羞耻"本身。他靠这"羞耻"存活。

为什么这个年轻人对自己的职业("蹬三轮的"),对自己在这城市的形象,对在"我"面前呈现自己是如此羞耻?它的源头来自于哪里?在他那朝"我"一瞥而来的愤怒和羞耻中,似乎有了某些答案。

是的,如果不对"我"进行追问,将无法寻找到社会的根本症结。同样,就文学而言,如果不包含着对"我"的探查,也将少了文学最基本的元素和结构,即对人性和人类文明的思考。

在《出梁庄记》的后记中,我把"忧伤"和"哀痛"作为这本书的关键词。这两个词本身是恰当的,但又都是偏内向的、不那么积极的词语,无意中奠定了这本书的基调。但是,选择这两个词并非是想带出无力感,而是想表达一种历史感。

哀痛和忧伤不是为了倾诉和哭泣,而是为了对抗遗忘。在这里,

"哀痛"是一个包含着理性成分的词语,它是我们对传统和过去、对民族自我和个体自我的一种态度。是为了对抗那些坚硬的、集约的话语。每个生存共同体、每个民族都有自己的哀痛。这一哀痛与具体的政治、制度有关,但却又超越于这些,成为一个人内在的自我,是时间、记忆和历史的积聚。温柔的、哀伤的、卑微的、高尚的、逝去的、活着的,那棵树、一间屋、某把椅子,它们汇合在一起,形成那样一双黑眼睛,那样一种哀愁的眼神,那样站立的、坐的、行走的姿势。

"忘掉哀痛的语言,就等于失去了原本的自我的一些重要成分。"哀痛不是供否定所用,而是为了重新认识自我,重新回到"人"的层面——不是"革命"、"国家"、"发展"的层面——去发现这个共同体的存在样态。哀痛能让我们避免用那些抽象的、概念的大词语去思考这个时代的诸多问题,会使我们意识到在电视新闻上、报纸上、网络上看到读到的那些事情不是抽象的风景,而是真实的人和人生,会使我们感受到个体生命真实的哀痛和那些哀痛的意义。

但是,如果不能对"自我"提出要求,如果不能把"我"放回到"故乡"及与"故乡"相关的事物中去审视,我们就不可能拥有富于洞察力的哀痛,也就不可能对抗遗忘。这或者是"梁庄"中"我"存在的最大意义。

无处抵达的"重返"

"我终将离梁庄而去。"

我想表达什么呢？它是我心中最实在的情感，它几乎成为一种呼喊，在胸腔一点点胀大。烦躁、悲哀、软弱、逃离，它既是一个已经中产化的知识分子在面对艰难人生时的矫揉做作，也是因为你突然瞥到了你背后那庞大的时代映像和不可告人的动机，那深渊之深让人莫名心惊。"我终将离梁庄而去"，也最终将无家可归。

这里面当然包含着一种更大意义的"离开"，我们都在"逃离"。当我们叙说某种"逃离"时，那只是一种抽象的感觉，并未落实到生活的实在，但是，"重返"却使得这一"逃离"之感变得清晰而必然。

沿河而走。晴空之下，岸边一张不易觉察的网把几只小鸟网住了，那小鸟灰背银腹，非常漂亮。其中一只头还上扬着，羽毛凋零，身体枯瘦。不知道已被困了多少天。它还活着。细而坚韧的网线紧紧缠绕在它的躯体上，它越挣扎，那线越紧。每解掉一道线，都有羽毛脱落，露出里面青色的骨皮。另外几只已经死了。据说这样的网是为了逮小鸟以做烧烤。在这一段的河岸边，有许多这样的网。我想找旁边那家人理论，但又不敢，只好在远处怒目而视，看着那进进出出的人。我在心里发誓，当天晚上，月黑风高之时，我一定来把这竹桩拔掉，把网一一烧掉。那天晚上，我并没有去。之后，我也一直没有去。

我心里常常想着那张晴空之中的网，我问我自己，我为什么没有去？

写作与生活之间的关系到底是什么？你发现了你生活的限度和写作的限度。具体的、实在的命运在你面前展开它狰狞而又复杂的形态，你投入了进去，描摹、揣测、理解和感受它内部最细微的纹理和走向，你叙述了他们，而后，你安然退出，任其漂流。如果你的思考不能面对任何的生活，那思考的意义又在哪里？难道你不去看那张网，小鸟就不在那里了吗？

但无论如何，随着时间的流逝，我的这种虚无感和负罪感在逐渐远离。就像现在正在发生的这样。我给自己找了一种解释：这是文学。文学的功能是叙事，是发现，而不是实际的行动。但终究只是一种"解释"，自我解脱的托词，它并没有完全说服我。我清清楚楚地感受到自己的虚伪，无法找到合适的理由。

有时候，我又在怀疑我自己，我之所以对梁庄有如此大的负罪感，恰恰是因为我把它看做是低一层次的生活，是我无处不在的可恶的悲悯在起作用。你凭什么要对他们悲悯？那就是他们的生活，不高尚也不庸俗，不富裕但也不是绝对的贫穷，他们依靠自己的劳动挣钱吃饭，并获得些许的幸福和温暖，何来悲悯？你的悲悯贬低了他们的存在。梁庄和梁庄人并不应该只被悲悯，相反，我们要为他们的勇气、韧性而骄傲，为他们在严酷的生活面前仍然努力保持着人的尊严、家的温暖而自豪。

或者，让我们真正感到负罪的是因为我们看到并清楚这个时代运转的不公及历史的渊源，看到那阻碍小鸟飞行的网，看到他们还值得过更好的生活，但是，我们却什么也没做。我们把这种负罪感转化为一种怜悯并投射到他们的生活中，以减轻自己应该承担的重量，同时，也使自己很好地脱责。这是一种更深的不公，在貌似为梁庄人鼓与呼的悲愤中，梁庄再次失去其存在的主体性和真实性。

梁庄的支离破碎不只是生活本身的表现形态，它与写作者及这个社会内心的支离破碎、虚无任性也是有关的。没有"信"的坚定支撑，你无法看到你所书写事物的更深寓意，它们与世界、宇宙，与人心、社会的更深关系。同时，你也无法有一种真正的勇气去面对和承担。村庄的生命在我们笔下犹疑、彷徨、卑微，你也深陷其中，以为本来如此。但或者其实只是我们自己如此卑微。

知识分子的道德包含着什么？我指的不是人品的好坏，而是指一种对应性。如果你的所说和所做并没有达到一种相对的和谐，甚至是完全悖反的存在，那么，究竟该怎样思考这一反差所产生的距离？譬如：你在作品中充满批判性，而在生活中却是完全的犬儒，我指的不是那种为了使自己更好地写作和发声而不得不的内敛，而是指一种自满并自得地和生活达成一致的精神状态和行为。这并不是说你要放弃中产阶级生活，而是说，你在精神上也是自洽的。你作品中的批判性被包裹在你生活和精神的自适性之内，无法挣脱出来。当代的作家和学者有一种对自己专业化的沾沾自喜（并非指文学本身的专业化，而是生活的专业化），这一沾沾自喜导致文本常常是一种自足的意识和结构，即使你书写的是有冲突的现实生活，它会破坏文本的内部结构。你掩藏不住你自己。我常常嗅到这种沾沾自喜的气息。我不喜欢这种气息。而这种气息，隐秘地附着在这个时代的每个角落和人心之中。

我想要表达的是：如果你并没有在精神上处于矛盾或痛苦状态，你能否书写出真正意义的矛盾与痛苦？如果你的内心没有经受烈火的煎熬，而只是把那种煎熬作为一种姿态，如果你只是把梁庄——我在这里指的是广义的梁庄，甚或是人间生活——作为他人的生活，那么，你能否写出真正的梁庄？这些，也是在问我自己。

我们该"重返"到哪里？火热的生活中吗？和你所要写的人生共在并共同承担？我不确定。知识分子究竟被困在了什么地方？真正的生活实感来自于哪里？

在中国当代作家里面，张承志是一个有独特气质和精神的作家。他知道他说的话谁在听，他知道他写出来的疑问有谁也在追寻，他知道他的问题在哪里，他就是作为这群体中的一份子在做自己的事情，并参与到文明和历史的进程之中。

但我没有这种安然。我时常觉得自己处于惶恐和不确定之中。我始终徘徊在门外。我害怕交付自己。多年的灌输使得我们成为知识崇拜者和唯物崇拜者，我们执著于眼见之物，而很难去思考那引领我们精神向上的永恒存在。

从 2011 年起，我也陆续参与一些乡村建设团体的活动，并成为他们的志愿者，做宣传员，给学生上课、座谈，或到一些实践点去考察，和各个行当的人一起开会、探讨。那是一个全新的领域，他们是真正的实践者，在乡村和城市的边缘奔走、呼喊，或默默地做着可能完全失败的种种努力和实验，他们所面临的困顿、挫折和所表现的勇敢是坐在书斋里面的知识分子所无法想象的。我敬佩他们。不管他们的观点、行动是什么，彼此之间有多么大的分歧，有这样一群人在，就有逆主流的声音在，他们给这个正在飞速城市化的国度提供了另外一种可能的空间和存在。

但是，就内心而言，必须承认，其实我没有那么大的热情，我好像只是为责任而做，我并不习惯于这样的行动和形象。我害怕参与任何一种团体和富有进取心的活动，害怕行动，害怕被挟裹其中，害怕无休止地面对人群和各种庞大的机器。有时候，我能感觉到某种具体的社会力量压迫而来，迫使你去进行二元对立的站位和叙述。我不喜欢这样的感觉。当然，不可避免地，它也包含着，你不愿意为此付出时间和精力。

我终究只能、也更愿做一个旁观者。我更习惯于一个人悄悄在生活中行走，感受着世间万物压过来的痛苦和充实。我喜欢分析、体味这世间万物的复杂、混沌和难以辩解，喜欢走向那杳无人迹的林中小路，它能带我通向幽深之地，虽然那幽深之处可能什么也没有。我始终只能做一个写作者和研究者。

"旁观者"，或"写作者"，是否会有真正的痛苦，是否能够完成你和你写作对象之间的道德建构？当那张网、那只小鸟就在你的视界之内，你是选择做一个旁观者，还是行动者？一个写作者、思考者的"生活实感"能否从"旁观"处得到？如何才能够多穿透这"实"进入更为宽阔的"虚"的层面？这或者是我一直要追寻下去的问题。

追寻当年重返梁庄的原因、意义和写作中的困顿，五年之后，也并没有找到真正的答案。但是，我似乎看到了前面重峦叠嶂的山峰，看到它的轮廓和多样的迷雾。有"物"对应，有真切的怀疑、思考和问题意识，对于任何一个妄图寻找精神存在的人来说，都是一种幸福。

虽然仍然是不可避免的虚空，但不是虚无的虚空，而是实在的虚空。我要弄清那"实在"如何产生出虚空，寻找那虚空背后的方向和精神的褶皱。

我似乎获得了某种力量，再次返回书斋。

Ⅱ / 文学在树上的自由

恶毒马尔克斯

每天晚上的睡前点心,有点可笑?不敬?但是,的确如此,每天急匆匆地处理许多事情,所有的准备忙碌都为晚上躺到床上拿起书的那一刻,安静、深沉、灿烂而又美好的一刻,这一刻才是我生命中最重要的,所有的一切都只是铺垫。

马尔克斯是赞美孤独的。他知道人类本质上是孤独的,永远无法相互接近和理解,奥雷良诺们的孤独的神情是人类最真实的情感。无论是奥雷良诺的战争,还是奥雷良诺第二的狂欢,都是因为害怕孤独,当年那个小孩手触冰块的吃惊使他意识到人类是多么深刻地处于不可知之中。孤独和相互拒绝毁灭了马孔多,也将意味着人类最终毁灭的原因。

"汇集了不可思议的奇迹和最纯粹的现实生活。"1982年瑞典皇家学院授予加西亚·马尔克斯诺贝尔文学奖时写下这样的授奖辞。的确如此,除了奇妙地表现人类永恒的孤独处境之外,《百年孤独》吸引人的主要原因是他充满玄机的话语,这种玄而又玄的话语首先给读者以趣味、新鲜和好奇。你会觉得马尔克斯太鬼了,简直是一个魔鬼。只有魔鬼才能如此大胆、恶毒地使用语言，才能使平凡的日常对话像捉迷藏似的拥有多种可能性。你禁不住莞尔一笑，你才想起马尔克斯在捉弄你了，他不惜花费很多笔墨给你设置一个圈套，让你顺着惯常的逻辑往里钻，在关键时刻，你以为你将成功地预测出事件的未来，但是，且慢，这是最危险的时候，马尔克斯在得意洋洋地偷偷笑呢！但是晚了，你已经上当了，事情和你想的恰恰相反。像阿玛兰塔和意大利人皮埃特罗·克雷斯庇之间的恋爱，阿玛兰塔不顾一切拆散皮埃特罗和雷蓓卡，她爱皮埃特罗，爱得发疯，最后，她终于赢得了皮埃特罗。他们之间有着比雷蓓卡更深沉、更热烈的爱情，小说描写阿玛兰塔对皮埃特罗最细腻的爱，甚至于描写了阿玛兰塔如何憧憬皮埃特罗的家乡和他们未来的生活。

我们会想，阿玛兰塔肯定要和皮埃特罗结婚了，不会再有无限期的推迟和不断的事故，但是，事情就出在阿玛兰塔身上。当一切都顺理成章，皮埃特罗终于向她求婚，她冷静地对他说："别天真了，克雷斯庇，我死也不会跟你结婚的。"我们这些读者该怎么办？除了和皮埃特罗一起目瞪口呆、号啕大哭以外，没有一点办法，马尔克斯这个玩笑未免太恶毒了，我们心里恨恨地想，因为你永远也猜不透他下一句想要说什么。但是，等你再一次静下来，你觉得这样太妙了，阿玛兰塔的复仇和她的爱情是成正比的，她对皮埃特罗的爱情有多深，恨就有多深，就像她对雷蓓卡的恨一样。只有时光流逝，多年之后，她才明白她有多爱雷蓓卡，但是，这并不妨碍她继续恨她。这是真正的孤独，我们知道彼此相爱，但是，我们拒绝相爱，永远恨下去。

在《霍乱时期的爱情》中，当七十三岁的阿里萨对终于守寡的七十岁的费米尔娜说，"我是纯洁的，我只爱你。我仍是童男之身。"你觉得马尔克斯简直是在胡扯蛋。在像高傲的鹿一样纯洁美丽的费米尔娜拒绝了阿里萨之后，他的一生都在不停地进行各种艳遇。但稍微停顿一下，你又觉得简直太准确了。是啊，谁能说阿里萨对费米尔娜不忠呢？他一生中无数的情爱只是为了更爱她，只是为了在有机会再次走向费米尔娜时更加纯洁。马尔克斯小说有太多这样的奇思妙语，"伦理这玩意儿，我要往它上面拉上两堆屎。""穿上鞋，帮我来结束这场狗屎不如的战争吧。"一种迷人的随意和举重若轻。

马尔克斯把心理感受完全当做现实来写，不加任何解释和铺垫，更没有比喻、关联词之类的话语媒介。如他对吉卜赛人的磁铁的描写，应该说这是他心中对童年时期所看到现象的感受，那是任何人都有的一种感受，如果我们写，可能会说："那磁铁就好像把村庄所有的东西都吸走了一样……"但是，马尔克斯说，"大伙儿惊异地看到铁锅、铁盆、铁钳、小铁炉纷纷从原地落下，木板因铁钉和螺钉没命地挣脱出来而嘎嘎作响，甚至连那些遗失很久的东西，居然也从人们寻找多遍的地方钻了出来，成群结队地跟在墨尔基阿德斯那两块魔铁后面乱滚。"他描写雷蓓卡和霍塞·阿卡迪奥之间旺盛的情欲："他们的邻居对那种叫喊感到害怕，一夜里整个地区的人都被这种喊叫惊醒八次，就是午睡时也得惊醒三次。人们都祈求这种毫无节制的情欲不要侵扰了死者的安宁。"

一切就是真的，在他那里不容置疑，不管你信不信。其实，读者也知道它并不是真的,我们并不去求证它的真实性,我们懂得马尔克斯想要表达什么,并且,这种夸张的手法常常使读者更加心领神会。可以说,马尔克斯最深最透地理解了小说的实质,它用最大的胡言乱语说出最真的东西。他放肆地使用语言,从一个极端走向另一个极端,因此,他达到了一种自由。马尔克斯是个说谎话的高手。他不对现实和读者负责,他只对他自己的心灵的真实性和小说的本质负责。

马尔克斯最好地掌握了辩证法,他常常在语言和思维的两极走钢丝,但是,却从不失手。阿玛兰塔爱皮埃特罗,因此,她必然恨他,因此,她会拒绝皮的求婚。深谙辩证法的马尔克斯深知阿玛兰塔会拒绝的,以人类最固执的高傲和孤独。俏姑娘雷梅苔斯不懂人间的戒律和爱情,因此,她才对男人具有最大的吸引力,她的纯洁是她最大最致命的诱惑。

菲南达·德·卡庇奥,奥雷良诺的妻子,活在自己虚构的高贵之中不能自拔,雷蓓卡和阿玛兰塔活在自己的爱情之中,如烟的世事对她们没有任何影响,她们活在自己的世界之中,他们从不相互理解,甚至从不思考对方的存在,只有自己是唯一的。唯有母亲乌苏那是唯一务实的人,是大家唯一的精神统一体,只有她的努力可能实现相互之间一点可怜的沟通。佩特拉·科特,奥雷良诺上校的情妇,具有很旺盛的情欲,而这旺盛的情欲带来她的家畜的迅速繁殖,她和庇特·特内拉(一个拉皮条的妓女,会算命,有很强的预言能力)是作品中最具有民间生命力和民间精神的人物。家族的最后两个人奥雷良诺和阿玛兰塔·乌苏拉(奥的姑姑)乱伦,生下了有猪尾巴的孩子,存在一百年的家族被飓风卷走，消失了。

马尔克斯永远带着好奇感叙述他的主人公，仿佛他也被他们弄得无可奈何，正如每一个读者一样，他也无法知道下一步他的主人公会做什么，他是未知的，他假装毫不知情，装得那么像，以至于我们每个人都被骗了。

白痴、疯子与先知

帅克，有着一双无辜、清白、善良的眼睛的"好兵帅克"，当灾难降临的时候，他的眼睛、表情和饶舌发挥了最大的作用，从而安全地游走在愚昧的军官和混乱的战争之中，一个在民间最有生命力的人，善于保全自己，阳奉阴违，说假话不眨眼睛（相反振振有词），讽刺诙谐，又一本正经，使所有的一本正经在他的"正经"之下变得可笑而又荒谬。你会爱上他的，这个最最聪明的人，他能适应各种恶劣的环境，以"白痴"为名，这个社会只有变成白痴才能生活下去。

"白痴"在于他知道一切并把它都说出来。他没有人们期待的表情，如恐惧、害怕，相反，他总是光明磊落、坦率亲切，人们受不了的正是他的施施然、身处危机时的故事和不期而至的爱国主义歌声。最妙的是帅克所讲的故事，"有一次"，"想当初"，这是他的高谈阔论和荒谬令人发笑的故事的通常的开头，讲各种存在的或虚构的笑话成为帅克的叙述特权，他一开口，就意味着滔滔不绝的胡编乱造。萨拉热窝事件在帅克那里成了"坐小车的人的必然结局"，而看征兵告示时帅克的高呼"皇帝万岁"只不过是帅克狂欢的一次机会，帅克面对各种不平的平静恰恰反映了民众对政府的失望和不满,帅克的无知的表象只是在提醒民众的存在并形成一种反差。政府和人民各行其是,两套语言,通过帅克的笑话杂糅在一起,绝妙地揭露了政府的本质。卢卡什上尉,一个毫无个性但却自以为风雅而又傲慢的无用的上层人,对帅克的装疯卖傻毫无办法也不能理解,但却非常依赖他。

帅克的故事(总是就政事发表一些议论时所讲或具有民间色彩的狂欢)具有双重所指,除了故事本身有趣之外,更重要的是我们会因此联想到它此情此景时的所指,这种所指恰恰和故事本身构成一种反向意指,从而具有巨大的张力和讽拟作用,也使叙述具有双重性,历史的大叙事和个人话语的结合产生了意外的效果。换言之,故事的内容,如它的笑、歪曲事实、夸张、荒谬的本质以及它的无拘无束的自由和想象的本质,使得帅克所讲的故事产生了另外一种意义,即它的道貌岸然的表象和企图压制人民的性质被揭露了出来,有效地解构了它的所谓正义和爱国的言辞,揭示了政治生活不易被觉察的虚假本性和可笑性。民间故事偷换和覆盖了官方话语的大叙事,历史的书写在帅克的"想当初"之中呈现出了另一面。帅克的故事之所以如此有魅力,还在于它把大人老爷们放逐到了和我们(读者)一样的地位,看到他们的色厉内荏的本质,他们被帅克包括我们尽情地嘲笑,看着他们在那里咆哮、发怒,又无可奈何的丑态。他固执地把自己的经验强加于历史的宏大叙事中。杜布中尉,愚蠢的教员,充满了权力欲,却常常被帅克毫不留情地解构掉。还有卡茨神父,一个吃喝嫖赌骗无所不做的无赖,宗教已经成为一个最形式化最虚假的附庸,彻底的腐败反而成为一种狂欢化的存在，神父的滑稽举动恰恰是自身的解构。

所谓的正义和侵略在人民那里并没有具体的意义，他们关心的只是把铺子开好，多卖几条狗，明哲保身，可是，任何时候，这种愿望都只是一种愿望而已，有各种密探渗透在生活的每一个角落（正如政府宣传、文化语言环境和生存环境一样），你不知什么时候就已经上套了。其实，这里表现的并不仅仅是人民和官方的对立和战争的无意义和残忍，而是揭示出人类生存的怪圈和无意义，我们都在表演着什么，为了生活，或为了所谓的尊严，而生命本身只是一文不值的东西，谁也不会在意它。"在荷马和托尔斯泰那里，战争有一种可以充分理解的意义：人们为海伦或是为俄国而战。帅克和他的伙伴去前线时却不知道为了什么，甚至连什么是震惊也不知道，而且也不想知道。"

"白痴"是中外文学家的最爱，许多著名作家的优秀作品都与他分不开，可以说，"白痴"在文本意义中占有很大的功劳。福克纳的《喧哗与骚动》、《我弥留之际》中的班吉和卡什都是典型的疯子，陀斯妥耶夫斯基的《白痴》、鲁迅的《狂人日记》和当代作家阿来的《尘埃落定》都是以疯子或白痴（绝不是傻瓜）为主角。

作家之所以青睐疯子大概有以下几方面的原因：无所羁绊的想象空间。作家可以不受所谓正常主角的理智的束缚。不用考虑这样那样写是否符合人物的性格，是否符合生活中这一类型的人，思想的自由也由此达成。利用精神病的生理特点，如跳跃性强、混乱、敏感等等，可以自由组织情节结构，塑造一个最真实而又最虚幻的王国。还有一点，可以更真切地表达人生的感受，疯子是活得最纯粹的人，他们只关注自己的内心世界，主观的感受是他们对这个世界言说的方式，从而和现实的世界构成两重性，并互为观照，文本的意义更为复杂多元。其实，可以说，大部分作家只是在借疯子之口表达自己对世界和存在的感受，在某种意义上，他是作家心灵思想的外现。因此，大部分疯子扮演了先知的角色。疯子的意义恰恰在于揭示出不为我们注意的那些理所当然的事情的不那么理所当然的一面，展示了它生成的过程，提出怀疑，并质疑它的合理性。

如福克纳《我弥留之际》中疯子卡什这样想："可是我拿不准谁有权利说什么是疯，什么不是疯。每个人内心深处好像都有另一个自我，这另一个自我已经超越了一般的正常和不正常，他怀着同情的恐惧与惊愕注视着这个人的正常和不正常的行径。"而鲁迅的疯子也在经书中读出了五千年"吃人"的历史，他们都在强调生活的这种怀疑本质，不同的是，福克纳怀疑的是生活和人的存在，强调生活只是一个无法下判断的抽象存在，所谓人的存在只是存在于人对他人和对自己的想象之中。鲁迅的疯子则更多质疑的是社会既定秩序和道德话语权力的有效性，其实，也可以说，他们的怀疑是对人的存在的哲学意义的怀疑，"疯子—先知"形象的共存恰恰揭示出人类的这种生存悖论。

铁皮鼓、黑暗军规与纯粹精神

君特·格拉斯《铁皮鼓》中最让人难忘的是那个孩子,那个背着铁皮鼓不停地敲,尖叫声可以使玻璃破碎的小孩儿奥斯卡。他是一个被压抑的人,在污浊的空气中,他不愿意再长大,只守着自己的铁皮鼓。他敲着铁皮鼓,目睹母亲阿格内斯和表舅布朗斯基激烈而又扭曲的爱情悲剧;感受到父亲马策拉特的善良、麻木和残忍,对政治只是懵懵懂懂的理解,然而却无限忠诚于他的党;他看到外祖父藏在外祖母的裙子下做爱的场景,而舅舅出于偶然选择的波兰籍却导致了他的死亡。他看到这条街上形形色色的小人物。生与死是如此普通,充满着无望的灰色和激情,却带着巨大的悲剧性。每个人心中都有自己的情感,以各种扭曲的方式表达着自己的情感。

还有其他善良而麻木地生存着的人们,犹太玩具商马库斯热爱着奥斯卡的妈妈,却被砸烂了商店,再也不能给奥斯卡送铁皮鼓;赫伯特是一个侍者,经常打架,最后却死在博物馆里的一个女雕像前,因为他要和她交欢;格雷夫是童子军的领袖,他爱那些充满活力的青年人,他们却在战场上一个个死去,最后,他为自己设计了一个完美的绞刑架、上吊自杀了；母亲在情人和父亲之间挣扎，最后，死在食物中毒上，因为她忘不掉那海边码头上无数钻来钻去的鳗鱼的场景，另一个原因，她又怀上了不知是父亲还是情人的孩子。

一双可以自由观察生活的眼睛，一个不合时宜地作着反抗和某种妥协的灵魂，可悲可怜的灵魂，这是西方许多小说的形式。它既是整个小说的线索，同时也是小说的灵魂和风格。它使小说变得幽默，潜藏着悲哀的幽默。个体的生活以前所未有的沉重滑稽和可悲可笑被叙述出来。格拉斯赋予奥斯卡一种模棱两可的品质，他既看到了许多别人无法意识到的事情，他也无法完全明白，同时又用自己的解释来叙述一切，有时候，他聪明、阴险，有时候，却又像真正的小孩一样无辜清白。

战争和情感，两者以相同的杀伤力伤害着人类的生活。战争以它不容置疑的权威改变着人类的生存方向，它专制统一的语言下是个体生命的不断被摧毁和崩溃。美国作家约瑟夫·海勒的《第二十二条军规》以另外一种幽默书写了战争的梦魇和残酷。

一群想尽办法在战争中活下来的战士，却被永远也不可能让你完成任务的第二十二条军规圈在死亡线里面。这是一个永远"无法摆脱的困境"。"第二十二条军规不存在，对此他确信无疑，可那又有什么用呢？问题在于每个人都认为它存在，而更糟糕的是，它没有什么实实在在的内容或条文可以让人们嘲笑、驳斥、指责、批评、攻击、修正、憎恨、谩骂、啐唾沫、撕成碎片、踩在脚下或者烧成灰烬。"这就是战争的荒谬和可怕，它是一张天罗地网，你无法逃出来。

米洛是个无耻的投机商人，一听说有生意，他的一切神经都为之震动，什么也拉不回来。为了能赚钱，他甚至做出了里面裹棉花的巧克力，并且说服大家吃下去；他在敌我双方做生意订合同，和敌方规定，如果打下一架美国飞机，给一千美元；而同时，又和美方订合同，由他来负责轰炸，从两者那里他都可以得到成本费和酬金。于是，米洛同时指挥两边的人打仗，不管怎样，他都可以获得巨额利润。

痴情、单纯的内利特在又一次增加到八十次的飞行任务中死了，麦克沃特因为低飞把桑普森劈成了两半，自己也撞到山上自杀了；丹尼卡医生因为误解而被当做活死人，他不断抗议，然而从那以后，再也没有了生存的空间；邓巴被莫名其妙失踪了。等等。上校仅仅为了晋升或某个小小的情绪，就可以把士兵的命运紧紧掌握在手中，没有人可以反抗，因为有第二十二条军规，任何时候都可以随着他的意思改，并且马上成立，具有军法效力。

约塞连一次次的挣扎、抗议都以失败而告终，他不得不每天面对着战友们一个个死去的痛苦，"从基德·桑普森的腿，约塞连又会联想起可怜的、呜咽不止的斯诺登在飞机尾舱里冻得要死的情景。约塞连始终没有发现遮盖在斯诺登鸭绒防弹衣里面的伤口，错误地以为他只是腿上负了伤。等到他把这个伤口消毒包扎好，斯诺登的内脏突然喷涌而出，弄得满地都是。晚上，当约塞连努力入睡时，他会把他所认识的、但现在已经死掉的男女老少的名字统统在脑子里过一遍。他回忆起所有的战友，在脑海里唤起他从童年时代起就认识的长辈们的形象——他自己的和所有别人的大伯、大娘、邻居、父母和祖父母，以及那些可怜的、总是受骗上当的店小二——天一亮就起身打开铺门……他暗自猜想,死是不可逆转的趋势,他开始认为自己也快要死了。"

只有傻奥尔最后成功地逃脱了,用装疯卖傻的伪装和可爱的奇思妙想坐着小皮筏,后面拖着一个钓鲟鱼的小钓鱼竿喝着下午茶成功地从地中海渡到了遥远的瑞典海边。这使千方百计想活下来、最后几乎走投无路想要放弃的约塞连受到了启发,只要装成傻瓜那样就容易些了。他太明显地表达自己的反抗和不满了,每次,在就要完成飞行任务的时候,他的反抗行为都引起卡思卡特上校的惊慌,从而再次给全队增加飞行任务。只有傻瓜才可以生存。

于是,约塞连找来了奥尔常嚼在嘴里的七叶树果和龅牙,像奥尔一样,跑得无影无踪。

读三岛由纪夫的四部曲《丰饶之海》、《春雪》、《奔马》和《天人五衰》,感受到作家对人的纯粹精神的迷恋。

关于三岛由纪夫的剖腹自杀,人们有一个最大的误解:以为他因为忠于天皇而走入了愚忠献身的误区。真实的情况是,他的"天皇观"只是为他追求纯粹精神提供了一个契机和可见的理由,他所追求的乃是人的内在的纯粹性。为了这一信念,三岛由纪夫要抛弃世俗的一切细小的干扰。

小说中那几个美少年是纯粹情感的产物,所赖以自傲的就是他们的独立、美貌和对尘世最天然的反叛。天皇,既是精神、纯洁的化身,又是神的化身,地位和血统的完美结合,是人类为自己塑造的迄今为止最高贵最神秘的神。他的形象在象征意义上代表着人类权力、威严、梦想、智慧、美貌的极至。

那几个美少年也是纯粹观念的化身。他美到极至,并且时时以为自己的美暗示着某种超于别人的东西,他必须与众不同,要么是感情,要么是为国牺牲的信念,要么是独一无二的恶。善与恶的转换就在那一刹那,他追求生命的至善、至美,然而,却是毫不留情、让人战栗的恶与冷酷。

人在追求纯粹的时候是让人望而生畏的,那是一种暴烈的力量,非常可怕,但却又让人感受到生命的质量和美。美存在于恐怖之中,这也是日本"菊与刀"的力量和魅力所在。

看完这样的书,心中有一种巨大的不舒服,非常沉重、难受、恶心(对自己的生活状态),又难以名状,仿佛有什么力量压迫着你,让你无法轻松无法快乐起来。一种精神的压迫力。它让你不得不重新审视你的生活和内心世界,它让你意识到你的没有强大精神力量的内心生活,没有力量,没有信念,世俗而又庸俗,没有一点力度(而三岛由纪夫小说中的人物正是充满了这种生命的力度美)。我们在妥协着,不断地寻找着更为舒适的活法,可是,生命的美的本质却离我们越来越遥远了。相形之下,中国作家对生命的感受太圆熟了,太缺乏真诚了。没有这种力量的支撑,没有这种对生命的激情,我们的作品当然会污浊不堪。

应该说,三岛的作品极富蛊惑力,这种对纯粹而又极至的生命美的追求是人类的天性,而在日本的文化中,又恰有这样一个传统。

俄罗斯的大地与文学

普希金的小说大多采用民间传说的叙述方式,并且故事本身具有很大的传奇性。这是他的小说最成功和最吸引人的地方,你拿起一篇小说,几乎放不下来,光情节本身已经足以让你为之感叹为之遐思万千。

《上尉的女儿》。"我",彼得·安得烈伊奇,一个军官和民间反叛英雄普加乔夫之间一段奇异的关系而导致命运的戏剧性的变化,"我"和上尉女儿玛丽娅之间的爱情反而只是一个副线索。小说之所以感人,可能还有一个原因,普希金一反正史中被丑化了的普加乔夫的形象,把他刻画成一个有着各种优点和弱点甚至于有些可爱的起义领袖,在某种程度上,普希金虽然对俄皇充满敬意,但是,却婉转地表达了她对农民统治的残忍和剥削,这也使作品超出了通常的判断。其实,对男女主人公的爱情印象并不深刻,仆人萨维里奇却让人过目难忘,这可能是因为他具有独特的个性,能体现出俄罗斯人的性格。他对主人的忠实,绝不仅限于一个仆人的本能,而是出于一种父亲般的责任;在普加乔夫释放了自己的主人之后,他居然一本正经地开列了被掠夺的物品的单子，让人不禁在担心他的命运之后，又为他的狡猾和迂腐好笑。绞刑架，悬挂着的尸体，凶神般的起义者，一个从容地念着清单的老头，文章在此时形成一种反讽风格，意味深长。

《杜勃洛夫斯基》。基利拉·彼得洛未奇，一个被各种恭维宠坏了的大地主，他和邻居的穷地主兼原来的同事老杜勃之间所谓的友谊只是建立在老杜有限度的个性之下，一旦突破这一界线，基就在虚荣心和惯性的支配下报复老朋友。小杜成为强盗和他对基女儿的纯真的爱形成一种强烈的对比，传奇性也正是在此，而玛莎对他的拒绝则为读者提供了意料不到的结局，给读者留下无数的遗憾和想象。

《彼得大帝的黑教子》并不成功。

钦吉兹·艾特玛托夫《查密莉雅》。当我第一次读到它的时候，便被作品中所蕴含的深厚、博大、朴素而又炽热的情感深深地吸引了，不仅仅是他们的爱情，也有丹尼亚尔的歌声。许多年来，它始终回响在我耳边，激荡着我的灵魂，走向那不可知的远方。他的歌声究竟意味着什么？原野的气息？最最深沉的生命力的感受？爱情的神秘慰藉和永恒？也许是这一切。丹尼亚尔的孤独和沉默带着他对故乡和草原最深沉的爱，这爱不能言说，它只是在他的灵魂中酝酿、发酵，像火一样的炙热，唯有在俄罗斯的大草原中才能蕴育出如此神秘而博大的爱，这是他们民族的精神所在。查密莉雅和丹尼亚尔的爱正是草原精神的体现，他们和草原、晨曦、露珠和谐地融为一体。"我"，查的小叔子，一个情窦初开的少年，在他们的爱的引导下，感受到了草原的美和博大，在他面前展开的是新的充满激情的美好的世界，是无限的内在的不断感受着的草原。

"我"的妈妈、父亲、队长和集体农庄的人等作品中的人物，作者并没有评判他们的行为，每一个人都是小说中的主人公，有自己的个性，遵循着自己生活的准则。但是，也隐约能感到，作者认为查密莉雅和丹尼亚尔的爱情起源于这种集体主义的昂扬向上的高贵的精神和冲动，而草原精神的实质也正在于此。

布尔加科夫《大师与玛格丽特》。一个关于良心的问题。这一良心并不仅仅是对尘世，更是对上帝。对当时俄国知识分子的警告。作品所蕴含的巨大情感力量是中国作家无法匹敌的，这是一个没有宗教传统的国家所永远达不到的情感震撼力。从这里，我们可以看到，中国的儒家哲学和道家哲学是多么软弱无力，它们对人性是多么大的束缚。中国哲学让人知道如何安身立命，而西方哲学让人知道如何完善人性，而不仅仅是个人命运问题。起点完全不同。

纳博科夫《菲雅尔塔的春天》。一个男人与一个女人不断相遇不断分离的爱情故事。一种沉思式的叙述，其中恍然的情感进展及内心的叙述最为动人。非常细腻复杂，对人的情感进行了深层次、多层次的挖掘。抓住了那种飘忽即逝的美感与爱情。我们在生活中，经常会忽然对一个人产生感觉，然后，随着那个人的离去，一切也自动消失。纳氏抓住了这种短暂的情感,并记录下来。带有意识流的味道。

小说略微有些沉重,但更多的是一种随着爱的无望、不断的分离而产生的生命的消逝感。

文学在树上的自由

有一天,一个男孩儿跟他的伯爵父亲怄气,爬到树上威胁他父亲说,"我再也不下来了。"从此以后,他真的没有下来,他在树上,在无边无际的森林之上度过了他的一生。生活,谈恋爱,偷情,宣传思想,发动改革,作者写得非常详细,甚至写到了这个孩子如何在树上大小便。当生命的终点,所有人都期待他回归大地,或者终于可以嘲笑他时,他也没有让人们得到满足,最终他抓住一个热气球垂下的绳子消失得无影无踪。这就是卡尔维诺《树上的男爵》的内容,一篇具有超常想象力和象征性的小说。

想象着一个人,不停地在树与树之间跳跃,以最大胆和最谨慎的动作保证自己不落到地面上。他来到森林的边缘,站在最外面的那棵树上,俯视着无限远的平原和大地,那是怎样一个广阔的世界?树上的天空,无限自由的世界,它广阔,叛逆,倔强,无拘无束。他漫长的一生在为这一世界的存在与彰显而做注脚,并最终成为一种精神的隐喻。他并没有妨碍人的生活,但是,他以他不同于一般人类的生活而给人类以打击,并使人类看到了自己的庸常、琐碎、软弱和精神的萎顿。

好的文学作品总是让人无限向往，充满着意外和期待，同时，也因为其中丰富的意味而让人长久地回想。

《野草在歌唱》是多丽丝·莱辛的处女作，也是其成名作。买了莱辛的一批书，《天黑前的夏天》、《金色笔记》等，但最喜欢的却是《野草在歌唱》。也许是漫长而炎热的夏天所带来的无望刚好契合了这本书的意蕴。作品充分显示了作者细腻的心理描写和对女性生存的内在关注。作品主要写的是穷苦白人在非洲的殖民生活。这一错位本身就非常有意味。有一种被困的意味。人被困在土地上，困在自己的内心。而背景是炎热、干涸、无望的非洲。黑人和白人之间形成奇异的两个世界。一个文明的，一个愚昧的。当在具体环境的时候，白人所接受的自由、平等、民主等观念非常虚伪而淡漠，渗在骨髓里面的是一种歧视。就像小说女主人公玛丽和她的雇工之间的爱情，在深深的偏见之中痛苦地挣扎。

小说写得非常内心化，玛丽的内心挣扎是最真实的，而炎热的非洲则是她内心的反映，客观的反倒变为主观的，有一种奇异的心灵延伸的感觉。无边无际的绝望。玛丽的感情遭遇的不只是自己的内心，不只是白人与黑人，而是那绝望的非洲，没有任何希望的非洲。

许多人都在谈卡佛的小说，已经到了不看就不是一个称职的批评家的地步了。买了《卡佛短篇小说选》，的确不错。那样一种小镇生活，那样的夫妻情感，没有任何的希望和光亮，虽然也有谅解，但这谅解终究抵抗不了人心灵的虚空。每个人都是一座孤绝的城堡，外人很难进入。读卡佛的小说，流过心灵的是刻骨的寒冷，生活的寒流，人的寒流。灰色、冷漠、漫长的人生与生活，永无尽头。静水深流，不是温暖，而是冷彻全身的孤单。

理查德·耶茨的《十一种孤独》描写的是人类世界，人与人之间的不可沟通性，人的永恒孤独给写了出来，虽然有点刻意，但却又是真实的存在，很残酷，是人性的真相。我们谁不是这样？漫长人生中的和谐与安静在许多时候只是克制与妥协的产物，内心的流动是什么呢？我们的手放在爱人的肩膀上，心中却在想着另外的人另外的事，这不是最正常的吗？而许多时候，我们所伤害的不正是我们最亲密的人吗？如作者所言，"如果我的作品有什么主题的话，我想只有简单一个：人都是孤独的，没有人逃脱得了，这就是他们的悲剧所在。"

说不清为什么，虽然被卡佛和理查德小说那种细致、微妙的叙述所吸引，但根本上不是很喜欢他们的小说。不是叙述不好，也不是不深刻，而是对他们所叙述的生活有一种根本的疏离。或许，中国的生活还不是这样一种中产阶级内在人性的冷漠，社会与外部的巨大冷漠是摧毁中国生活的最强大力量。

略萨小说《公羊的节日》改变了之前我对政治隐喻小说的偏见。好小说超越了题材的束缚，使我们感受到真正的艺术的魅力。"公羊"本身所具有的隐喻性很有意味，公羊，既是全民敬仰的中心，也是一种性能力的象征。既是民族寓言的象征，也是个体独裁，包含着身体独裁的比喻。很有启发性。

　　一种人物自叙式的写法，三条线索的人物同时自述。看似没有感情，但却因为人物的内心独白而显得很有力量。乌拉尼娅是愤怒的、仇恨的，她的仇恨看似是对着父亲和多米尼亚独裁者，实则是对着那个时代，同时，通过她多年离去的眼睛又把多米尼亚国现实的状态给呈现了出来。元首的语言是充满力量的，规则、忠诚、有效率、充满性欲是他对自我的基本要求。暗杀者则是犹疑、软弱与紧张、坚定交织在一起。小说整体混沌多层，细部则是清晰有力的。

　　元首的自语和尿失禁的细节非常好。把元首对权力丧失的恐惧形象化地展示了出来。独裁者最为自信的是他给多国带来的变化，他觉得为此屠杀是值得的。独立之后多国的秩序、富裕和自立性是显而易见的，但我们能否因为这个就忽略了他的暗杀、专制与荒淫无度？略萨的回答是否定的。

　　指挥暗杀的将军罗曼的心理写得非常好。真正杀了元首，他却更加害怕。元首虽然死了，其精神仍然凌驾在他的灵魂之上。他的行动仍然绝对自觉地服从元首，不在场的元首比在场更可怕。写得最为复杂的是人民对独裁者的感情。崇拜，犹如神一样的尊敬。在这种无限尊崇的心态下，人民失去了独立思考的能力，失去了自我的愿望。尤其是作者写元首散步时每个官员的心态，非常精准、鲜明。

　　每隔一段时间，我都会再次翻阅德国哲学家雅斯贝斯的《时代的精神状况》这本书。它能让你重回常识之中，神智变得清明一点。作者从人的精神发展层面对西方以技术化和科学化为主要内容的现代性发展提出反思,并批判那种认为文明、科学、知识可以取代一切的观念。"一种对教化的敌意已经形成,这种敌意将精神活动的价值贬低为一种技术的能力,贬低为对最低限度上的粗陋生活的表达。这种态度是同这个星球上的技术化过程相关联的,也同一切民族中的个人生活与历史传统相脱节的过程相关联。"技术化时代的真正可怕之处在于,它使人类失去某种敬畏,实用主义成为最有理的标准。这不正是近三十年来中国的发展症结和思维倾向吗?

当技术至上时,那些不能度量衡的东西失去了可存在的依托。因为缺乏整体意识和历史意识,缺乏对"无用"的尊重——这一"无用"包括"文化"、"艺术"、"尊严"、"理想"等词语,真正的个人性却在衰退。迷信科学、知识而遗弃信仰、精神,因为它是无用的,没有具体的实用。当所有的文化领域、公共事业领域都一定要与创收、产业、效益相联系时,这个民族的精神危机正在迅速蔓延。政府与民众,医生与患者,老师与学生,知识分子与大众,相互之间没有道德的渗透,没有信任,没有尊严,没有爱与尊重,如雅斯贝斯所言,"这正是个体自我衰弱的征兆",也是民族精神衰弱的征兆。

或者我们并不一定需要去读这些艰涩的哲学书,但是,我们一定要有反思我们的时代和生活的能力,这样,作为个体的你才能够拥有历史与传统的整体视野,才能够抵御时代的流行思想,并拥有真正的理解能力。

阅读可以使人清明,因为好的书籍就是空气,必不可少,同时也使你的呼吸更为澄澈,更为深远和丰富。

与大师的瞬间相遇

萨尔曼·拉什迪《羞耻》。一个国家的非理性（的宗教）和政治暴力是导致社会羞耻以及无耻的根源。耻是什么？耻是每个人都感受到自身存在的非合法性，每个人都有负罪之感。就像小说中的那个奥马尔·海亚姆和他未来的脸蛋一直涨红的白痴妻子苏非亚。他们的存在就是羞耻。但与拉美小说的风格有点过于接近。

帕慕克《伊斯坦布尔》。一座城与一种文化和一个人之间的关系，那是一个叫"呼愁"的名词，是个体生命与民族记忆的双重痕迹的体现。对空间的再现其实是对生命和时间的不断把握，它是人类追忆自身存在的一种方式。极具中产性。

库切《凶年纪事》。诗性和理性以结构的方式同时并进。通过一种并置的空间让读者感觉到人类的日常情感与政治生活的悖谬性，小说保持了库切一贯的沉思性和关怀性。结构新颖但略显做作。

詹姆斯·C. 斯科特《弱者的武器：农民反抗的日常形式》。弱者的武器叫匿名反抗，它是看不见的力量，同时也是唯一可以选择的方式。《国家的视角：那些试图改善人类状况的项目是如何失败的》。对在政治命令下的国家规划项目进行详细考察,尤其是农业方面的政策,反思极端现代主义与人类生命、国家制度之间的关系。解释了 20 世纪乌托邦式的大型社会工程失败背后隐含的逻辑。

赫胥黎《美丽新世界》。以发展为名的科技乌托邦的反乌托邦性。一个事物走向自己的对立面的恐怖展示。对唯科技论的深刻反思至今仍有启发性。

奈保尔《印度:受伤的文明》。凝重、缓慢,以一种非虚构的方式对印度现代生活的分裂、中产阶级与底层之间的惊人的对立、宗教的世俗化与沉沦进行了思考。

H. 孟德拉斯《农民的终结》。"农民的终结",在书中并不纯然是一个判断句,而是一个疑问句,或者,是一种蕴含着惊恐、担忧和省察的自言自语。真正失落的并非只是某种身份,而是一种文明方式,它曾经是人类与自然同根同体的象征,但作者避免把乡村生活和农民价值理想化。作者从家庭经济方式、生产方式等方面,分析了在工业革命的冲击下,法国农业社会的崩溃和瓦解。作者最后又充满希望,从法国农业、乡村的复苏看到了新型乡村的希望,但他谨慎地把从事农业生产活动的人称为"农业劳动者",而非"农民",非常有意味。"农民"一词包含着文化形态的属性,而"农业劳动者"则只是一种职业。

莫言《蛙》。莫言一贯的风格,把社会的内在荒诞以一种寓言的方式书写出来,但最终却呈现出高度的现实感。司空见惯的生活的恐怖和内在的制度危机。对人的精神的伤害,不管是姑姑还是那些村民,都是"被损害者和被侮辱者"。坚硬而又柔软的、残忍而又多情的姑姑，就像我们生活着的这片广阔的土地。喜欢"写信"这一结构方式，但不明白文本中作者所选择的写信对象——日本的作家。为什么是他？为什么是日本？没有含义，疏离于文本之外。难道是一次曲折的逸出？

胡安·鲁尔福《佩德罗·巴拉莫》。那个伤痕累累的、充满死魂灵的村庄，永恒地屹立在拉美的时间深处。鲁尔福以爱情的梦呓状态写出对它的爱。那个"我"不断追寻的佩德罗·巴拉莫是充满原罪的现代拉美之父。"我那耸立在平原上的故乡，它像是扑满一样保存着我们的回忆。"结构和叙述方式过于鲜明，具有不可复制性。

乔伊斯《死者》。当男主人公在世俗世界中完满地展示自己之时，他没有意识到自己的庸俗，他的确在为每一个人着想，照顾每个人，为大家奉献上精心准备的演说，一个好侄儿、好丈夫、好合作伙伴。但是，这一切，被一个年轻的、站在花园那边的、淋雨等待心爱姑娘的、苍白的肺结核小伙子打败了。而他，已经死了。他永远不可能战胜他。所有的雪花都扑过来，无边无际的空虚。

菲利普·罗斯《再见，哥伦布》。两个少年男女懵懂、无聊而又残酷的爱。行文中有一种化不开的气息，不是纯情，也不是虚伪，莫名的心痛，那种与成人世界的污浊气息搅拌在一起，自己也慢慢浸染其中，但又浑然不觉的浓雾压进心灵的感觉。"绝对的幽默和极度的严肃"，这既是菲利普自己对文学的艺术要求，也是这本书鲜明的风格。

"轻"与"重"

阅读纪尧姆·米索《你会在那儿吗？》是一次轻松的探索之旅。当生命即将消逝的时候，你是否想到了青春年华，是否又想起你曾经失去的那最爱的人？也许，一般人只是在夕阳下感叹一番，然后又进入平静庸常的晚年。但是，对于纪尧姆·米索来说，故事才刚开始。朝着不可能的地方进发，时间、空间为之逆转，只为了使爱人复活，虽然代价是主人公永远不能走近她。纪尧姆的故事讲得非常优美、迷离，时光在现实与虚幻中穿梭，未来、过去、现在都统一在主人公执著的追寻与对爱的向往之中，也因此，即将到来的死亡并不可怕，它是爱的一个完满的历程。电影剧本式的切换结构使小说充满悬念，也使阅读富含趣味性与挑战性。而纪尧姆华丽、优美的语言也为小说增添了光彩，哲学的沉思意味和深沉的情感因为语言的运用得到了全方位的阐释。

但是，最使笔者感兴趣的不是这些，这部小说不是那种要在思想上、语言上有多大探索的小说，如果一定要评价的话，按照中国当代文学的标准来说，它既不属于"纯文学"，但又高于一般意义的"通俗文学",可称得上是处于两者之间的"中间地带"。但也恰恰是这一"中间地带"中所蕴含的不一样的作家态度与小说立场给人以启示。尤其是,当把它与中国当代文学放在一起来比较时,其差异性更为明显,也颇有趣味。

在文学场里面,"纯文学"承担着使这门艺术能走多远的先锋性探索的任务,因此,在语言、风格、技术及情感等方面要创新,要开辟全新的通道,让以后的写作者或读者知道,文学还可以这样写,文学可以如此阐释社会、人生或人性。而通俗文学则承担着读者的任务,它与时代的审美需求、与读者的喜好紧紧相连,好的通俗文学能在最简单的地方进入人的心灵,让你获取温暖的存在感。其实,我所谓的"中间地带"小说就属于优秀的通俗文学,但是,因为"通俗"一词在文学批评语境中评价太低,因而无法涵盖这类小说。《你在那儿吗?》就是后者的典型性存在。它有明显的流行元素在里面,爱情,友情,魔幻,时光倒流,包括对电影技巧的使用等等,作者以一种轻盈的笔调叙述它们,里面又有严肃高雅的思考。小说的"轻"与"重"结合得很好,既好读,同时,又能够进入某种情感、情绪或氛围之中。它不讲究"深度",但却对纯净与高尚这些人类基本精神持信任的态度。从行文中可以感觉出,作者对这样一种风格的运用非常坦率、自然,文风也相当清新、流畅。毫无疑问,作者是一个熟悉市场规则、了解读者的阅读习惯与审美心理的人,他在自觉适应的基础上进行提升,在某种意义上也提升、培育了读者的审美能力与思想情感。

我不知道法国的文学批评界如何评价纪尧姆的小说,是作为一个很好的通俗与高雅结合的范本来推荐,还是从"纯文学"角度对其进行批评?从中国当代文学的语境来看,这样的小说显然处于非常尴尬的境地,这一尴尬在很多时候对作者会形成某种压力。同样是"70后"女作家的安妮宝贝就是很好的例子。安妮宝贝有巨大的读者群,她的写作风格与纪尧姆有某种相似性,《八月蔷薇》、《未央》等小说语言朴素,干净,对爱、纯净、高尚有一种执著,有"思"的轻盈在里面,但不是哲学意义的理性的"思",而是语言层面的凝练与感性。如果以一般意义的"通俗小说"来定义安妮宝贝的小说,显然有点评价过低,它高于一般的通俗小说,但同时,又低于"纯文学",很难找到一个合适的点位来评价它。在"纯文学"理念几乎成为霸权、"通俗文学"被打入另册的当代文学框架中,批评界很少对她的作品发言(这已经表明了一种态度)。而那些发言的也往往因为试图把其作品定位为"纯文学"而显得言不及意,反而损害了小说独有的价值。

新世纪以来,一批高质量的"中间地带"的小说逐渐涌现出来。这些小说在严肃与通俗之间游走。它们具有艺术性,讲究叙事,暗含着严肃的主题,但同时又有很强的可读性,适应市场,发行量很大。都梁的《狼烟北平》,安妮宝贝的《莲花》,包括获茅盾文学奖的作品《暗算》(麦家)也有此风格特征。但是,在"纯文学"观念一统天下的文坛,这样的写作者承受了太多的压力,如果想要成为被承认的真正的作家,必须去追求"重",追求"难度"。这种焦虑影响作家的创作,要么,作品以"纯文学"的面目出现,要么,以不登高雅之堂的"通俗文学"的面目出现,精神彻底"退场"。有论者认为,"纯文学实际上是最大的权力话语,这种权力话语造成了对通俗文学、大众文学的压抑与遮蔽,造成了大众文学消费的自卑,造成了大众文学创作者的身份焦虑,也造成了纯文学工作者面向大众与市场时的畸形心态,造成了文学的负载之累。"这也是当代文学所必须面临的问题。

但是,中国的"中间地带"小说往往有某种过于实际的东西,即世俗主义生活观,试图在小说中给读者传达一种实际的、切利益的、现实的生活态度,如王海鸰的《新结婚时代》、六六的《双面胶》等等,都有此种倾向。这一点,纪尧姆·米索的"轻盈"与"诗性"显得弥足珍贵,这是通俗小说所应该包含的"重",也是中国作家所缺乏的。

韩剧中的日常生活

　　无论是家庭伦理剧《澡堂老板家的男人们》、《看了又看》、《人鱼小姐》，还是青春偶像剧《蓝色生死恋》、宫廷历史剧《大长今》，韩剧都摆脱不了人物性格固定化、矛盾冲突相似化的特点。一目了然的情节发展，幼稚可笑的巧合和无限长的长度，实在是看不出什么深意来。但是，就是这样的韩剧在中国引起了强大的收视风暴。大众文化传播的奥秘从来都是不按常理出牌，更不按学者的学理出牌。如果从艺术、思想的深度来寻找韩剧之所以在中国大众流行的根由，绝对是徒劳，韩剧几乎毫无深度可言；但是仅仅因为它涉及一般偶像剧流行的原则就简单地否定它，似乎也有些肤浅，因为韩国的家庭伦理剧同样获得很好的收视率，而这些剧里面并没有俊男美女和时尚生活。

　　文化的相似性以及在两国电视剧中表现的反差是韩剧得到中国观众广泛认同的重要原因。韩国和中国一样，继承的是儒家文化的内核，因此，中国观众对韩剧有一种基本的文化认同。但这只是韩剧能在中国流行的基础原因。更为重要的是，韩国的电视剧致力于传达儒家文化的伦理美、人情美和生活美，而中国的电视剧则往往倾向于展示传统文化给中国生活带来的负面影响。韩剧使日常生活的文化内核展示出诗性的存在，而中国电视剧则常常给人以文化的虚无感和精神的无所归依感，这两者的反差使韩剧很容易占据中国观众的心理空间。

儒家文化在20世纪的中国遭受了几乎毁灭性的打击，从世纪初的政治社会改制到"文化大革命"，再到改革开放，儒家文化都是首当其冲被批判和被改造的对象。几千年的文化专制统治一旦得到解放，似乎有点矫枉过正，国人习惯非此即彼，非左即右，儒家文化美好的一面也几乎被彻底摧毁。这一文化观念的巨大变化，渗透到个体心灵中，除了信念上的坍塌，则是文化承继的被架空和道德使命感的淡漠。中国生活也由此沦为纯粹的世俗生活。1990年代文学思潮中的新写实主义正是这一文化思潮的显现，池莉的《烦恼人生》《冷也好，热也好，活着就好》，刘震云的《一地鸡毛》《单位》等作品给我们展示了日常生活的枯燥、灰色和无意义，从而彻底地消解了儒家文化对日常生活的诗性建构。1990年代初期曾经赢得万人空巷的电视连续剧《渴望》也因为庸俗廉价的温情主义而遭受到猛烈的批判，主人公慧芳的善良和不幸遭遇之间的反差恰恰符合了此时人们对社会生活的一般认识，因此，《渴望》看似倡导了真、善、美，却给人以毁灭感和无奈感，剧作者对传统文化的核心价值实际上进行了颠覆性的消解。此后的电视剧，无论是现代题材还是历史题材，我们看到的多是对儒家文化消极层面的批判叙述和再现，儒家文化虽然仍是中国文化的"根"，却已经腐朽，以至于必然遭唾弃。

当韩剧以清新、欢快的节奏，以平实、稳健的叙述，以积极、明朗的生活态度出现在中国电视荧屏上时，一下子吸引了中国观众。同样是儒家文化影响下的大家庭，讲究忠孝礼义耻，温良恭俭顺，同样是关于家庭生活的内部冲突，父子冲突，母女冲突，夫妻冲突，韩剧的编剧们对这些却持一种积极建构的态度。透过每一个情节、每一个细微的动作给观众展示出传统伦理道德和文化的美。韩国的家庭伦理剧几乎承担着"文以载道"的重任，有着明显的道德判断和明确的公民意识，比如他们强调人与人之间的礼节，强调尊老爱幼，强调责任义务，晚辈一定要谦逊虚心，见了长辈要欠身，谈话时要低声细语等等，这些虽然琐碎，但却让人非常舒服踏实。比如《澡堂老板家的男人们》中的爷爷福童，典型的家长制作风，顽固专断，要求服从，轻视女人，但是，他却并不让人讨厌，甚至有点可爱。可以看出，剧作者在塑造这一人物时，没有对他身上所存在的性格缺陷进行简单的否定和批判，而是用一种调侃、平和的叙述，让家庭成员在互相体谅中解决问题，福童每次都是在保全面子的情况下改变了自己的态度，作者强调的仍然是家庭内部的尊重、理解和宽容，而不是一种决裂的伤害。比如《人鱼小姐》和《看了又看》中的婆媳冲突，可以说，冲突给主人公带来巨大的痛苦和麻烦，但是，主人公始终没有放弃争取理解，争取爱，雅俐英通过自己对婆婆的尊重和对奶奶的爱最终赢得了对方的爱；银珠也通过自己的贤慧、忍耐和诚恳获得了婆婆真心的喜欢，这一切来得艰难，但却格外让人感动同情。有序、有礼、有节，家庭温馨、和睦以及在这种和睦的大前提下解决问题是全剧的宗旨，它让人感受到了家庭伦理的美好和踏实，这一点正和儒家文化的内核相一致。虽然在情节的设置上，韩剧充斥着过多的巧合、苦情，但是，在文化内核的冲突和展示上，却一点也不给人虚假之感,这正是伦理人情的魅力所在。

《大长今》更集中体现了儒家文化对韩国文化的影响以及编者对文化的尊重。在大长今身上,我们在满足观看美感的同时,更学会了尊重、宽容、道德和礼仪,也体会到了这些价值观的美好所在。剧作者甚至频频使用中国传统文化典籍,比如用《三国志》中"鸡肋"的典故考试;用《孟子》中的句子测验医女。正如一位作者所言:"从《大长今》那些有魅力的人物身上,也完全能看到儒家文化的深刻烙印。矜持、知性、内外兼修的徐长今;成熟稳重、心系社稷的闵政浩;为人正直、关爱后辈的韩尚宫;温柔善良、愿用生命呵护友情的连生,她们性格中的闪光之处跟儒家文化背景关系密切。种什么花,结什么果,人的内心是最本真的东西,远比字画、医术、衣着、美食等表面化的东西重要。用渗入血液的儒家文化、表里如一的传统精华打造的《大长今》,能在万里之外的美国或阿拉伯地区泛起涟漪,正反映了优秀文化古今皆适、弗远不届的影响力。"同样是宫廷历史剧,在我国的电视剧中,看到的却是插科打诨的戏说,腐朽的君臣关系和各种阴暗的宫廷斗争,而在韩剧中,虽然也有各种阴谋,但却更侧重于描述正义、道德和良知。对于传统文化,韩剧始终有一种科学的和积极的建构态度,无论是糟粕还是精华,在他们那里,让我们体会到的是尊重、美好和文明修养给人带来的心灵的慰藉。

韩剧大多如行云流水般的丰富细腻、踏踏实实地再现日常生活的存在,家长里短、夫妻关系、婆媳关系等等不再仅仅是无休止的烦恼和冲突,而显示出它的趣味性、意味性和真实的意义。它能激起普通观众的共鸣，同时又能给人以理想和振奋。著名导演尤小刚在谈及韩剧热时说道："因为它端上来的是一道我们久违了的家常菜，配方正是我们十年前在港台风的影响下逐步丢掉的菜谱。具有东方文化传统的中国观众对于用电视这种形式所传达的与自己生活相近、使自己情感世界能够得以宣泄的伦理剧，有着与生俱来的热衷。一大批女性观众，特别是中年女性观众喜欢看到有细腻真实的生活细节、有明显道德判断的伦理型电视剧，她们习惯于通过电视剧中的人物来反映自己的道德判断，来宣泄自己对于生活和情感的感受，中韩经济发展差不多，文化传统和都市生活水平有相似之处，韩剧恰恰满足了她们的情感和心理需求。"实际上，并不只是中年女性观众喜爱韩剧，我们从许多关于韩剧讨论的热帖中，发现它的观众层非常广泛，有年轻人、中年妇女、老人，还有许多中年男人也是它的热心观众。人们热爱生活，但生活的琐碎使我们遗忘我们的热爱，韩剧中日常生活的趣味性和不厌其烦的絮絮叨叨使人们重新获得了对生活的耐心和某种有距离的观看，自然，也慢慢体味出其中的意义。这并不止一种情感的宣泄和心理需求，还有对生活的期待和希望。

虽然韩剧给我们展示的是漫长而又琐碎的日常生活，所描述的也不过是那些长长短短的家庭纠纷，但是，韩剧却有一种简单、纯净和含蓄的美，给人一种非常透明、清澈的感觉，它吸引着你去靠近它，欣赏它，即使是有那么冗长的情节，你也不愿意轻易错过它。人、环境、生活都非常单纯、整洁、有条理。是普通人能够向往、能够塑造的生活方式。韩剧的人物都非常纯净，婆婆的挑剔，老父亲福童的顽固,银珠的贤慧,金珠的娇气,大长今的优雅,无一不是晶莹剔透,想起都不觉会心一笑,这让你不由得忽略这些人物的典型化和单一化。他们的爱情虽然热烈,但却含蓄纯情,一部长过百集的爱情片,主人公被爱情痛苦地折磨着,自始至终却也仅止于拉手亲吻,很少性的镜头,含蓄中透露出稚气和可爱,在他们眼里看不见"欲",只有"情"与"真",这无疑给了观众心灵以一片净土。

韩剧所展现出来的家庭生活场景和本国风景也无一不是干净、整洁、优美的。厨房、客厅和庭院,都给人一尘不染的感觉,导演所选择的外景地也多是旅游胜地,给我们展示出韩国最美好的一面,再加上精良细心的制作,使得无论多长的连续剧都如 MTV 一样浑然天成,让人向往。还有重要的一点,韩剧总是有意识地倡导健康的民族观念。他们强调民族意识和公民意识,对大韩民国有一种深深的自豪感,在许多电视剧中不失时机地宣传本国的风物、人情,而在剧外,韩国的演员们总承担着本国各种形象大使的角色,给我们展示本人的优雅和温柔,同时宣传本国的文化、旅游和礼仪。这一点虽然微小,却以深广的承载力激励着观众,获得观众内在的认同。

健康、向上、优雅、平和,对生活尊重,对人尊重,对文化尊重,以及对民族国家尊重,是韩剧的价值核心所在。就这一点而言,韩剧值得尊重,也无愧于它的流行。从另一个角度来讲,韩剧的流行也反映了国人对这些核心价值仍有深刻的向往(哪怕这种向往只是来自于一位庸常的家庭主妇),总有某些光亮从灰色的日常生活中透露出来,昭示着它的诗性存在。我们所要做的是,不要忽略它。

Ⅲ / 我们曾历经的沧桑

秋天的阅读

天突然变得旷远了，风凉爽地穿过衣衫，衣服和皮肤之间又有了隔离之感，空气变得淡漠、稀疏，有些微的凄凉和寂寥。太阳不再那么逼人、灼目，不再那么真切，有些发虚和犹豫的软弱在里面，许是经过一个夏天的持续的燃烧，它有些疲倦了。

一个夜晚的工夫，秋天来了。

一反人类学的理论化和严肃面孔，奈吉尔·巴利《天真的人类学家》把人类学考察和考察者的生活细节交织在一起，既充满生命的质感，同时，又把考察对象纳入了自己的生活体系之中。或者把自己的种种行径嵌入到考察对象的生活之中，幽默、诙谐，更重要的是在其中体会出一种平等。被考察者不再是遥远的原始人和野蛮人，而是和我们生活在同一世界之中的邻居，和我们一样，有爱有痛，有令人困惑的群体习性，同时也有自己独特的美感和体验世界的方式。书中没有文明人和野蛮人之分，因为作者不再是猎奇，不再把他们作为已经消逝了的、过去的生命和世界来写，而是以一种同在的视角和情感去理解所谓"原始部落"的生活和习俗。

学术著作也同样可以写得活泼、引人入胜，并且，它还不只是技巧的问题，这种方式本身亦是作者世界观的问题。

约翰·伯格《毕加索的失败》。对视觉艺术的极其细腻而又独特的感觉与阐释。艺术的光与影、色彩与想象的交织进入到论者的情感肌理之中，把复杂而又难以捉摸的感觉世界上升为一种哲思。从画家谈到时代的风尚与局限，从画家之作谈艺术与政治、与人性的关系，也谈世俗、金钱、崇拜对画家的损伤和禁锢。不纯粹是艺术论，艺术的触角和样态从来都生长于政治世界和金钱欲望之上。作者很好地阐释了这一点。

夜。有汽车呼啸而过，无数的嗓音仍在城市的角落歌唱，城市的夜，没有安静。

读王安忆《天香》。历史的风俗长卷徐徐展开，温柔的诗意，舒适的倦怠，即使刀光剑影的东林党人暴动，也只是略略掀开一角，只让其呈现出风情的一面。阿施的质朴归野、返璞归真，正是小说的内在旨意。或者，作者骨子里更喜欢的是女性的千回百转，女性之间的挚情托付，而男人，只是让女性世界更加坚固，更加纯贞。女性成为本质，而非历史的观照物。但却也因此少了多重空间。如一首词曲精美的通俗歌曲？止于感伤，即使有如锦的文字；似一幅细密、古典、美雅的刺绣？如书中对天香园刺绣所言，除希昭的通透之外，其他刺绣女，即使一切逼真，却缺乏内在的辽阔。

所有伟大的小说都是人类的历史。能够呈现人类历史的某种本质，而不只是描摹。感慨于王安忆如刺绣般的文字，字字珠玑，段段锦绣，人人生动，如浮在一幅巨大的刺绣上，读者会沉入这优雅的、质朴的，但同时也是黏稠的、甜软的生活之流中。可是，怎么办呢？我们如何从文本中获得空气，并保持一种呼吸的状态？否则，将会导致窒息。

晨，天空蔚蓝平整，空气中已有肃杀的气息，万物处于败颓的初期，但却也意外地疏朗和开阔。萧红在《后花园》里写到磨倌在田野外送走赵姑娘和老太太之后的蓝天，"严酷的蓝，没有一丝流动"，静到极至是一种冷酷和恐惧。真的是妙笔。

看章诒和《刘氏女》。竟然又翻回到刘氏女切割并腌制她的丈夫的部分，重新细致地读了两遍。为什么要重读？那人性的黑暗是如此冷酷，让人恶心呕吐，难以置信，似乎必须要把现场和细节再次在脑海中还原出来才能够相信。但也并非只是为此，并非只是一种迷惑、猎奇，它也是人性最深处的渴望，嗜血的渴望，我们也是刘月影的同谋者。谜一样的人类，究竟是怎样的混浊、复杂？用"残忍"这样的词太过单纯，因为它无法涵盖人存在之深。

文字和叙事如何都不重要，故事本身已经取胜。无关乎政治，无关乎社会，它是无法穿越的人类的黑暗本质。只不过，当这黑暗被加注到黑暗的时代时，那可能有的微弱亮光也会被彻底窒息，或者，两者就是亲密的兄弟，坚定的结盟者，相互的启发者。

艾萨克·巴什维斯·辛格《市场街的斯宾诺莎》。那个终生只会读斯宾诺莎的《伦理论》,决心把自己奉献给原则、规律和真理的陈腐的老博士,不意却被卑微的、尘世的欢乐和女性的爱征服了。生命忽然不再那么枯燥,无限宇宙的冰冷沉默和巨大的压迫感在这一丁点儿的人间之爱面前无条件退却。人性战胜了神性,日常琐碎的生活战胜了抽象的真理,生活原来如此鲜明、热闹,如此让人有所慰藉。

讽刺中有幽默,同时有温暖的含义,对尘世生活的大肯定。

米克沙特·卡尔曼《圣彼得的伞》。一部讽刺小说,充满着恶毒的幽默和嘲笑,同时,又有着温情,这温情既来自于作者对人的生生不息的生死的怜悯,也来自于作者对自然无限的爱和钟情,这和小女孩维伦卡奇迹般的命运交织在一起,形成一股情感的潜流,始终流淌在读者心中。小说以一种朴素而又充满激情的语言描述了19世纪匈牙利农村和城镇的风土人情与社会风貌,展现出一幅色彩丰富的风俗画,洋溢着浓郁的乡土气息。

萧丽红《千江有水千江月》。

一碗一碗的饭,
阿母盛的那碗我最爱;
一领一领的衫,
阿母缝的那领我最爱;

> 一条一条的路，
> 阿母住的那条我最爱——

把中国世俗生活写得极美，人伦的美，礼仪的美，道德的美，夫妻之爱，男女之爱，一种有序、有礼的美。对天、地的敬重，对人的敬重。待人接物、长幼有序。

世俗的生活，黏稠、丰富、温暖、惬意，与天地四时相合。

写出中国生活的包容性。佛家，道家，儒家，它们对中国生活都有影响，混杂在生活的丝丝缕缕之中，也充塞在中国的时间和空间中。在日常生活中，以身、言、行、礼传承下来。

我们对中国传统文化、对中国生活的内在结构性、对一个家族的情感懂得多少？一个民族的文化并不能因为它有了某种缺点，就全面地否定它。由它的正面而形成的人生是多么多情、含蓄、空丽。它让人向往，对那样一种亲情关系、人际方式的向往。一个大家族，欢笑、幸福、悲哀、凄凉皆在一块儿。在这里，一个人习得所有的人生知识、性格、亲情和生命观，它是最自然的教育。因为这是一个圆的生活，在这个圆中，方才有意义，如果离开了它，就是圆缺了一角，你的存在也失去了意义，所以，村人死亡，也愿意埋在自己的那块地的一角。"这一家一族，整个是一体的，是一个圆，它至坚至韧，什么也分它不开。"

小说中阿公躲避偷瓜大伯之心甚于那位大伯，作者形容为"宽厚余裕"。大姈为了还愿，为了不让大舅为难，坚持去观里吃斋念佛，又是怎样的"痴心纯厚"。大舅回家,因为是大喜,要做好一盘盘油饭,送给邻居,邻居也回礼半盘白糖。"这礼俗是怎样起的,又如何能沿袭到今天,可见它符合了人情!邻居本在六亲之外,然而前辈、先人,他们世居街巷,对闾里中人,自有另一种情亲,于是在家有喜庆的时候,忍不住就要分享与人;而受者在替人欢喜之余,所回送的一点米粮,除了礼尚往来之外,更兼有添加盛事与祝贺之忱。"

极爱这部小说,少年时代偶然有机会读过,一直念念不忘。今年五月在一个旧书摊上看到,欣喜若狂,压抑着内心的激动,赶紧抢买了。

世俗主义时代的"狂人"们

当看到王朔那乖戾、病态的眼神时,直觉是一种震惊,那真的是一个病人。他内心世界的狂乱与脆弱,名与利的纠缠,深刻的洞透力与强烈的世俗愿望的奇异混杂,都在他说话时的表情与眼神中泄露无遗。而他说话时如真理在握的绝对肯定句式和毫无顾忌的"真言"也让人震惊,莫名地,你感到恐惧,这是一个"狂人"的言说,"狂人"的偏执、自大与透视能力。在许多时代,都有过这样的"狂人"——说出最大实话的疯子。

王朔是勇敢的。在一个世俗主义的社会,不管是"装疯卖傻",还是"义正词严",能够不虚与委蛇,说出真话都是勇敢的人。与王朔相比较,我们的渺小之处在于,我们太"正常"了,我们不敢也不想去说真话与实话,与此相对应的,我们总是把说真话的人当做"病人"或"疯子",虚伪与装饰如此自然地与我们的行动语言合为一体,以至于我们根本意识不到它的存在。我们的灵魂被深深地埋藏起来,既看不见阳光与鲜花,也看不到阴影与黑暗,就好像分布在这个时代躯体之上均匀的小肿瘤。"看客",永远是隐藏得最好,危害最大,但却最不容易割除的那一部分，王朔，则让自己肿大起来，让人们意识到这躯体的病态、腐朽与可怕的霉味。

但不幸的是，王朔的"勇敢"被娱乐化时代照单全收，他所有的"咒骂"除了成为宣传自己的噱头之外，也成了娱乐时代最富娱乐性的新闻，具有极其鲜明的反讽效果。

在道德冷漠的后现代中国，一切都显得暧昧、模糊、让人怀疑，所有的事物都不可避免地遭遇着自我解构与被解构的危险。"狂人"也不例外。鲁迅的"狂人"以一个疯子的清醒看出中国文化的"吃人性"，陀斯妥耶夫斯基的"白痴"以随时发作的癫痫病来反抗俄罗斯精神的世俗化，尼采则以自己敏感、病态的神经看到德国精神的衰退与道德的颓废，这些"狂人"形象无一例外成为时代的先知与最早的革命者。但是，王朔却让人质疑。从表面上看，王朔说的都是真话，痛骂"仁义道德"下的"男盗女娼"与"自私猥琐"，勇于揭时代的"疮疤"，着实让人感到振奋、刺激，但是，当这些真话与他潜在的动机（恰好他要出书及复出）、与他指责别人的理由（他常以卫道士的方式指责名人的生活）联系在一起的时候，一切又显得非常荒谬。在许多时候，我们甚至怀疑王朔的病态也是做出来的。我们无法分辨真伪。这其中，不仅仅是王朔变了——从反对媚俗者变成时代最大的媚俗者，从一个曾经的文化英雄蜕变为类似于"文化流氓"的超级混混，同时，也因为时代变了。王朔的假想敌不再是僵化的体制与压抑的人性，而是如黑洞般具有巨大吸力的狂欢式生活，消费文化、大众文化和娱乐生活收买了每个人的灵魂，所有的言、行都蕴含着表演成分。我们变得无血无肉，刀枪不入。王朔也不能幸免。

　　王朔是聪明的，以"疯子"的方式重新延续他先锋时代的价值与意义，既为自己赢得声名，借此抨击那些伪君子们，同时，又达到了宣传与炒作的目的。但这也决定了他自己就是最大的伪君子，这都使得一切不能不呈现出喜剧效果。最终，王朔的行动也恰如其分地嵌入到时代的版图中，并且成为其中最协调、最具观赏性的色彩。一切都皆大欢喜，王朔得到了他想要的效果，而大众也免费观赏了一场场真人秀，还兼带满足了自己的道德优越感。在这其中，到底失去了什么，或许并不值得追究。

　　当鲁迅《狂人日记》中的狂人看出中国几千年来"吃人"的历史时，我们可以明确地判断，他没有疯，他病态的呓语恰恰揭示了那个时代最大的真实，他超越了时代，成为最深刻的清醒者和最早的革命者。然而，在当代中国，当一个大学教授拿起笔，以公开信的方式向身边的人"讨伐"并控诉社会对他的"迫害"时，我们却明显地感受到其中不对头的地方，不对头的不仅是他本人，还有他所"讨伐"的当事人与众多的"看客"。这背后的复杂性并不是"吃人"这一简单的判断所能涵盖的。

　　仔细阅读旷新年的文章，发现他的思维逻辑的确是有问题的。毫无疑问，在内心深处，旷新年已经把自己作为《狂人日记》中的狂人了，他在向虚伪挑战，向"吃人"的社会发出愤怒的呼声。他所反抗的，是在中国生活中最普遍的世俗性及建立在世俗性上的那一套价值体系，即使是在高校，它也根深蒂固。但是，与《狂人日记》中"狂人"的深刻自省所不同的是，在所有的叙述中，旷新年是以受害者的身份出现的，在这其中，缺失的是对自己的反省。与此同时，从字里行间，我们还能感觉到，那是一个道德上过分清洁的人，一个把私生活与公共道德、把闲语与正义混淆在一起的人。当把所有的话语都上升到道德评判的时候，距离专制、离个人性的毁灭也就不远了。这种思维逻辑带给中国人的巨大伤害并没有被忘却。为什么以人文关怀为最基本能力的文学教授竟会出现如此荒谬的推理？难道仅仅是病态的"偏执"？也或者，他是过于敏感，以至于能够觉察出人性最细微的虚伪与社会最隐蔽的"吃人性"？

当然，没有人关注这些。所有人都在关心当事人的反应，不是关心，而是好奇，也不仅仅是好奇，而是渴望一场"好戏"的上演。但是，非常奇怪的是，他们集体沉默，包括那些被旷新年骂得最凶、在学界非常知名的学者。不可否认，沉默是最好的"回答"，从一种意义上讲，他们的沉默是一种拒绝和自我的坚守，拒绝为大众增添话题，拒绝成为媚俗时代在舞台上被观赏的对象，甚至是对旷新年本人的保护；但从另一层面讲，这又何尝不是一场更可怕的"谋杀"，在冰冷的沉默中，一切意义都被消解了。旷新年的话语变成一个任性、无赖的孩子所为，不值得重视，更不值得辩驳，因为他只是一个"病人"。不管是宽容也罢，不屑也罢，这种态度解构了旷新年的愤怒，刀在虚空中飞舞，没有命中任何目标，所伤害的只不过是自己。

而当看到网络上那铺天盖地的"同情／支持"留言及由此对高校制度、对知识分子的批判时,也分明感觉到一股隐约的血腥味,一起可怕的"谋杀案"正在进行。所不同的是,"谋杀者"不再是鲁迅笔下仇恨与麻木的庸众,而是那些有"批判精神"的"觉醒"了的人,他们以道德、自由的名义把旷新年进一步推向祭坛。没有人真正关注他脆弱的生命,没有人去感受他内心痛苦而矛盾的涌动,没有人关心他如何生活,人们渴望看到一场"杀身成仁"、"玉石俱焚"的惨烈游戏。骨子里,我们是嗜血的民族。

因此,当一位我所尊敬的学者以蔑视的口吻断言,当他身边最好的朋友以惋惜的口吻说,当更多的学界中人以嘲弄的口吻戏谑道,"他就是一个病人"的时候,我几乎陷入一种恐惧之中。我害怕我,及我们时代有那么一点良知的人,错过保护良心的机会,害怕我们的判断失之于浅薄,害怕我们在"蔑视"、"嘲弄"与"同情"中不自觉地充当了那"吃人"的人。

我们常常对历史充满惊叹,但却对时代之中的事件麻木不仁。这不仅是因为我们感觉的迟钝,也因为身处当代,我们的双眼时常会被无处不在的陷阱所遮蔽。

说老实话,我也被于丹深深地迷惑。站在讲台上的于丹,整洁、干练,不疾不徐,娓娓道来,胸有成竹,完全是一位博学而又亲切的老师。在于丹的讲解下，那耗费无数学者毕生精力的儒家哲学、道家哲学，变得清晰、明白，通俗易懂。《论语》里面的名言警句、《逍遥游》里面的寓言故事她不但可以随口背出，也能够讲得生动活泼，化用自然。但隐约之中却感觉这一切不对头，非常可怕的不对头。她讲得太顺畅了，没有标点符号，没有上课思考时特有的停顿，就像水龙头一样，一拧开，就哗哗流出来，不需要经过大脑的过滤，更不需要思考，恰如新闻联播里面的播音员，面无表情，所传达的却是不言自明、不容置疑、具有意识形态权威性的道理与事实。

这样的哲学"通俗化"究竟好不好？支持者的最大理由是她以"通俗"的方式为民众普及了中国古典文化，作为一个桥梁，她发挥了哲学家不可代替的作用。的确如此，由于她深入浅出的讲解，大众对《论语》、《庄子》有了初步的了解，也愿意去读去想中国古代哲学与文化，这种普及的作用是不可低估的。但是，另一方面，它给民族思维带来的负面影响也是不可低估的。"通俗化"固然重要，但"通俗化"并不意味着"世俗化"或"实用化"，但在于丹那里，儒家哲学、老庄哲学被赋予最世俗、最实用的解释，成为指导、解决生活困境与处理人际关系的最佳版本，老庄成为当代的卡耐基，而孔子的《论语》、庄子的《逍遥游》则是卡耐基"成功丛书"的某几本。而随着于丹的走红与普及面的扩大，于丹开始更大幅度地演绎老庄，仔细听几节课，你会发现庄子竟然成了"和谐社会"的代言人，因为他们的哲学就是以"和谐"为特点的，可以称之为是政治意识形态"和谐社会"的最早宣扬者。

儒家哲学最不好的地方就在于它过于"经世致用",把一个民族的"上层建筑"变为"经济基础"。于丹同学又进一步把美轮美奂、亦虚亦实的老庄哲学实用化,变为世俗生活的指导手册,把我们民族智慧中最形而上的思想变为形而下的教材,也使我们的民族进一步失去思想的空间与审美升华的空间。一个没有美学空间的民族,就没有思辨与思想的可能,就会缺乏对价值、信念的终极追求,缺乏对生命的尊重及对自然的一体感,缺乏大爱的情怀与生存的神圣感,而这些,恰恰是决定民族素质最重要的东西。如果一个民族文化中最神圣的那部分以这样庸俗化、狭隘的面目出现的话,那还不如保持它的神秘与尊严。因为它毕竟体现了一个民族最大的智慧与最高的美,保留它,意味着我们的民族还是一个高贵的民族,意味着我们的民族还有一份希望与梦想。

哲学是思辨的存在,是形而上领域的,这是它最基本的特征,任何对它的阐释都只能是其中之一,阐释者越是确定,离哲学的本质就越远。而政治的"和谐"与哲学的"和谐"是两个完全不相干的概念,因为一个指向世俗、制度与社会,一个却指向人的心灵、宇宙、万物。以政治理念来解释哲学,是只有极端世俗主义的时代才会出现的荒谬事件。然而,更荒谬的是,时代的很多人都是她忠实的听众与信徒。

如果仅仅是"大话",是一种解构或反讽,那倒也罢了,因为反讽本身的双重性能使人明白其中的另一层意思,问题的关键在于,于丹的使命感太强了,她认为她的确是在传播真理,是在提高民族的素质，因此，她的表情越来越严肃，大义凛然，大有气吞山河之感，无主句、祈使句越来越多的使用，好像老庄从来如此，只能如此。

是谁给了于丹这种真理在握的自信与镇定？难道仅仅是民众？

我们曾历经的沧桑

"不要触动那个天上的人……",1937年至1938年苏联大清洗时期,帕斯捷尔纳克没有遭殃,很多人都不理解,因为已经有人为他罗织了很多罪名,据说是斯大林的这句话救了帕斯捷尔纳克。多么诗意但又残酷的一句话。偶然的赦免,必然的清洗。在《人与事》(新星出版社2012年版)这本帕斯捷尔纳克的自传体散文书信集中,我们读到了那个时代俄罗斯众多作家的生活,他们伟大而纯粹的心灵,他们多舛而坚韧的命运,流放、隔离、恐吓、收监、自杀,野狼在作家别墅村周边(当年政府为作家所盖)嗥叫,俄罗斯的冬天如此寂寞、可怕、漫长。帕斯捷尔纳克在给阿赫玛托娃的信中写道:"黑暗重又临头,我每天战战兢兢地感觉到它的阴影。"

美被摧毁,生活和心灵被不断蹂躏。帕斯捷尔纳克不敢去领诺贝尔文学奖,即使如此,他也没有逃脱被政权、同行大规模地批判和围剿的命运。这犹如最后一根稻草,压垮了他虚弱的身体和意志。很快,帕斯捷尔纳克在惊惧和无奈中死去。在那样的年代,俄罗斯的个人,越是有着敏感和宽广心灵的个人,越是被深深地困扰,并最终至于崩溃。

我们呢？我们的历史，那并不曾远去的历史是什么样子呢？一个冬日的下午，雪无声降落。我在读一本书，《我们曾历经沧桑》，作者邢小群，浙江人民出版社出版。在读到灰娃得精神分裂症时，读到她在医院中听到医生温和的问话忽然大哭时，我的眼睛模糊了，泪水悄悄流了下来。是的，那个时代太多的嘶叫和恐吓，以至于人已经无法适应那温和的正常的话语。灰娃，1927年出生，前半生在颠沛流离、枪林弹雨中生活，后半生经历各种残酷的运动、遭受种种误解，"总处在非常恐惧当中"。那个大族之家的小姐，曾经拥有"很深的院池，里面是一片片石榴、月季、玫瑰、刺梅、木槿"，那个十二岁就到了延安参加革命的浑沌无知的"小鬼"，那个对战争中的第一任丈夫始终不太有记忆的年轻少妇，那个在"文革"中产生严重幻听、不断遭受迫害的右派分子，因为天生淡漠，她一生对政治都很迷糊，始终分不清阶级、路线都是些什么，但是政治并没有放过她。政治、制度、战争的更迭对于一个个体来说意味着什么？灰娃在历史的漩涡深处动荡，失去自我，失去对人间的正常感受，终至崩溃。她只得自己写给自己看，自己说给自己听，没想到，这不但治愈了她的精神分裂症，而且，还使她成为一名诗人。这究竟是幸还是不幸？

本书的作者邢小群是一位长期致力于口述史研究的文化学者，她对丁玲，对文坛上一批老作家、革命家的访谈和整理为我们留下了极为珍贵的资料。在《我们曾历经沧桑》中，邢小群同样用第一人称写作，即以自述者本人的口语谈话为主体形式，间或穿插一些个人的

"手记",这一结构很好地保留并传达了讲述者的语气、情感和神态。尽管灰娃已是八十岁的老人,但言语之中,她仿佛还是一个可爱而略带娇憨的少女,对家乡的美,对文字、艺术有出奇的敏感和兴趣。虽有些胡涂颠倒,但却给我们一片花的海。虽历经沧桑,却不改纯真。作者用"传奇和美丽"来形容灰娃的一生,非常恰切。

灰娃、何方的经历是他们那一代中国知识分子的命运,从对革命的向往、追逐、献身到不断被迫害、被驱逐,更年轻一代的贺延光、李大同则因为上一代的"罪"而被放逐。帕斯捷尔纳克从历史深处、从俄罗斯的广袤大地走了出来,以广大的怜悯注视着中国的大地。这不断落的雪,这无休止的北风,这多灾多难的民族和人生。

《我们曾历经沧桑》,2012年我感慨最深的书,不只是文字之美,不只是题材之重要,而是经由这部书,我看到心灵之地如何变为干涸,那些庞大无边的词语——"政治"、"革命"、"纯洁"——以何种方式挤压、毁灭着诗与美的存在,但同时,生命干涸之后又以顽强的、再生的本能重新挺立。生命在反抗。人的本质是在不断追求让人之所以为人的东西,任何摧折都只能使其更加坚韧,更富于光彩。无论是俄罗斯,还是中国,还是这世界的任何一个角落,都如是。

"对生活的概念易于摧毁,却很少有人扶持它。"(帕斯捷尔纳克语)如果我们不能做到是"这一概念的创造者",至少,我们应该是一个守护者。

阎连科：我与父辈

读《我与父辈》，有一种久远的感动与震动。那破败的村庄，已然逝去或正在老去的亲人，那撕心的痛苦，病痛的折磨，点滴的快乐和艰难的成长历程，随着阎连科对少年时代的叙述及对父辈的忆念慢慢浮现在脑海。一种已经陌生了的，但却深刻、持续的疼痛、温暖与感恩弥漫在心间，你的灵魂逐渐安静，但有泪，模糊了你的双眼。

一反其小说的"奇崛怪诞"及对乡土世界的极致书写，阎连科以一种文白相间、亦叙亦思的语言，把我们带回"少年"的成长岁月，带进虽灰尘蒙面，但却充满生之尊严的乡村。因为有爱、亲情、怀念及对那一方空间地理形态的爱，作者不以俯视的批判与感叹，而以一种仰视的尊敬与怀念，以一种反哺的心态与视角，回望逝去的岁月与故乡的亲人。"父亲"、"大伯"、"四叔"的存在没有任何历史的特殊性，并且，作者也无意在宏观上给予"父辈"某种大的历史象征或政治寓意。在人类文明的历史中，他们属于那注定被遗忘的生命众生相，只是符号，而在中国现当代文学的语境中，他们是"沉默"、"麻木"的代名词，是作为集合名词而使用的。阎连科以对"家"的追念，对

"父辈"的深切怀念还原、延伸并再次融入这一被忽略的"集合词"和他们背后广阔的乡村大地,让我们感受到这如草芥般的乡村生命身上所生发的光辉与尊严,看到父辈们如何从壮年、中年进入老年,如何在苦难的命运中挣扎、破碎与不断奋斗。苦难与贫穷仍是乡村的基调,但这些却并非是压倒性的,它们只是生活的因素与组成,最终造就出的是充满温暖与感念的生命存在。

因为"仰视",我们体味到了乡村生命的丰富、细腻与博大,这是一种绵延的、属于乡村地层之下的情感。由此,也看到了一个民族生存的基本单元——家庭——如何从无到有,从一棵树苗长成为参天大树,它的空气、土壤与水是爱、信念与努力。作者以"己"之经验,写出了民族成长之奥秘。一个民族,或生命个体的信念、精神、气质的基础从哪里来?家庭。家庭所生成的力量、所凝聚起来的爱可以超越一切。在《我与父辈》中,家庭是庇护所,是坚韧、爱、奉献、谦让的基本象征,正是这样的一个个"家庭",形成民族的整体,并绵延生长为一种性格与内核。如作者所言,"父亲"、"大伯"就是家里的领头羊,对家的爱与维持使得个体的成长有了庇护,情感获得依托,这些超越了物质的艰难与贫乏,成为民族最深层的东西。有关它的种种经验与情感方式是一个经历过极端贫穷的民族生存下去的最基本精神形式,是最纯粹的本土经验。阎连科在不自觉中将自己的创作与民族传统、本土经验和乡村存在形态之间建立了某种联系。正是在此意义上,作者写出了自己的"忏悔",这是父辈情感教育的自然熏化。

同样,因为这"仰视",作者也意外地发掘出长期以来被我们的文学与社会忽略的东西，让我们看到了乡村的历史命运及情感立场。那一场"上山下乡"运动，在知青文学那里，是苦难人生或血色浪漫，并成为批判荒谬政治文化与启蒙乡村的基本起点，但是，当这一"苦难"、"启蒙"与一个乡村少年眼睛中的渴望相撞时，却变得有些伪饰且言不及意。历史的被遮蔽与文学史叙述的缝隙被暴露无疑。它却是一场变相的掠夺，让乡村再次成为供"外来者"索取成长的材料与血液，并且承受着区别对待的命运。弟弟连成入伍在部队自杀，却被轻描淡写地搪塞过去，大伯没有追究，并非因为"麻木"，而是一个老农朴素的善良及对死去儿子的爱。对于四叔这样城市的"一头沉"工人，最终经历的却是无"家"可归的悲剧。城市没有容身之地，而乡村已然陌生，四叔的"失落"是中国特殊体制下的悲凉人生。大伯晚年的嗜赌与几次自杀，与早年过于辛苦的劳作、与儿女接连的非正常死亡、与不断奋斗但却总是没有收获的苦难一生相关，它不是乡村道德的溃败与缺失，而是苦难无以承受后的压抑与挣扎，这正是文章最让人心痛的地方。乡村，并不"麻木"，也不"沉默"，让它们"麻木"与"沉默"的是我们的眼睛与那被遗忘了的情感。

"我爱在雪花飘飞的不眠之夜，/把已死去或尚存的亲人珍念，/当茫茫白雪铺下遗忘的世界，/我愿意感情的激流溢于心田，/来温暖人生的这严酷的冬天。"忆起穆旦诗《冬》中的这一段，不禁潸然泪下。此时，窗外没有"雪花飘飞"，却是青葱的初夏，有紫色的藤花与雪白的槐花在晴空中怒放，生命正以最耀眼最灿烂的姿态向我们昭示它的存在。生命在不断消逝，"父亲"、"大伯"、"四叔"、"连成"已经去了,重归尘土,重回"地下",但生命仍在继续,后来者唯有通过紫藤怒放时的"凝视"或雪花飘飞时的"珍念"进入逝者的灵魂之中,使他们长存心间,并由此获得生的信念与力量。人类就是这样一代代生生不息,卑微而伟大。我想,这正是《我与父辈》之于我们生命的意义。

百感交集的旅程

小说有两种写法，一种是破坏常识的书写，撕破人类的温情脉脉，让你看到那黑洞之深。读这样的小说，如同突遭重击，或虚无、悲观，或绝望、痛恨，之前种种知识和经验都变得混沌模糊，不可置信。人之常情如此不可靠，人生忽忽然如一场大阴谋，人性悚悚然是一场大恐怖，他人即地狱，遍布荆棘，无路可走。无情使然，残酷之至，可由此也展开大思考和大搏斗。另一种写法是常识内的写法，不脱离感情，不脱离人之常情，但细微之处又超出人之常情，阅读这样的小说，仿佛走过一段百感交集的旅程，五味杂陈，人性如此回环往复，反复无常难以捉摸，时而又单纯如水晶透亮，恶魔与天使，都融于一体。人，这单薄的小体格，竟然有如此大的容量，如此大的浑噩和如此大的爱恨交织。

这两类写法，往往前者容易讨好，因为它想象了人类存在的极至性，超越庸常的生活，直抵那最不可知的最深处，如利刃刺破一切既成的"常识"；后者则容易滑入小温情、小曲折和小风情。但如果能够均衡地把握这人的失衡处及这失衡背后的复杂，则较前者会更胜一筹。虽然至今为止,我们还没有看到两者的高下。

张楚正属于后一种写作。他的小说有一种无赖的天真和掩藏得很深的世故。你要是见过他,你会看到,这个凤眼修眉的高大男生有一颗少年的心和老年的智识,孤寂、通透,但不是走向冷傲和弃绝,而是反过来向这个世界寻找爱,要求爱。就像他的小说,寂寞、无奈,又透着纯真和细腻,传递出一丝丝烟火味的美。他感受到生活与人性之间复杂的纠缠,但他不要孤绝,他要这尘世的苦味、酸甜和种种滋味。所以,他的小说腾挪得很艰难,细致得很辛苦,耐心异常。因这耐心的讲述,耐心的生活,耐心的行走(这耐心与外界的匆促、粗暴的干涉形成参差的美学的存在),我们看到了他的爱和执著,看到这个世界不可思议的存在处。小说由此呈现出它的魅力,一个混沌难懂的人的世界被打开了。

《梁夏》写什么呢?一个无法解开的结。命运走到这里,那个女人只能死。如果梁夏告赢了,她诱奸梁夏的罪名成立,那将会更恐怖,她只有死。但她的死又使梁夏的命运永远陷入无法解脱的黑暗中,她的死进一步落实了他的强奸罪名,不管他如何奔波,哪怕他再砍下他的其他手指,他都无法证明自己。因爱之名,但似乎又与爱无关。当爱变为一个公众事件时,那些隐秘的东西都将是脆弱的、羞耻的。但这一切又如此让人伤心,为那把自己逼到绝境的女人和无法证明自己清白的男人而伤心。"男人的清白",在人类文明史上,尤其是两性关系史上,这几乎是一个没有获得合法性的命题。梁夏是在和整个人类文明、在和整个文明的叙事对抗啊,这样一个小男人,无意间把自己放置到文明的对立面,他像困兽一样孤独而无望地奋战。

　　张楚小说中的人物都窝窝囊囊,卑微、狭窄,在重滞的生活中艰难存在,很难表述自己,但却总有某种光亮穿越灰尘、岁月和偏见,照亮我们的眼睛,《樱桃》《大象》《梁夏》《七根孔雀羽毛》《小情事》都有这样的厚实和朦胧的亮光。《七根孔雀羽毛》和《细嗓门》写的都是杀人案件,但却不事先张扬,而是一点点地铺排出来。人生总是在侧面展现出狰狞的面目。是的,侧面,不正面强攻,畏畏缩缩,让人不易觉察,一旦找到你,却置你于死地。爱却从来都是弱小短命,存留不住。就像《细嗓门》里面的林红。小说从林红出发找到少年时的朋友岑红写起,我们以为是一个中年女人寻找朦胧的和暧昧的同性友谊,又以为她和她朋友的丈夫有什么关系。都不是。她来寻找最后的安慰,却发现女友正陷在婚姻危机之中,于是,孱弱的她决心为女友做最后一件事,找到那个小三。这是一个窝囊的、无法保护自己也无法保护亲人的女人,她唯一的亮光就是她的这段友谊。那亮光注定抵不过凶恶的命运。但是,毕竟,还有亮光,还有那盆她千里迢迢带来的蔷薇。

　　张楚从来不大刀阔斧,不掉以轻心。他耐心地跟着人物,"喂了鸡,喂了狗,喂了猫,喂了花狸鼠,还喂了那只越长越瘦的绿毛龟。"喂这喂那,喂来喂去,如那黏稠的、化不开的阳光。他跟着艾绿珠,这位失去了女儿的母亲,去进城找那些当年捐助过他们的人。他没有让艾绿珠呼天抢地,但是却让我们感受到她卑微神情后面的情感,那是一条河流,日夜不停地流淌,那是无法去除的疼痛。是的,那疼痛,艾绿珠和孙志刚，这一对小人物，他们去寻找恩人，是因为这疼痛。这疼痛或者蛰伏，或者以暴怒的方式出现，如艾绿珠怀里的玩具大象，她不允许别人动她的大象。

不轻易命名，不轻易决绝，不轻易判断。张楚试图去重新穿越那"呆滞的、麻木的、无望的"世界，去探究这世界的背后，有怎样的无言的河在缓慢流动。人生就是一场百感交集的旅程，那永恒的终点虽一眼可望，但时间却是一点一滴地走过去，铸就这百态人生。

"煦"之痛

那个时刻,少年的鲁敏站在父亲身边,那个神一般的、只在春节光临的男性,她以全部的身心感受他。父亲。那是一个令她紧张的、无法理解的称呼。

有一次,写到"春风和煦",他问前来取对联的小个子男人,指着第四个字:"认得?""不,怎么可能认识呢。"矮小的邻居高高兴兴地摇头。"你呢?"父亲问我。

三年级的我紧张起来,父亲从来没问我的成绩,我考的许多一百分他从不知道,三好生等许多的荣誉……我常常感到分享的人很少。可是,这个字偏巧我不认识。父亲没做声,继续写,也不教我,邻居打招呼走了他也没停。那整个半天我怏怏不乐。我其实并不真想在父亲面前显得多么出色,但我生气他如此没有道理的考验。这种随心所欲,让我感到莫大的生疏。

我一直记得那个半草的"煦"字,大红的纸、黑墨。我到现在都不喜欢这个字。

那个无法认出的"煦",使得鲁敏无法走近父亲,不能通往温暖和光所在。她不喜欢这个字,不喜欢这个字散发出的气息,但她又向往着,希望在那一刻能够大声念出它,父亲欣悦的眼神必定投向她,刹时,煦光普照,幸福无比。这成为她心灵的某种象征。向往与厌弃,温暖与冷静,渴望与背离,矛盾纠结着,一天天发酵,变成一个永远新鲜的伤疤,不断生长出新的认识和存在。正是那永远的伤痛,使她走进人性的深处,终达文学的殿堂。在《以父之名》中,我认出了鲁敏,她的来处和去处。有一天,她会成为作家。

一个作家的精神节点在哪里?有一个疤永远不能结上,他/她终其一生都在倾诉、寻找、探查与怀疑,由此也成为写作的源泉。卡夫卡的父亲是卡夫卡的绝望之源,里尔克对恐惧的敏感使他能够赋予世间万物以生命,莫言对饥饿的体验使他拥有一个巨人般的胃。鲁敏,"以父之名",寻找父,我们的父,至上的父,人之父。那谜一样的父亲,是她永远也走不过去的时光,她停滞、徘徊在当年,那个期待父亲表扬的十岁少年,她等待着。当时,她还不清楚,她将一生都在书写这次等待。所有的细节,都被反复咀嚼,它们变为那个遥远的东坝,变为《墙上的父亲》、《取景器》、《以父之名》、《六人晚餐》和她以后的无数次写作。即使当写小说已经成为鲁敏自觉的追求,她能够以更加理性、更加深刻的思想去阐释、分析人性和社会,当初的那个情感节点依然处处闪现。它使得鲁敏的小说总有一种让人怦然心动的光芒。时间停顿和破碎之处,万种色彩交错。本雅明把它称为"灵光"。"什么是灵光？时空的奇异纠缠，遥远之物的独一显现，虽远，犹如近在眼前。静歇在夏日正午，沿着地平线那方山的弧线，或顺着投影在观者身上的一截树枝，直到'此时此刻'成为显像的一部分——这就是在呼吸那远山、那树枝的灵光。""灵光"，对人的至深探索，对存在的某种领悟，各种事物和人生共存，并非全然谐致，但却永恒。

我想，在鲁敏的小说里，把这一光芒称为"煦"更为合适。"煦"，说文解字："煦，温润也。"汉字的意味太过微妙，也太过美妙，哪一时刻、哪一种状态可以称之为"煦"？日出时的霞光，初阳上升，是一种和柔的、温暖的环绕，布满整个空间，但并不强烈。所有的事物——灰尘、微生物，颓败树叶上的脉络，脱了壳的小虫，人的一个表情，咀嚼时的嘴巴，挂在墙上的遗像——光华的、灰败的、绚丽的、黑暗的，都纤毫毕现，没有尊卑、主次之分，万物错落而有序，有某种内在的秩序的庄严。无论是东坝系列的《思无邪》、《纸醉》，描写城市暗疾的系列小说《死迷藏》、《铁血信鸽》，还是从家庭微场景进入人性内部的《墙上的父亲》、《六人晚餐》，都有这样的秩序感和庄严感。这既是作品的均衡结构所产生的基本意识，更是作家对生活和人性细微之处的体察，是作者对世界的看法。

因为这"煦"之温润和普照，鲁敏敏锐，能够捕捉到人性最初的哪怕是最弱的善意，对事物在空间的弥散感有强烈的感知。她的作品常常贯穿着一种深远的温暖。《思无邪》、《离歌》、《纸醉》叙述的是"田园诗"般的东坝生活，有爱和温暖流动，生老病死如此自然，又如此庄严，和大地、河流融为一体，它传达出乡村生活最朴素的情感与包容力，它高贵、纯粹，没有城市文明的夸耀与修饰。这正是民族文化中最有魅力的一部分。弥漫在"我们东坝"的气息淡远，《思无邪》中的蓝小和来宝，让人心疼；《燕子笺》中的束校长、伊老师为东坝小学的厕所而种田，让人有撼树之难，但同时又无比庄严。那怜悯不是因为他们的贫穷、狭小，而是他们太过卑微，但又是如许地让人觉得珍贵。卑微到无知的情感，也是世间最重要的东西。三十七岁的痴子蓝小是幸福的，被厕所之难所困的束校长也是幸福的，因为他们有自己的爱和信，并且相信这世间的爱和信。

这是鲁敏性格中非常明显的一部分。渴望幸福，对人间所有的事物都满怀情感，她爱这人间、这人间的每一个人和每一种生活。这人间是自然界的一部分，遵守着秩序，恪守着各自的本分。"我们东坝，有一个狭长的水塘，夏天变得大一些，丰满了似的；冬季就瘦一些，略有点荒凉。它具有水塘的一切基本要素，像一张脸上长着恰当的五官。鱼，田螺，泥鳅，鸭子，芦苇和竹，洗澡的水牛。小孩子扔下去的石子。冬天里的枯树，河里白白的冰块儿。""东坝"是鲁敏的"桃花源"，她把对人性的寄托、对自然的感知都放在这个小小的东坝中了。"东坝"的文字干净清澈，有着南方的秀丽与湿润。

东坝里的鲁敏是轻柔的，她怕惊动东坝的梦，惊动来宝和蓝小混沌的爱情，怕惊动隔河相望的彭老人和三爷的谈话。那是来自大地深处的喃喃自语。

其实，和鲁敏只见过几面。一个善良、温柔，有着良好教养和自制力的女孩。微笑的时候，嘴角的弧线弯起，羞涩而甜蜜。懂得人情世故，但又不利用人情世故，有非常明确的分寸感和尊严感。她说话语速很快，像炮弹一样，向人展示着她的善意、热情和对事物足够的理解力。谈起文学，非常亢奋，和她娇小、腼腆的外表完全不符合，语速更加快了起来，仿佛句子正排在她嘴边，争着抢着要出来。但是，在目光对接的一刹那，在某个突然停顿的句子背后，你会感觉到她的力量，她内在的怀疑和不确定。

2011年的一次会议，我又遇到鲁敏。那次发言，她很紧张，有点语无伦次。在被突然推到舞台上时，这样的紧张和张口结舌我非常熟悉。我记得我朝她笑了笑，似乎安慰，更是理解。会后，我们走在路上，她和我聊起梁庄，聊起我书里面所写的个人家庭，我的二姐的病。她说她的妹妹也生了一场大病，她束手无策，不能理解命运的无常，有一天她从地铁出来，忽然特别绝望。我们谈起家庭内部的依存感。并且，越是艰难，这种相互依存和彼此造就的感觉就越强烈。在那时，我特别想拥抱她，虽然只是第二次见面，但我们已经息息相通。艰难、失爱、贫穷，并非只是抽象的概念，它是一天天的生活，一个个非常具体的甚至是让人恐怖的细节，是那碗"如果加了豆腐，那简直就完美"的菜叶汤，是在听到某个关于父亲不好传言后的瞬间的坍塌感，看到母亲为了生活而搞"暧昧"的强烈的羞耻感，那种欣悦、辛酸和天塌地陷的无所归依并非一个词语所能替代。父亲死后，她、母亲、妹妹，三个女性如何生活？如何相依为命又厌倦异常，如何亲密无间又彼此伤害？生活就是命运，就是性格。

那个停留在冬天下午的温暖的"煦"字，以冰冷而潦草的姿态向鲁敏展示了人性的幽深难辨。它似乎只是一件微不足道的小事，却足以使湖面结冰，让人体验这生命中难以承受之痛。

鲁敏看到了家庭和人性之间的复杂关系，彼此之间如刀割般的相互伤害和相互依存。《墙上的父亲》写作于2007年，初次触及到自我。之前的写作似乎都是一种文字上的和情感上的准备，到这里，一种真正与作者血肉相连的写作开始了。凶猛的自我扑了上来，撕裂看似已经平复的内我，幽暗之地一点点浮了出来，那里面盘根错节，无法找到开端和结尾，日复一日的反刍使得所有的关系、所有的成长都变得非常复杂。

在《墙上的父亲》中——妹妹王薇的形象，那个永远也吃不饱并且有偷盗劣习的女孩子——让我们感受到伤害的难以平复，她不停地咀嚼恰是试图填充她内心的空虚及对爱的渴望。时光的消逝并不能解决一切，记忆如毒瘤般以变形的方式顽固地存留在体内，"偷盗"只是这毒瘤的病征。在《六人晚餐》中，"王薇"变为弟弟"晓白"，因为无所适从，因为恐慌而拼命地吃。他越胖大，他内心的脆弱和呼喊就越强烈。他的心脏一直受惊，找不到安稳的可以落下的地方。是的，生活的本质是一种关系的存在。彼此的关系造就了温情，也产生着伤害。它们是流动的，相互生长着的。

2012年，鲁敏的长篇小说《六人晚餐》让人惊喜。这是一个知道写作为何物、知道自己写作方向的作家。从《纸醉》、《取景器》、《墙上的父亲》到《铁血信鸽》、《死迷藏》，我们可以看到，鲁敏的文学世界在不断清晰化和核心化，同时，也在不断地宽广和深入。

鲁敏特别关注"家庭"。家庭在她的笔下,既是一个单位,人和社会组织的基本生成单位,是一个象征性场景,能够隐喻出命运的某种气息,更是探查人性秘密和人性动态生长的最佳途径。她迷恋于"家庭"所透露出的复杂的、动态的、没有终点的但又能够准确找出人的形象的功能。

《六人晚餐》写出了中国人的生活性格和情感方式:在沉默中牺牲和扭曲自己,成全别人,最终,却因这牺牲和扭曲而带来更大的误解和扭曲。苏琴因忠于已死的丈夫,因羞于面对自己的身体而不承认与丁伯刚的关系,这使这六人晚餐带上了最初的复杂、暧昧与耻辱的色彩;晓白对母亲的偷偷摸摸迷茫而无助,他以吃来讨取众人的欢心并填补内心的空洞;晓蓝高傲而倔强,以逃离和牺牲爱情来成全母亲的目光;丁成功则以生命来换取晓蓝的稳定生活。他们共同的目标是要逃离和超越那"生而局限、胎记丑陋"的命运。每个人都在为此牺牲着自己,虽然明知这是一种虚妄的念想。

看似无情,却又有情;看似有情,却又无情。彼此关心着,却又如利刃一般相互伤害着,在牵扯不清的牺牲、奉献与从未生长完整的个人性、欲望之间,每个人都以失败、愤懑与沮丧的方式去对待一切,并塑造着各自的形状。正如小说结尾处黄昏的江色,那薄薄的雾蒙在这最普通的中国人生中,无法撕破,也很难突破。李敬泽把小说中这种执拗的牺牲和扭曲称为"福楼拜式的意志",简洁、客观,同时具有内向化和主观化的特点,最关键的是,具有《包法利夫人》式的执著的迷茫。波德莱尔认为包法利夫人是全书的英雄,"她是声名狼藉的受害者，唯有她具有英雄的种种风度。"在《六人晚餐》中，几乎每个人都有包法利夫人式的英雄风度，丁伯刚的醉酒与"选择性失忆"，苏琴对身体欲望的顽强遮掩和突然的决绝，晓蓝对周边环境和爱情的"视而不见"，丁成功的成功自杀，珍珍的浑浑噩噩和黑皮的永往直前，他们都英勇地和"自我"决绝，以走出这污浊的城乡接合部和无边无际的二甲苯的、硫化氢等等过于"丰富、拥挤"的空气和味道。

鲁敏在书中提到梵高的《吃土豆的人》，她特别着迷于那围在炉子边的人的孤独而沉默的神情，她在其他文章中反复提到这幅画，甚至，多次提到"土豆"。《六人晚餐》是以一种漫长而细致的回溯方式去不断阐释两个家庭六人晚餐时各自的姿态、神情以及内部流淌的气息。"六人晚餐"在文中有很强的雕塑感，流动之中的瞬间凝固。这一凝固是静态的，但却蕴含着过去、现在和未来的所有命运。那餐桌上的咀嚼、吞咽和姿态是如此充满决心，又如此各藏心事，以至于我们不得不把目光停留在"晚餐"上，观察那餐桌上的食物，餐桌边的人物，餐桌外的楼房、厂区和流动在这屋内和屋外的气息。

在此过程中，中国"家庭"的内景被呈现出来，这内景的气氛和孕育虽然来自于外部，来自于污浊的工厂，让人窒息的空气，丑陋的楼群，但是，最终决定他们命运的却是对别人的诉求以及这诉求的不可能完成性。因此，作者所着力的又是每个人的"内景"，一种客观的、全景式的，却又喃喃自语式的、朝向内心的叙述。

整部书的结构为一个环形，命运始于六人晚餐，也终于六人晚餐。鲁敏用一种剥笋式的手法，让读者跟她一起去剥开、找寻命运的奥秘，去跟随那一声爆炸、一缕空气去寻找往日的时光,找寻塑造如今这形态的丝丝缕缕和牵牵绊绊。每个人的叙述都指向那同一场景,从此开始,找寻自己。一层层,每层都紧裹着另一层,最后指向"根部"(鲁敏在文中用"指向根部的鱼刺"来形容这一叙事方式),它们之间相互依存,富于意味。虽然最终的结果仍然是那一瓣瓣相同的存在,是毫无意义的虚空,但那八十次的晚餐,八十次的同床,八十次的"同一场景,各怀心事",却又并非毫无意义。它们在以渐次聚集的能量摧毁,或建构,或形成着那如巨环般的人生。

偶然的爆炸是全书的引子,也是命运的引子,只是加速了某个或以为是结果的结局,但这结局是或早或晚要来的,正如丁成功玻璃屋的倒塌。爆炸为他失败的爱情(虽然在另一个意义上也可以说是坚守着的爱情),找到一个可以平衡的答案。那透明的玻璃屋终究是一个太过显眼的标志,它对爱情的向往及一眼就可看透的本质不适合这混沌的、各怀心事又满怀期待的中国式生活。它只能倒塌,并借此机会掩盖住丁成功的自杀,"它们形成一个晶亮的巨大洞穴,把他深深地埋葬,与外面完全隔绝。他没有听到外面兵荒马乱,以为这只是属于他一个人的逃逸与暴动。"

作家毕飞宇在推荐鲁敏的《六人晚餐》时,用了一个词,"中国式晚餐"。的确,不只是六个人,还有鲁敏,你、我,我们每一个人都坐在这张餐桌前。这中国式的晚餐,是我们在这世界面前所呈现的姿态、神情和命运。

如果时光可以重新来过,那么,鲁敏,这个对人性、人生和人世情感已有充分体察的女子,是希望父亲走过去抚摸着她的头,告诉她那个"煦"字的读音,"煦",xu,去声,"和煦",春天的阳光正在上扬,轻清、涨满天地,包容万物,就是那样的感觉:幸福,那是鲁敏永远也不能拥有的完整性;还是父和女,就那样对望着、等待着,形成如今这样深渊般的、永恒的鸿沟?

"我心里始终有一块冷静的去处,那是结了冰的湖面。"也许正是这片"结了冰的湖面",造就了今天的作为作家的鲁敏,使她在生与死、善与恶之间获得审视的距离和空间,她发现了那片灰色的开阔地。这是父亲对她的补偿。但是,鲁敏,亲爱的,我仍愿意有一天"煦"光能够照耀你,作为那个渴望父亲的少年的你,冰雪解冻,把那坚固的"冷静"融化掉,化为一片温润而荡漾的湖水。

性感的纯真

2013年初，因"花开阔绰"一词，盛可以在网上引发了一场争论。先是对词义本身的解释、作家造词的合法性产生了分歧，作家、普通读者和编辑都加入了讨论。沿着网络运行的普遍轨迹，事件慢慢有了火药味儿，夹杂着意气用事、唇枪舌剑和身体攻击。

我在网络上跟踪着这一过程。当盛可以那篇长微博出现，我仿佛看到了一个威风凛凛、"一场非常古老的战役中一位披挂着一身簇新铠甲的武士"（苏珊·桑塔格语），以简短明晰、"色情"而又巧妙双关的语言，穿越男人和事件本身，轻盈、犀利地进入道德和政治核心，让人看到更深远的本质。那时刻的盛可以，妩媚而好斗，真是性感极了。躲在群众的背后，我忍不住"哧"的一声笑了，仿佛突然到了醉的程度，开始感到某种解放的自由。

如果一定要找一个词来形容盛可以小说的整体气息和味道，毫无疑问，是"性感"。"性"不是噱头，不是某种精神的启发和总体感觉，就是身体行为和欲望本身，湿漉漉的，携带着肉体的沉重、质感和声音的暧昧与躁动。它在男女之间制造最丰富的想象并形成一种本质的存在关系。在正面强攻的同时，盛可以也能够消除掉"性"的陈腐和古老的局限，幻化为最有力的也最富象征性的武器，以妖娆而神秘的身姿带领你走进真相的森林。

《干掉中午的声音》《Turn On》是盛可以最早的成名作。泼辣直接的性描写，冷酷无情的性驱逐，文本充满湿润的隐喻和锐利的反讽，作者从男女的性关系中穷尽自我的存在和精神的困境。和通常的由"爱"至"性"相反，盛可以从反向进入，从"性"到"爱"，然后到家庭、道德与社会。之后一系列小说《沉重的肉身》、《人面狮身》等等，都刻薄凶猛又让你口舌生津，"性"不再扭捏出场，而以其暧昧而粗鲁的本质彰显人的存在的黑洞。这些作品充满着某种不可言说的"邪性"，它们超越日常的禁忌，直接进入人类灵与欲的最深处，爱的渴求，肉身的狂奔，黑暗，痛苦，有着惊心动魄的美。它们使盛可以"干掉"了林白的自赏和婉约，"干掉"了陈染的纠结和徘徊，将女性和女性写作拉向了一个更直接的战场。

盛可以有一种能力，她"省略了一切华丽的细致的表现性的因素，省略了一切使事物变得柔软的因素"（李敬泽语），"哗"一下揭开蒙在生活之上的大幕，直接进入内部的逻辑。读她小说中的男女关系、世界关系，你不需要纠缠于它道不道德，因为它与道德无关，她探索的是我们如何认清并服从自己生命内部的要求。长篇小说《道德颂》以"道德"为主题，但此道德非彼道德。它无关通常的社会道德、夫妻道德，而是男人和女人的生命关系，身体直接相撞时彼此的选择和所产生的疑惑。"没有道德现象这个东西,只有对现象的道德解释",尼采这句话也许是对这本书最好的统领。书中的女主人公旨邑几乎连一分钟都没有想到自己作为"第三者"对水荆秋妻子的伤害,因为那不是她所在乎的道德,她所在乎的是自己的生命感受。她为什么爱他,为什么不爱他,身体为什么退潮,又为什么涨潮,这关乎她作为"个体"的"存在意识"。

爱水荆秋,几乎就是一场声势浩大的行为艺术,旨邑以力拔山河的气势把自己置于道德的低地,借此开始了隐秘的寻找自我之路。盛可以所要谈的始终是作为个人的道德:人如何能达到认识自己并尊重自己。旨邑是一个强烈的个人主义者,她纠缠着自己思维的每一个方向,细细盘察,不放过任何想要姑息自己、苟且某种世俗的倾向,她拷问自己情感本身的真实度,拷问自己面对自我时的恐慌与孱弱。

"把精神说清楚是一个巨大的诱惑",而这精神的实质又企图通过对"性"和"身体"的考察来显现,这本身就是一个巨大的悖论。但是,每当你以为人物陷入了对自我的真正拷问,陷入了本质的空虚和黑暗之时,盛可以总是以幽默、富于自嘲和反讽意味的三言两语把你从那貌似深沉的语境拉出来,文本重又轻盈,远山辽阔,丰富无边。但只是稍微的歇息,仿佛交响乐中的停顿,只是为了更宏大的开始。旨邑又重整旗鼓,拉一张新的网,把自己和水荆秋网进一个自设的虚拟场景中,进行新一轮的编织、挣扎和探讨。在这里,旨邑就像一个女王,虽不指挥若定、威严镇静,但却紧握着命运的丝线。她作品中的女性无不如此。《道德颂》是一本女性之书。在和身体、男人斗争的过程中,女性痛苦、软弱,但却有飞蛾扑火的庄严和勇气。

当旨邑感到子宫"枯竭",坐在面前的懦弱的水荆秋也无比遥远之时,作者顺着旨邑的目光,把我们带入她那无比丰饶而又绚丽的精神"子宫","遭遇十字架或者手术刀,这是命运的奢侈",此时的旨邑像一个女哲人,超越了自身的苦难,变得泰然、充实而又自足。在读到这样的文字时,我突然产生了丝丝的怀疑,也许,作者对文字操弄的兴趣远超于她对人物命运的兴趣,她对人类某种精神状态的书写远超于她探索真相的兴趣。丰满、美丽而自在的语言离开人物,直接来到你面前,构成文本另一层审美空间。这既是《道德颂》的轻盈所在,也是它的可疑之处。

2013年盛可以出版的长篇小说《死亡赋格》(繁体版)让人意外。这个似乎对男女关系(广义)、肉身与精神如何统一更感兴趣的小女子,把笔转向了更大的也更复杂的空间。作品仍保持着她一贯的写作起点,从"性"、人类身体的感应入手,但是,"性"不再只是关于男女关系与精神存在真相的考量,它被政治绑架,变为最好的爪牙和利器。

小说主人公源梦六从大涣国的动荡之中逃到"天鹅谷"。"天鹅谷",一个已经实现了的乌托邦的天堂,一个人类所能想象到的美好之地。那里,智识、精神、修养、思辨似乎都是文明的最高形式,每个人都俊美、节制、博学多识,即使生育,也要依据最科学的方法。但是,男女之间不可触摸,身体变为禁忌,不能敞开,"性"作为不洁的存在被天鹅谷从根本上清除。

当黄金般的最高理想和使命要变为现实时，它首先要销毁的恰恰是人最基本的自由：性与爱的自由。"性"如此充满不确定性，如此有诱惑力和生命力，它游移，强烈，不易掌控，而它的晃动如此剧烈、随意与多向，会给道德和秩序带来根本性的恐慌和不安。性是权力的最好彰显。通过对性的规训与惩罚，权力得到了实现。福柯以无限关联的研究方式让我们意识到"性"背后的巨大网络。"性"从来都不只是"性"本身，而是社会权力关系的一部分，当然，也包括男女之间的权力关系。

《死亡赋格》有向《一九八四》、《美丽新世界》等经典"乌托邦作品"致敬的意味在里面。对乌托邦的追求最终走向乌托邦的反面。对纯粹完美的追求恰恰包含着最大的暴力。尤其是，当一切暧昧、芜杂而又混沌的人性都被驱逐时，人类还剩下什么？一切都仿佛是"模仿"的存在，宛若火柴盒里的游戏，只有任其摆布的行尸走肉的身体，而无灵魂的躁动、不安。这便是政治的最高目的。

我仍然喜欢《北妹》。我一直舍不得去谈它，害怕它被《道德颂》、《死亡赋格》的复杂和宏大所遮蔽。我愿意把它放在最后来谈，以显示它在盛可以作品中的重要性，虽然它是作者的最初作品。《北妹》有许多明显的缺点，譬如文本结构的二元化和人物形象的简单化；象征的生硬和突兀，包括最后钱小红的乳房，与整个文本的精神气质并没有完全融合；情节的过于戏剧化，尤其是当李思江结扎获得赔偿后男朋友的卷钱逃跑；等等，但这并不妨碍《北妹》拥有一部优秀作品的独特品质。如果说《水乳》、《道德颂》是充满挑衅意味的邪性的盛可以，《死亡赋格》体现了试图从性与权力关系层面探讨政治与人的关系的盛可以，那么，《北妹》则呈现了一个对世界充满好奇，虽遭受挫折，却没有屈服并保持着永恒的纯真的盛可以。

《北妹》已经显示了以后盛可以的"邪性"特征。小说从钱小红的"胸部"写起。这个"胸部"太不安分，它突破常规，明目张胆地晃动，直接冲破道德的篱笆，进入身体和欲望的领域。它以天然的性感带着纯真而懵懂的钱小红去寻找世界和命运。

阅读《北妹》，经常有一种感动，甚至有略微想流泪的冲动，这流泪并不只是因为这些女孩子备受生活、制度和男人的蹂躏，也因为那无论如何屈辱而仍然纯真的情感，哪怕这纯真甚至只是某种愚钝的天真。这纯真的光亮虽然微弱，但却非常有力，支撑着两个漂泊异乡的女孩子走下去，它弥足珍贵，并且高贵。正是这纯真，使小说的内部空间晶莹剔透，闪闪发光。

小说的最后，两个女孩子，被结扎再也没有生育能力的李思江，"胸部"无限膨大几乎成了怪物的钱小红，在大街上哭喊着告别。在这个充满躁动、欲望和欺骗的现代城市，在这个宣称可以寻找新生活、实现梦想的地方，她们用方言呼喊着彼此，慰藉着彼此。"莫送哒，小红。""我有空会给你写信，思江你莫哭哒！""猪日的，莫哭，莫哭哒，搞得老子都忍不住了。""小红，你自己想想办法，我走哒！"没有人听得懂这对话，也没有人在意这两个女孩凄怆的呼喊，但这语言连结着她们的生命和情感，构成一个独我的、光亮的小世界，来对抗这外部的和普遍的世界。

语言不只是一种形式，它就是一个世界，一种物质的、地理的、色彩的形态。在《北妹》中，方言还有更具体的含义。"北妹"并非只是客观的地理词语，它含有特定的政治、制度的区别性对待和歧视性的观念。当你说湖南话，当你被叫为"北妹"，当你被发现没有深圳户口时，你的暂居、漂泊的身份就被确定了。这也正是北妹们血泪命运的真正根源。张为美为了取得深圳的"绿卡"不惜出卖色相，最终却成为代孕母亲；活泼、大胆的朱丽野为此失去了性命；单纯秀气的李思江一进入深圳就得为获取"暂住证"出卖色相和身体；顶着不安分的"胸部"的小红更是无法逃脱被抓进樟木头看守所，被警察调戏的命运。"城中村"、"工厂"、"酒吧"、"发廊"、"酒店"、"出租屋"，这些随着"改革开放"伴生而来的事物见证了"北妹"的奋斗、辛酸和挣扎，也见证了欲望的不止与纠缠，纯真的脆弱与韧长。

那爽脆、爱憎分明和绵长的湖南话，成为《北妹》最温柔、最生动也最有冲突性的色彩，小说的纯真、愤怒和悲怆都与此有关。它甚至是性感的，那个与之相关联的地理也是性感的。盛可以把这"地方"内在的性感给呈现了出来。并且，它越是受到挤压，其内在的性感、多汁、丰富就越是能够被体会，它在文本中构成了一种强韧的结构张力，也减弱了其中单面的控诉意味。遗憾的是，在以后的创作中，盛可以去除了这一重要的"地方"性感维度。（最近，盛可以又迷上了画画，全是乡村童年生活，如赤子之心，好像有某种记忆的复苏和气息的恢复。）

这一纯真在盛可以随后的创作中越来越隐蔽，有时候，甚至被作者的成熟、虚无和长驱直入所驱赶，但还时时闪现。《道德颂》犹如一片沼泽世界，对男人冷酷、残忍，有控诉的倾向，但旨邑的偏执和永不放弃的自我思辨成为书中最宽阔的光亮。《死亡赋格》中的源梦六时时处于一种虚妄的辩解之中，作者总是在肯定他的同时又拆穿他。但是，他对诗歌的坚守、对杞子的爱、对肉体的向往在文本中形成一种明亮灿烂的光。这或者也是《北妹》最早奠定的基础。

在盛可以的小说世界中，"性"始终是结构文本的基本元素，它元气充沛，横冲直撞，构成鲜活而饱满的身体和形象，以对抗来自外部和内部的塑造和压制。在这里，人是一种未完成的状态，充满着探索的欲望和勇气。

这一特质也使盛可以区别于"70后"作家普遍的早熟气质和某种类似于精神早衰的黯淡。不轻易下结论，不轻易幸福、美好、悲伤或虚无，一切尚未完成，需要我们继续走下去。当《死亡赋格》写到源梦六在重新看到他所思念的杞子，并看到她就是"天鹅谷"的精神领袖和缔造者时，我特别担心作者把一切的光亮都撤去，让作品和源梦六陷入完全的黑暗和虚无之中——让杞子没有任何柔软，让源梦六彻底虚无，让人生所有的可能性都完全失去。但是，盛可以显示了一个小说家和精神探索者对复杂性追求的本色，"你拒绝写诗，已经证明了你是一个诗人，你没什么好惭愧的了。""拒绝"就是反抗，"沉默"也是斗争。作者用回环往复的小说结构展示了这一精神的复杂性，多种空间的同时交织使我们看到人对自身认知的困难和坚持。

当源梦六重新回到现实之中，以颓废而沉默的形象站在名利场的边缘倾听那喧哗的诗人的声音时，他听出，"他们的声音经麦克风里传播，充满了被修饰的美感。"是的，这是一个被修饰了的时代，权力通过"性"进行修饰，诗歌通过"语言"修饰，我们通过"孤独"和"个性"修饰，以掩饰那早已丧失了的信仰和生活。

但总有那么一个人，他（她）的不合适宜，他（她）对"肉体"（男人和女人）纯真的热爱，会击破我们的堡垒，让我们看到自己的千疮百孔，和装模作样。

花街的"耶路撒冷"

蛛网结构

《耶路撒冷》以一群出生于1970年代年轻人的逃离与重返故乡之路为核心,探寻当代复杂的现实与精神生活,构筑出"一代人的心灵史"。它具有略萨所言的"总体小说"的特征,文体的交叉互补和语言的变化多端形成叙事空间的多重性,嵌套、并置、残缺、互补,它们在一起构成一张蛛网,随着人物的归乡、出走、逃亡,蛛网上的节点越来越多,它们自我编织和衍生,虚构、记忆、真实交织在一起,挟裹着复杂多义的经验,最终形成一个包罗万象但又精确无比的虚构的总体世界。

什么是蛛网?它是一个平行组织,由一个个节点形成,这个节点是自我蔓延和生长的,每个节点既是原因,但同时又是结果,不断生长出新的方向和结构。小说中每个人都在不断回到故乡,从初平阳回去开始,所有人物都先后经历了"出走—回归—出走",这是一个不断来回拉扯的过程,就像人在不断伸展的蛛丝马迹,无始无终。回到故乡也是不断在向精神内部发掘自我,这是一种向心的能力,是不断挖掘记忆、生活和自我精神存在的能力。在这本书中,景天赐并不是重要人物,但却起着纲举目张的作用。他是这个蛛网式结构的中心点,或者说他就是花街上的那只蜘蛛,以那道闪电突然带来的光亮和死亡而成为命运的原点,潜行于每个人的灵魂中。初平阳、易长安和秦福小内心的所有丝线都因他而起,虽然他已经淹没在岁月和记忆的深处。他是一个人最深最痛的神经末梢,每个人都有这样的末梢,它制约着我们的精神走向和情感方式,但我们却把它遗忘在记忆深处,无从知道它与我们内部精神的联系。只是在不断向内挖掘的过程当中,这根末梢才越来越清晰,才越来越进到岁月和精神内部最深的地方。这种蔓生形式的生长和攀爬蓬勃、复杂,无所定向,它需要作家有更高的能力,因为生活是外部的、可见的存在,精神却是无限广的东西;每个人的精神都是无限广的。

在看《耶路撒冷》的过程中,我不断想起波拉尼奥的《2666》。两者之间似乎有某些相似的气质和结构。在气质上,都是对智性生活和内心精神的探讨,这里的"智性"不是指智慧,而是你对世界的看法的出发点。波拉尼奥试图对存在、生活进行百科全书式的书写,对各个方面,人的精神存在、生存层面、社会问题和时代总体特征,都要进行解释。但这种解释不是巴尔扎克或托尔斯泰式的解释,用资本或道德来给予原因或结果,也不是卡夫卡纯粹抽象式的解释,而是展示出无边无际的精神与生活的节点和坍塌。《耶路撒冷》的蛛网式结构,那种自我衍生和编织的能力使我们意识到,今天的时代和生活很难用一种中心来解释，你没有办法找到中心思想和价值，每个人都是非常重要的一个点，但同时因为个个重要，个个又都无足轻重。这是一个无法明晰确认自我价值的时代。这既是世界的结构，也是世界的内容。作家如何通过一种结构式的存在来展示这种无限宽广又无限虚无、无限重又无限轻的存在，如何在庞杂的生活中找到意义又消解意义（因为无意义就是你写作的意义），可能是一个非常重要的问题。《耶路撒冷》的结构很有启发性。

小说通过嵌套并置，及嵌套、并置所带来的意义衍生和自我编织特性来完成这一点。比如小说中的"专栏"部分，专栏不仅仅在小说中起评价这个世界的功能，作者也通过专栏把每个人内心的隐秘，把沉淀在岁月内部的、模糊的思想通过一种理论的方式清晰地表现出来，它和小说其他部分关于生活的游走、怀疑形成呼应和互文，相互解释，又互相矛盾，呈现出多元状态。

还有就是并置结构。小说中的四个主要人物有一个共同的动作：奔向故乡，但其路径和思想倾向、精神气质却完全不同。这就像一个抛物线，手中抛出形成曲线，偶然而神秘，但最终却都要回来。而如何把那个看似相同却又千差万别的曲线描述出来，是作家唯一重要的任务。要去耶路撒冷读博士的初平阳回到故乡，他要卖掉花街的房子；易长安逃亡的路线几乎就是自投罗网的路线，他试图离故乡越来越远，因为他知道那里有警察等着他，但故乡却不断拉扯着他，脚不由自主地带他回去。景天赐的姐姐秦福小、杨杰在外漂泊的过程，也是不断走回故乡的过程，并且走得越远，故乡越发清晰。这四个人物的线索完全是并置的状态，各不相干，又互相联系。但他们都要回到一个点，这个点就是他们世界的出发点，是花街，是精神的原点，重要的是，它也是他们要面向未来的原点。作者在这样一个庞杂的生活的总体状态下，通过花街这样一个中心，像蜘蛛一样不断向外吐丝，寻找节点，再吐丝，最后形成这无边无际的、潮水一样的生活状态。

《耶路撒冷》的结构方式本身就是其内容之一。一种写法就是一种文学观和世界观。这样一种无中心的平行书写和繁复、多层次、碎片化的叙事就是这个时代的生活形态和精神形式。它的抛物线性、被淹没感、无根感、破碎感与大海潮水的汹涌相一致，无边无际，却也周而复始，不断退去，又不断来到，最终成为一种力量。

花街、耶路撒冷与世界

"耶路撒冷"这个词会让我们联想到具有象征意义的宗教、信仰，但在小说中，它又非常具体，甚至也许就是花街。这个词不是以宗教面目出现的，而是从花街内部诞生的。它不仅是一个向外的词语，也是向内的词语，它是我们生活的当下，是我们脚下的这片土地。所有的人物只有回到花街，回到消失在记忆深处的时间和岁月，才会发现"耶路撒冷"，也即，世界。

花街和花街上的人物构成一个复杂、混沌的中国生活：能够预感各种事故的傻瓜，作为巫婆的母亲，相信自己医术的父亲，运河边的苦闷青年，信基督的奶奶，迷恋情欲但又颓废的地方艺术家，等等，科学与巫术，文明与自然，西方与东方，大家各行其是，安然相处。它是一种奇怪的和谐、并存状态，作者通过细密而又风趣的叙述给我们展示了这种并存的可能性。作者着力于个体生命的挣扎，所有的社会背景，花街拆迁、人物命运转换、卖房子、家庭矛盾、出走，等等，都被放置于个体心灵后面。推在前台的是个人史，个人的视野、情感和痛苦。其实，在我们的文学里，一直有一个潜在的观念，就是对大的社会生活的表达要大于对个人性的表达。这一观念会影响作家的创作。而恰恰是在这一点上，徐则臣展现出他的独异性，在《耶路撒冷》中，个人是渗透于或者置于社会生活之上的，作家描述社会生活只是为了呈现个人生活的一种状态。他写的是个人精神史，是"向心"的，社会生活只是起一个参与作用，不是决定性作用。

通过这样"向心"的书写，作者把人内心的无限性书写出来。像潮水一般的叙事，一波一波不断涌来，记忆不断向你自己涌来，你寻找自己，不断发现自己内心精神的缺憾、遗失和记忆，在这个过程当中，你发现了你自己。比如景天赐的姐姐秦福小。在漫长的一段时光里，她唯一的愿望就是逃离花街，她也从来没有去探究自己的内心。从表面看来，这是一起普通的逃离。逃离乡村，来到都市，在中国，这几乎是每个乡村、小镇或小城青年的共同路线，但是，就像我在上面所说的抛物线一样，其内部的轨迹一定是千差万别的。于是，在心灵的指引之下，她又回到花街，站在被拆得几近"废墟"的花街上，她突然回想起奶奶在某一个夜晚所说的"耶路撒冷"，这个词语，它仿佛一道光亮，携带着痛苦、悲伤和少年的眼泪，出现在她的面前，直抵灵魂。那个雨夜，矮小的奶奶因害怕暴雨淋湿十字架而以肉身去背，最后，神秘地跌倒在一个水沟里。这一场景仿佛一种象征：背负、忏悔、赎罪，以沉重的肉身去救赎坠落的灵魂，并获得一种平静。最终，秦福小留在了花街。而在秦福小流浪的那些年，她不记得花街的教堂，不知道奶奶的十字架，更不明白那对她的精神会产生什么影响。但是在她不断漂泊的过程中，在不断寻找生活的当中，她慢慢意识到，原来她的根，她命运的启发点，就在花街。其实，早在童年、少年的时候，她的世界已经在慢慢地形成。只不过我们不知道，我们把它遗失在时间和记忆深处了。

《耶路撒冷》重新定义了写作中的经验问题，尤其是经验与虚构的关系。经验并非完全指向个人的亲历性，也并不是指与宏大历史发生关系的可能性，而是对内心世界的无限挖掘。世界就存在于记忆的褶皱之中，隐秘、曲折、无限，它们汇集在一起形成所谓的"经验"，进而汇集成一个时代的某一空间。从这个角度上，社会学意义或政治学意义的"时代"只是一种外部的参考，甚至是必须反对的事物，因为它限定了你思考的方向和精神的倾向。一个作家所要奋力搏斗的就是这种规定性，要对抗它，并最终超越它。

可以说，《耶路撒冷》是一部背叛、遗忘与重新追寻、敞开的书，它让我们看到历史与自我的多重关系，在平庸、破碎和物欲的时代背后，个体痛苦而隐秘的挣扎成为最纯真的力量，冲破现实与时间的障碍，并最终承担着救赎自我的功能。徐则臣进入到这一挣扎的内部空间，进入到时间和记忆的长河，对这一挣扎的来源、气息及所携带的精神性进行考古学式的追根溯源，以一种潮水般汹涌的复杂叙事给我们展现出一个非常中国的经验：在摧枯拉朽般的发展、规约和惩罚中，我们正在永远失去自我和故乡。

"到世界去"并非是一个外向的行动的词语，并非指向西方、金钱、城市、现代、耶路撒冷等等，它也可以是内向的、静谧的，指向对故乡的重返，指向童年、心灵、记忆与时间。救赎之地并不在耶路撒冷，而在你的故乡，你的心中。

回到花街，不只是为了寻找过去，而是为了清楚地知道自己立于世界的何处，以什么样的姿态站立。也不是为了寻找安宁、安顿或某个桃花源般的乌托邦之地，而是为了重新开始。

个人经验与历史意识

当历史不再宏大，没有大的集体事件被迫卷入某种生活，没有节日、狂欢，没有革命、激情与理想，所有成人仪式中所应有的象征性大事件都没有时——而这些似乎是一个作家天然的优势和必然的前提——作家该怎样与历史发生关系？个体之间的距离变得无机、无序、无必然联系，个体的存在和社会的总体生活之间暧昧不清，文学该如何书写？这也恰恰是"70后"作家所面临的状况。

"70后"是循规蹈矩的一代，没有经过建国、反右、大跃进、"文化大革命"等等一系列当代政治史的大事件，跟历史是一种非常微妙的脱节状态。大的历史处于坍塌之际，"70后"才刚刚成长。"秩序"

恢复,"惩罚"与"规则"开始。在一种强力的规则、惩罚和某种规定性中长大的一代人,很难找到精神的突破点。做任何事都会被规训,因为你受到的监管非常严格,有学校监管、家长监管、自我监管,各种各样的规则监管,长久之后,逐渐内化为某种人格和精神惯性,很难在自身与世界之间找到一种恰当的联系方式。这是这一代人的问题。但从另一角度看,历史坍塌之际,个人精神反而慢慢凸现,反而能摆脱具体的历史阶段性的眼光,去寻找新的空间。历史与个人的联系通过"自我"生成,而不是通过"集体化"的大事件来完成,在这一意义上,个人话语更能够体现这样一个历史的面目。"历史面目"、"历史规律"并非都通过大事件呈现出来,它也可能来自个人生活,来自个人生活的呈现状态。在这一点上,"70后"的"不及物性"反而使个体能够有机会凸现出其重要意义。

在此意义上,"70后"在历史空间的模糊和暧昧状态恰恰是一种新型的自我与历史的关系,没有被大的集体话语所挟裹,一开始就站在历史的废墟之上,不管是无所归依的沉默还是稳重的沉默,他们都只能以自己的方式与历史对话。《耶路撒冷》有一种特别的新质,就是作者对它的感性成分和经验性特别倚重,作者在谈到为什么使用"耶路撒冷"这个题目时说道:"很多年里我都在想,一定要写一部题为《耶路撒冷》的小说,因为我对这个城市、对这城市名字的汉语字形和发音十分喜欢,很小的时候就着迷。这些在小说中都借着主人公初平阳之口说出来了。你也会有这样的经历,会莫名其妙地喜欢一些字词和名字,即使你对这些字词的含义一无所知。对小说里的人物来说,耶路撒冷意味着信仰、救赎，意味着自我安妥和从容放松，意味着精神和生活的返璞归真。没有这个耶路撒冷，小说就无法成立。"这或者是一种很好的状态——一个名字不仅仅是名字，它是一种情感，是对于某种世界的向往，可能它一直翻来覆去地折磨你，最终以强大的诱惑力驱使你去思考和写作。

  本雅明在谈及20世纪的文学时说，"真理的史诗部分已经结束，小说可书写的只是深刻的怀疑。"他所说的背景是一战之后欧洲的工业文明和两次世界大战所带来的灾难和蔓延的虚无情绪。文明破碎之后，人的被规定性突然呈现出来，那种破碎和虚无，无所归依，像巴尔扎克那种拥有整体世界观的自信已经没有了，人是被规定好的，是有限制的，小说家也是无力的，只能在有限视角下认识世界并书写，他所能展示的只是深刻的怀疑意识和存在的荒诞感。"70后"作家正是处于这样的命运之下。大的历史、宏大的历史话语和历史的场景已经过去，人站在历史的废墟上，只剩下自己，面对的只有废墟。如何从废墟当中找到自己并完成自我的追寻，这是特别大的课题。《耶路撒冷》这种无穷无尽的、没有中心的，但每个人又似乎非常重要的结构和写法，恰恰是世界给我们的感觉。这样的怀疑、游移和失重是我们面临世界的基本感受，这种"游移"在革命书写里面和集体话语书写里面很难找到，因为那背后有确定的信念支撑。在新的历史语境下，大的确定信念没有了，每个人都裸露着，你只有通过找到"自己"和"个人"这个中介才能找到社会、历史的存在。在这个意义上，这样一种不断绵延的、开放的，但又没有开始、没有结尾，循环式的写法，恰恰是我们今天所处的社会生活以及精神状态的一种征兆，或者一种表现。与我们惯常的宏大叙事相比，这是一种小叙事，但也是史诗，是关于个人心灵的史诗。

或许，《耶路撒冷》的出现意味着"70后"作家以一种新的姿态进入文学史和历史的空间之中。充满激情而又拥有足够的学识，野心勃勃而又冷静缜密，心怀大地却也不乏书卷气和神秘感，深谙文学之趣味却不溺于这趣味，在虚无之泥淖中挣扎却又试图超拔，以一个"诚实的生活者"的态度，记录这虚无之形态和人类的内在秘密。

中国生活，中国故事

百科全书式的多棱呈现

好的文学有很多标准，但首先必须具有自成一体的均衡性。它没有固定模式，可以是各种形态、各个方向、各种美学风格。它可以虚构，也可以非虚构；它可以天马行空、无比怪诞，也可以阔大朴素、严谨平实；它可以四不像，也可以无比逼真。但是，在文本的内部，在它自己的逻辑运行中，它是完整的、严谨的，有自己的起承转合，其中的人物、思想、环境及美学风格具有内在的均衡性和一致性，是一个有机的生命体。一部小说不被认为是好小说，并非是因为它的题材不够重大，语言不够独特，想象力不够丰富或者其他什么原因，而是因为它自身的机体没有被很好地协调。也因此，孙悟空可以一个跟斗翻十万八千里而来去自由，有些小说人物连一个小小的转身都无法很好地完成。

但是，就一个时代的精神生态而言，文学又确实不只是文学的。文学就像一个时代的晴雨表。我们可以从中看到一个时代匮乏什么，泛滥什么，它是一个时代文化性格、精神倾向和生活流的呈现者。从文学的发展史来看，文学的某一类型化、思潮化和转型通常体现了文学自身发展的嬗变，同时，也体现出它与民众思维、文化惯性及主流意识形态迎合或博弈的轨迹。

2011年的文坛，中短篇小说创作，尤其是短篇小说，突然桃花灿烂，多样、异质，有鲜明的创新。

邱华栋的"社区人系列"《可供消费的人生》、《来自生活的威胁》，劳马的《潜台词》，黄惊涛的《花与舌头》，蒋一谈的《赫本啊赫本》等是其中的代表之作。这些创作文本都显示了短篇小说在当代文坛上的活力，这一新的活力本身显示了文学与时代之间的新型关系。

中产阶级是中国近十几年来新兴的社会阶层，他们的收入相对稳定，文化层次较高，居住在城市较为高尚的社区，并逐渐形成以"社区"为中心的文化特征。"社区"既是中产阶级生存的物理空间，也是他们生存方式和精神特性的象征和隐喻。邱华栋的"社区人系列"描写的正是这批中产阶级的生活观、价值观和生存景象。以中产阶级社区生存为中心，作者把笔触伸向社会生活的方方面面，建构一张大网，关于中国当代生活的结构网。非常生动，很幽默，也很简洁，那种素描式的夸张，质朴，把中国都市发展中形成的中产阶级生活境况形象地勾画了出来。两部小说集，《可供消费的人生》和《来自生活的威胁》，加起来共六十篇文章，一篇一世界，一篇一个侧面。

邱华栋特别擅长于或者说特别注意中产阶级的中国性。作者没有把这些人物塑造成一个普遍背景下的都市及人性存在，而是把它放置于中国都市化兴起初期这一特殊背景,这就使得一篇篇小说呈现出它的独特性和深刻性。这也使得代孕、离婚同居、流水席、网络爱情、未婚先孕、黑暗恐惧症等几乎充满传奇色彩的故事有了大的社会背景和根基。《流水席》中的流水宴,汇集了京城各类空虚、无聊、迷茫的中产阶级者,这不间断的流水席犹如他们无法摆脱的精神困境,以怪诞的形式兀现出都市心灵的扭曲、空虚和无奈。《威胁来自黑暗》以黑色幽默的方式写出被垃圾围困的高尚小区,让我们看到了中国生活巨大的贫富差距和内在的荒谬性。那飘荡在文本和小区上空的"异味"正如当代发展的不协调性,异味不只是具体的垃圾场散发出来的,也是中国新生阶层对自我生活不确定的莫名恐惧的外现。邱华栋以一个作家的敏锐,抓住了中国"都市"的精神形态,同时,也使得"社区"这一词语拥有了文化上的象征意义。有论者把"社区人系列"结构称为"糖葫芦式的"或"橘瓣式的",独立成篇,又彼此呼应,有些人物贯穿各篇始终。这一结构方式很有印裔英籍作家奈保尔《米格尔大街》和乔伊斯《都柏林人》的意味。

劳马2011年发表短小说集《潜台词》。劳马一直以来专注于短小说的写作,有许多作品比我们通常的短篇还要短,长不过三千字,短的四五百字。作者把"短"看做自己的艺术追求,曾戏谑地宣称"超过两千字就是长篇小说了"。他推崇博尔赫斯对"短文学"的阐释:相对短小的叙事性作品,充满了通向文学疆域四面八方的踪迹和回响。作者认为"短小说的特点是:可以从各个地方切入。社会生活本身就是多姿多彩的,当小说多了,变成小说集的时候,主题各异,人物相差很远，更接近现实生活的原貌"。

《潜台词》涉及面非常广泛，教育体制、官场文化、社会生活等等，每一篇小说就像一个词条，以"关键词"的方式把社会生活的各个层面呈现出来，把大题材、大场景、大事件浓缩到狭窄的空间里面。一篇小说一个取景器，细微具体，并且栩栩如生，非常鲜明。把这些作品合在一起，可以看做是一部小型词条式的"百科全书"，通过一个个词条，以"关键词"的方式把我们时代的总体生活形态形象而又高度抽象地概括出来。《非常采访》是对当代病态的媒介文化下人的自大幻想症的讽刺，让人不由得联想到活跃在我们生活中的"芙蓉姐姐"、"凤姐"之类的人，她们其实是整个社会病态文化和精神生态的投射；《情况会发生变化》、《潜台词》、《脑袋》、《佩服》是对病态的官场文化与官场生存状态的描写，《辅导员》、《调研》是对腐败的教育方式和学术方式的反讽，《霍老头儿》、《够意思》是对小人物的卑微生存和亲情的冷漠的书写。《一封遗书》、《国家规定》，思想含义特别丰富，用最简单的形象塑造把小说的意义给呈现出来，而且是一种特别开放的、多义的思考。《一封遗书》只有短短七八百字，既写出了博士的陈腐、无奈和愚昧，也以反讽的方式揭示了中国知识分子的命运和教育制度的问题，同时，也写出了中国金字塔式的教育给普通人带来的巨大伤害。《国家规定》以高度简约的方式写出了"国家规定"在中国生活中的巨大威力，其隐喻与象征的意味甚至超越于许多以皇皇巨著来揭示这一主题的作家作品。《脚不沾地的人》以后现代的幽默给我们呈现出了当代生活的荒诞和人性的变异，极具卡夫卡小说的意味，但又有所不同。卡夫卡用一种沉重的方式来表达人类生活的荒诞，劳马却用一种狂欢的、反讽的、幽默的方式来传达这一存在形态，意蕴悠远。如他自己所言，"体量无限小，能量特别大，得有意味，不是惊涛拍岸，而是像涟漪一样，慢慢荡开来，绕梁三日。"

劳马的创作风格很有特点，没有受过科班训练的作家那种特有的文学性和模式化的东西。文体大胆而灵动，题材新鲜，无一不可以入笔。修辞风格也很有个性，语言极其丰富，谚语、顺口溜、官场套话、歌谣，随手拾来，看似是野生的、未加修饰的粗俗的生活语言，但同时却也是自由的、放纵的，这使得他的文本具有民间性和批判性，并具有"自成一体的均衡性"。他的幽默是一种文学浪漫主义时代夸张而诙谐的"笑"，具有生理特点的、富有光彩的笑。《非常采访》采用巴赫金的对话体，以"第一人称"相互观照的方式写作，人物在这一互文中呈现出真实的形象，笑声不断，哈哈大笑式的、尽情夸张的书写。《情况会发生变化》、《霍老头儿》则具有更广泛的象征意味，文字极具氛围感，不动声色，但意蕴尽在其中。

蒋一谈的《赫本啊赫本》也颇被重视。他的语言很简单，刻意通过一种简单的语言，甚至是简单的情节来塑造一种纯粹的悲凉，《China story》以一个老父亲对身在异地的儿子的想念作为主题，形象地描述了当代中国新生活的特质与寂寞。他的故事都不复杂，有时甚至觉得太不复杂了，但有一种清澈、透明的感觉，这使得他的小说很有风格，也很大胆。在这样一个追求小说语言密度的文学环境下，这样风格化的尝试往往意味着某种风险。

邱华栋、劳马，包括阿乙等人的小说都有非常明晰的文体意识。从文体的角度来看，中国古代的《聊斋志异》、《世说新语》、《阅微草堂笔记》、《儒林外史》、唐传奇、宋白话小说"三言二拍"等等，都可以算做短篇小说的范畴。《阅微草堂笔记》其实就是糖葫芦式的，每一段一个小故事，一个小故事就是一类人生。"三言二拍"全方位地展示了明清时代的市井生活，一文一形状，商贩、妓女、书生、媳妇、泼皮、小姐、老鸨，略带色情，事无巨细，纤毫毕现。《聊斋志异》，狐怪横行，亦真亦幻，作者把两个世界打通，浑然一体，狐仙来去自由，可生子，可治病，完全是世俗生活，但达到了内在的均衡，读者不会被"真、假"问题所困。《聊斋志异》是春秋笔法，大开大阖，天地人鬼，信手拈来，随手挥去，没有任何禁忌。它最终给我们建构了一个古代文人世界，从文人对世界的想象和观察，再现了那个时代的各种风俗、人情和生活情态，合起来就是一个完整的时代史和风俗史，犹如大百科全书。每一个人的故事，都只是一个棱面，合在一起，不同棱面折射出不同层面的光，最终构成一个大的世界。《潜台词》、《可供消费的人生》都具有这一特征。

如果把这一文体特征放置于整个时代背景之中，就会产生如此问题：短篇小说跟当代生活的关系是什么？它的意义又在哪里？从某种意义上讲，中国当代生活的复杂性，它的碎片化、同时空性、多重性远远超出我们的想象，这使得长篇小说遭遇很大的挑战。三五个主人公的故事，开头、发展、结局，在一个有限的框架内通过完整的故事建构某一世界，某一种历史，这要面临很大的挑战，当代中国生活已经很难用一个完整的故事呈现出来。读者在阅读的时候，会不断地质疑，不断与作家所描述的生活进行对话、批驳或否定，因为一种完整性的欲望会使作家不自觉地希望做预言家和道德家。短篇小说可能不需要这一预言或完整性，它在当代的意义，或者能够很好地契合中国现在碎片式的多棱镜式的生活状态。如劳马的百科全书词条式写作，他所涉及的题材和内容包罗了当代生活的方方面面，但作者并不试图去进行全方位的宏观的解释，而是从一个切片入手，一个形象的故事，在戏谑和狂欢化的变形夸张中完成故事和想象。作者也有意识地运用各种语言形式和文本方式去完成这一"短"的艺术性和思想的含量。邱华栋的"社区人系列"也是有意一篇完成一个侧面，甚至揭示一个问题，最终呈现出某一类生活的某种真实和存在镜像。这或许也是近几年短篇小说逐渐获得重视的原因之一。

"异质"书写

阿乙是近年来声名渐起的作家。他的小说弥漫着一种"巫"气。魅异，阴郁，又极其真实。短篇小说《杨村的一则咒语》写的是一个村庄里两个妇女因丢鸡而产生的矛盾。钟永连认为吴海英偷了自己的鸡，而吴海英则说自己没有偷。于是，她们拿自己的儿子下了恶毒的诅咒。作者把这个平常的乡村故事写得扣人心魂，充满着不可预知的宿命、恐惧，这一宿命既是中国古代观念中的"善有善报，恶有恶报"，"人作恶，天知道"，也体现出中国生活最日常的经验性格。作者并非只是为了塑造某种神秘的氛围，而是从这一诅咒开始，给我们展开了一幅更广阔的当代生存画卷。吴海英的儿子打工挣到钱回乡炫耀，却因为钟永连的举报被警察粗暴地追捕，最终仓皇出逃，钟永连的儿子也因在高度污染的工厂打工中毒而死。诅咒似乎应验了，但这一应验却是残酷的社会现实带给两位普通的乡村妇女的。两人都被社会诅咒了。整个阅读过程让人揪心，怦怦直跳，忍不住诱惑，就像一个好的魔术，想继续往下探个究竟，一种危险的真实，有独特的魅力。阿乙的小说，从来不正面强攻，即使批判某一社会现实或人性存在，也是以一种结构式的、巧妙的文体架构和氛围塑造呈现出来，小说的批判力量不只是通过故事呈现出来，结构往往具有很强的思想力量和故事因子，具有一种内在的悲剧力量。

　　从神话故事、志怪、传奇、笔记体，到《聊斋志异》、三言二拍，中国的虚构书写一直有"异"的传统。"小说"最初的含义就是"道听途说者之所造也"，在这一概念的强调统摄下，出现了《搜神记》、《世说新语》、《阅微草堂笔记》等志怪传统的书写。到近现代时期，才有梁启超的"论小说与改良群治之关系"，小说的启蒙功能被强调，志怪传统则被逐渐遮蔽。阿乙的小说承继了这一志怪传统，但同时，又渗入西方文学传统，形成一种独特的神秘风格。《儿子》写一个小镇女人失去儿子的故事。一开始很平常，但当一条狗被警察作为她的儿子轻飘飘地、粗暴地扔给她，而这个懦弱的小镇女人并没有反抗接受了小狗之后，小说开始变得诡秘、怪诞，让人不安的力量控制着整个文本。小镇，派出所，整个生活的空间仿佛被施了魔法，每个人都在谎言中满怀创伤但却又心安理得地生活，并逐渐获得幸福感，最终，警察漫不经心的杀戮再次使女人的"儿子"（狗）失踪。至此，故事达到了高潮，这个小镇女人再次面临着被"异化"和被"侮辱"的命运。其实，当她接受"狗"作为自己儿子的那天起，她已经是非人的存在，阿乙的字里行间让我们幻化出一个有着动物形态的女人形象。

黄惊涛的短篇小说集《花与舌头》以光荣镇为核心，以半寓言和象征的形式，写小镇生活，写各种人性、人生。小说极其富有想象力，一种特别飞扬的状态。阅读他的小说，就像经历一次飞翔。作者的语言非常清新、干净、梦幻，也有幽默感，类似于寓言故事，甚至可以说是童话故事，但却远比寓言故事的意蕴丰富、复杂。它的每一个故事都是超现实的，但所有的隐喻又是关于现实的政治、人性与人生的，《不允许说梦话的人》、《庆祝监狱万古长存的人》、《因讲故事遭驱逐的人》等都是关于政治对人的压抑与统治，但是，作者讲出的却是一个奇异、轻盈的故事。《没有舌头的人》开头就是，"听众，感谢你从遥远的现代赶来，听我讲有关我朋友孔德的事情。"孔德因为家族遗传长着"一只婉转的舌头"，因此，被派去给将军充当翻译。"这样一只优秀的舌头，必将很好地继承他的职业，为家族带来荣光，亦必将遭受厄运。"最终，因为爱上了将军所征服的暴烈的女人，那个女人教他学会说"我爱你"而获罪。孔德先生没有逃脱家族的宿命，被割去了舌头。"与我的先辈不同的是，他们因言获罪，而我是因爱丢失了舌头。……由于将军的恼羞成怒，他发布禁令，永远禁止那个字、那个句子载入词典，并禁止在我们大树林、光荣镇的民间口头流传。"作者把人类历史和文明模式镶嵌在寓言的框架内,没有任何触及现实存在的地方,但却具有普遍性的隐喻,非常富于想象力。李敬泽称这样的作品是"野孩子","小说应该是个野孩子——不是小学里当上课代表、随时准备打小报告的孩子,也不是长大了西装革履的成功人士,而是吸溜着鼻涕,有小兽一样的眼睛,上房揭瓦爬树掏鸟,恶作剧的、有纯真的善和纯真的恶的孩子,他身上有一种'摩罗诗力',通灵,通着另外某种幽暗的、光影闪烁难以言表的意义。"①《花与舌头》的所有篇章都是以光荣镇为背景,每个故事既有相关性,又有独立性。"我"来到光荣镇,或者"我"就是光荣镇的人,光荣镇集中了各种遭遇的人,他们以讲故事的方式呈现自己的传奇人生,并和光荣镇一起再次生活、经历世界。作者把光荣镇的权力的、普通人性的、家庭生活的各个层面都写得非常完整,给我们构筑了一个轻清、透明的生存空间。"作者致力于表达关于人类事物的思想,但他的思想在讲述与想象的自由伸展中经受辩驳和反讽,从而达到对人的真实境遇的敏锐洞察。"这样一种简单、饱满和轻灵的文字和寓言化的书写在 2011 年的短篇小说创作中也堪称异数。

东君的小说则具有相反的方向。他的中短篇小说《苏静安教授晚年对话录》、《出尘记》、《先生与小姐》、《范老师,还带我们去看火车吗?》等都是具有古典气质的作品。类似于"巫",有灵性、神秘,但却不是阴郁、压抑、怨愤,而是安静、淡远,有文人之雅与朴素的信

---

① 李敬泽:《花与舌头·序》,三联书店 2011 年版。

仰。东君拥有对古代文化——包含文学、哲学、精神状态和意象——的把握能力和阐释能力，并且能够把这些转化为自我精神和文本精神的一部分。

东君的大部分小说都以传统文化和乡村生活为核心，但是，读起来却是一种既熟悉又陌生的感觉，他所写的乡村的神神道道的东西，佛教、儒释、道义、宽恕，都被我们的科学认知遮蔽掉了，但实际上又存在于我们的生活当中。东君没有把传统文化的那些信念、生活方式作为"知识"去书写，知识是死的，是属于过去的东西，而是把它作为活生生的乡村经验去书写，它们具有日常性，活的，还存在于我们的头脑和意念里面，他把这些给呈现出来，并让我们意识到这一传统经验和传统生活的美和生命力。作者对传统文化在当代生活中的境遇进行书写，对乡村的民间文化、民间生活进行深度挖掘，但是，不同于"五四"时期的批判书写，他把这些作为一种经验的情感方式去写，他通过地方文献、传统文化、民间故事，包括一些民间知识的梳理进入，让我们看到它们在当代生活中的生命存在。它们并不仅仅只是作为故事元素，是和当代生活浑然一体的。东君的语言非常有古典意蕴，不仅仅是知识的古典，而是语言元素和精神状态的古典，这体现了他的修养和对中国生活、传统文化深层的理解力。

东君小说基本上有一个村庄原型，这一村庄不是封闭的村庄、乡村，跟当代的乡村现实是相通的，打工、走私、做小姐、乡村老师、黑社会等等当代社会的核心词语和核心问题在他的小说中都有展现。《先生与小姐》写一个独行远游的男人到一个村庄，接触到这个村庄里的一个女人,在城里从事不明职业但却在家乡希望获得净化的女人。故事非常淡化,甚至没有冲突,但是,却让我们看到乡村心灵的古朴及在这古朴中人所获得的洗涤,即使其中掺杂着利益的东西。《出尘记》描述了"我外爷"和"我舅舅"的形象,两者之间相互隔离,但最终却具有精神的相通性,外爷的自我约束和对人、事和物的宽容,既是古典主义的儒士,同时,也拥有某种信仰的气质力量。这是乡村独特的"宗教",言传身教,清明澄澈。《范老师,还带我们去看火车吗?》以凶杀案起,又以凶杀案结。有阴郁、神秘之意,但行文中却又有开阔、疏朗之空间,如同鲜血梅花,一种恐怖的意象之美。

东君的小说提供了一种我们重新进入乡村的方式,也为我们提供了一种中国式的想象,这里面涉及到一些核心的问题:什么是中国式的生活,它内在的生存肌理、思维肌理是什么,它包含着哪些为我们所忽略掉的、遗忘掉的、遮蔽掉的文化因子?他的创作为我们提供了一个方向:雅正的、古典的写作并非只是方法,它也是我们的世界观和生存现实。这一雅正的写作在当前文坛创作中几乎也成为"异质"书写。

"冷""暖"交织

相较短篇小说而言,2011年的中篇小说老成持重,整体看来是一种扎实稳妥又不失水准的写作。张楚的《七根孔雀羽毛》《夏朗的望远镜》,刘继明的《北京和尚》,王十月的《寻根团》,文珍的《安翔路情事》,姚鄂梅的《你们》等都是其中的优秀之作。

  张楚的中短篇小说一直具有清晰的风格。细腻的语言和平淡的叙事之间始终保持着微妙的张力,使得整个文本,所有的人物、细节、景物都能够统摄在一起,形成一个意义的空间。没有闲笔,却又疏淡,朴素之至,但细节又惊心动魄。张楚小说的故事一般以小城或小镇为中心,人物也多是平常的小人物,年轻的公务员、小镇裁缝、公司职员、农民,等等,普通人生,普通的悲欢离合,普通的思绪和人生轨迹,恰把中国小城生存样态给呈现出来。《七根孔雀羽毛》写了一个无所适从的人的生活。被金钱躁动着的小城,道德、婚姻、精神都被这躁动卷了进去。因为没钱,宗建明失去了妻子、儿子,成了美容店老板娘的附庸,最后,成为一个局外人,一段可有可无的阑尾,被别人也被自己厌弃,并且,卷入到一场凶杀案中。作者在文中反复出现关于浩瀚星空和渺小地球的描述,"宇宙里肯定有不计其数的外星人。他们之所以没有冒昧地打扰我们,只是因为,整个地球在他们眼里,只不过是玻璃球那么大小的一个玩具。有谁会跟玩具过不去呢?我们这些人,不过是依附在玩具上的细菌。或者说连细菌都不如,只是一个个原子那么大的物质。"这也可以看做整篇小说所试图给读者创造的空间感和生存感:迷茫、渺小和无奈。《夏朗的望远镜》稍有改变,以略带奇幻的情节写了一个年轻人渴望挣脱和无法挣脱的故事。世俗生活就像一个巨大的泥淖,人在无知无觉地挣扎,也无知无觉地沉沦。偶尔的亮光仿佛流星,稍纵即逝,无法照亮漫长的人生。"望远镜"在文中具有强大的象征意味,它代表着夏朗的精神追求和某种超拔的事物。

观察并向往着遥远的星空,这是夏朗唯一能够摆脱让他窒息的现实生活的时刻,但是,他始终无法安静地、自我地、孤独地去保持这一点爱好。爱情、婚姻、家庭像温暖的沼泽,拼命地拖他下去。作者在文中设计了一个来自太空中的女孩,略显做作,但也给整个文本带来一丝光亮,预示着生活的新的可能性。

  刘继明的《北京和尚》描述了当代都市生活的复杂性和多重性。小说给我们呈现了生活内部巨大的扭曲感,但在这一扭曲之中又有某种坚持和不妥协的力量。整部小说有一种安静在里面,这一安静不只是和尚的超脱及宗教本身的性质。作为和现代复杂生活相对应的事物,佛教,或者追求简单、安静,它的内在精神具有一种和世俗社会、现代文明反向存在的澄澈和清明。这一清明也是人生存在的本源意义,也可以获得幸福、美好,但是,它却越来越被破坏,现代人也越来越不相信。小说蕴含着一种彻骨的心痛,因为美好的、自然的生活的丧失,也因此,小说有某种古典意味和批判意蕴。王十月的《寻根团》是一部很有生活气息的小说,展示了时代的平庸的丑和永恒精神的丧失。具体的、但又很深远的悲哀,略有悲剧的意味。小说分两条线索并进,一条是企业家回乡,它是文化公司策划的"衣锦归乡之旅",其中的明争暗斗既庸俗又真实,刻画人在金钱、名利面前的世俗和丑陋;另一条线索以贫穷打工者归乡和"我"对家乡村庄变化的描述为线索。一边是觥筹交错,尔虞我诈;一边是贫困无奈,愤而自杀。作家并没有把两条线索设置为完全二元对立的价值判断,而是以一种相互"无关"的冷漠写出当代生活的严重分化和彼此的隔离。整部小说非常宽厚、有气度，显示出作者调度各种文学元素和生活元素的能力。哲贵的"信河街"系列小说也非常有韵味。《信河街》《铜手套》《试验品》写南方发达小城的商战，生意竞争犹如战场，人性也在其中被慢慢消磨，亲情、爱情、友情都有所变质，被利益所包裹。哲贵保持着一贯的锐利和透彻，但其中也包含着某种宽容，显示了作者对生活和人性的某种态度。鲁敏的《不食》则以一个患有强迫症和恐惧症的人的生活为切入口，写出了当代生活内在的不安全感，这一不安全感犹如病症蔓延在中国生活的每一空间中。《不食》显示了作家对现实生活具体问题的关注度和艺术化处理的能力。甫跃辉的《骤风》非常短，以街景一角为主题，书写了辛酸、绝望与温暖、深情相互交织的人生，它显示了作家处理复杂人性和充满悖论的生活的能力。

自先锋文学以来，卡夫卡式的绝望、荒谬一直是中国作家所追求的目标，余华、格非、李洱、朱文，包括五十年代作家的作品，都有着明显的卡夫卡气息，绝望和寒气始终充斥在当代小说里面。就本质而言，一个作家很难和自身所处的生活达成妥协，书写绝望、荒诞的存在是最为常态的层面，并且，似乎绝望、阴暗的东西更能够吸引我们的内心，我们的审美习惯也在趋向于这样一种写作观、世界观。但是，如果所有的作家都只书写这一层面，都只感触到这一层面，那就又显示出文学的贫乏和作家思想的乏力。这一全方位的模仿（文学结构、思想认知和情感方向）需要中国作家警惕。作家似乎失去了描写欢笑、幸福、美好、温暖的能力，即使去触及这一主题，也容易变得庸俗、浅薄。中国作家不会写"善"，从另一层面讲，也不会写"恶"，一不留神，就变成了对人物或对社会的绝对价值判断或主旋律式的升华。"善"起来有点假，"恶"起来有些"恶俗"。这是当代文学很重要的问题。

  2011年中短篇小说一个最大的变化就是绝望或灰暗之中有光亮，混沌不清但却久远的光亮，形成一种"冷""暖"交织的文学品格。这一光亮具有文学的和现实的力量，显示出作家的世界观在逐渐成熟，对人生、社会的包容度和理解力也更为宽广。阿乙的中篇小说《小人》中的妓女金琴花身上充满着混沌的善与恶，有着混沌生活中暧昧的亮色。这一亮色无法穿越充满污垢的生活，被阻隔在历史深处，但仍幽幽发光。小说因为有了金琴花而多了一种肉感的美在里面，这实际上是善的，这种美既有人性的美，也有文学的美。姚鄂梅的《你们》以一种曲折的文笔写出了都市对立和内在歧视对普通人所造成的心灵创伤，但最终却没有完全冰冷。这并不是作家特别做一个抽象的升华的结尾，而是作家对这个世界的看法还存有善意，对人的看法有那么一点点的善的东西在里面。作家通过文学的描述把这点善微弱地呈现出来。真正的善、温暖可以阔大而深远，包含着人类生活的本真和终极目的。俄罗斯文学一直有这样的传统。陀斯妥耶夫斯基在《白痴》中把人性写得非常恶，那样势利的公爵，那样的大地主对女性的摧残，那样肮脏变态的生活，写出了整个俄国的病态存在；托尔斯泰《安娜·卡列尼娜》中的彼得堡上流社会也是如此虚伪和顽固，富有反抗精神的安娜被困在偏远庄园的斗室，犹如困兽，非常绝望。但是这两部小说带给读者的并非都是绝对的恶心、丑陋，它有善，有光，有挣扎，因此，有美，有震动。相形之下，中国当代作家写出的是绝对的恶心，一种肮脏的、寒冷的感觉。对荒诞、寒意、绝望这样的词语，作家太过崇拜，却失去了应有的辨析。就此而言，作家所迫切需要做的是重新反思文学跟世界的关系。不是反思这个世界的存在（制度、政治、生活、情感）与人性有多么相悖，多么的绝望，而是重新回到世界之中，去思考这一世界哪些跟我们的内心有所重合。换句话说，当代作家所要努力建构的是和这个世界正面的关系，而不是负面的关系。寒意凛然的小说让人反省，雅正的小说同样也会让人深思。生活本身就是复杂而多向的，一个有责任的作家除了揭示生活、社会的不公和生存的荒诞之外，同样，也有责任写出希望，哪怕只是最微弱的存在。这样，才能够真正把握人性的全部，才能够写出有宽度、复杂性和韧度的作品。

带领读者穿越某些东西，穿越黑暗，穿越丑陋，穿越绝望——而不是让他们留在黑暗中体会这黑暗、丑陋和绝望——到达更为开阔的空间。这不是虚假的升华，跟主旋律没有关系，而是意识到人生、人性还有新的可能性。这是写作者对世界、社会、人类最终认知的体现。这或者是我们要重视的小说的新型伦理。小说与时代的关系、与人的内心之间的关系需要我们重新检视。就这一点而言，我很喜欢《花与舌头》，很奇丽，很复杂，同时很有诗意，文学独特的美带来独特的温暖之感，透露出作者内在的热情、乐观与阔大。《信河街》中的商战非常残酷，给我们展示了经济意识下人的复杂生存，硝烟弥漫，但是，人性还在微微发光。我同样喜欢东君和甫跃辉的小说，它们拥有这样穿越的力量。

亦"幻"亦"真"

类型写作，侦探、谍战（多是红色叙事）、科幻小说成为最近几年文学的重要现象和话题。麦家、龙一开谍战叙事之先风，韩松、刘慈欣等人使科幻小说超越了类型小说的范畴，以科幻为核心，探索人类生活、文明制度的终极存在，从而获得普遍性意蕴。韩松的中篇科幻小说《再生砖》以汶川地震作为隐约的背景，书写灾难之后人的精神和生活重建的艰难。"再生砖"本是一个建筑师为了灾区重建而设计的"人人都能动手生产的低技低价合格产品：就地取材，手工或简易机械就能生产，免烧，快捷，便宜，环保，因地制宜，尺寸随机，适应性强，无名有用，不受专利掣肘"的实用材料，但是，却因为它的"简单"和"实用"而被看做是"艺术品"。"再生砖"从"实用"变成为"艺术品"，这一微小的认知的不同最终导致人类情感的巨大偏差和极端发展。作者在此对技术、艺术与人类情感这三者之间的关系进行了复杂的思辨，对所谓的灾区"救援"和"重建"也进行了新的思考，"是不是正由于作品在国际展览上获得的空前成功，到后来才吸引了更多的建筑师和规划师，还有投资者、材料商、开发商等等，蜂拥来到灾区，参加了这项始终都被称为'救援'的工作呢？但这些人也是渴望着实现自己那颇具形式感而艺术化的再生吗？"

再生砖之所以能够成为艺术品，还因为它包含着某种情感的因素，在制作过程中，它需要防疫喷洒，"从建筑师的角度来看，之所以需要喷洒，是因为再生砖拥有的一个铁定现实——它本是三种东西的混和：尸体、废墟和麦秸。"此时，技术超越了技术本身而成为控制人类情感的事物，再生砖里的尸体因为被凝聚起来而具有了力量，失去了自己的丈夫和孩子的女人，在再生砖建筑的房子里，"她听到了两个人的声音，从砖缝里面，流淌出来。她爬起来，哆嗦着数着一块块的砖去看。她并不觉得恐惧，而是既惊且喜地意识到，用再生砖搭建的房子，并不仅仅是给她一个人住的。"在此，再生砖不再只是实用的工具，它变为活的机体、怀念替代品和逝者的居住地。再生砖开始统治着活的人。

作者把奇思异想以科学的方式进行详细的描述，如何制砖，甚至如何防疫喷洒，再生砖学如何形成，专家如何论证等等，作者都一一进行科学解释并进行发挥性想象，"再生砖学因此发展成为了一门综合性学科，而不仅仅囿于建筑学的范畴。它吸收了物理学、化学、生物学等学科的最新研究成果。再生砖被理解为一种物质综合器，一种基于激波能量的螺旋，甚至是玻色——爱因斯坦聚集的一种副效应。也有人试图证明它与高维空间有关，是时空漏斗的正向开放。还有人指出，再生砖重组了电磁场与引力场，改变了物理世界的某些性质，并使其重新几何化。这产生了不同寻常的结果及效应，使我们能够听到逝去亲人的声音。"这些富于想象力和启发性的解释使得科幻的细节具有了现实性，使得灾难之后的怀念变得真实、沉重和广大。但是，作家并没有停留在对沉痛和思念的单方面抒情上，进一步思考了怀念、过去与未来生活的辨证关系。当灾难成为了一种"展示"，当包含着亲人尸体的废墟成为商品、时尚，当再生砖成为工业化批量生产之后，它所具有的怀念、废墟、亲人等情感因子就完全变异了。工业文明的高效与最初的人工生产的缓慢、简单形成巨大的反差，原初的东西丧失了，即使没有丧失，它也成为亲人建立新生活的阻碍。最后，对灾难的向往竟然促成一种灾难探险，一群年轻人"为了玩酷，他们使用的也是一种低技术装置，即由空气搅拌机改装而成的机械，利用手工操纵两根曲式摇柄，带动一台旧马达，使人体在电颤作用下，经过约三个小时的缓慢震荡，解体成为一腔空气"。

作者对灾难、怀念及关于灾难的泛政治倾向和泛艺术倾向进行了科幻的、运动的、逻辑的分析，使我们对人类情感、人性、性格有了某种完全崭新的理解。这一理解所带给人的震撼和深思也使《再生砖》完全超越了所谓体裁的限制，涉及并探讨了文学的多个普遍性主题：生与死，爱及爱的变异，文明与人类社会，技术与人性。等等。或者，可以说，好的文学没有类型、主题的限制，它所面对的都是人类的终极问题。

2011年创刊的文学双月刊杂志《天南》以敏锐的眼光看到了科幻文学所具有的先锋性和普遍性，在第二期以"星际叙事"为总称做了一期科幻文学的专刊，其中有对国内外科幻文学发展的理论梳理，也刊登了一批国内外科幻作家的中短篇作品和相关评论。这是中国文学期刊首次以隆重的方式推出科幻文学。其中有中国作家韩松的《最后一响》、飞氘的《沧浪之水》、陈楸帆的《开窍》、杨平的《山民纪事》等。《沧浪之水》以好莱坞著名的科幻电影为一个个小主题，书写中国古典人物、古典精神，两者结合得非常巧妙、贴切。这无疑是一个崭新的创作方向。最先进的现代文明的幻像，穿越回最古老的中国生活，东方与西方、传统与现代、农业与工业之间发生了某种化学反应，结出绮丽而又陌生的文学之果。《沧浪之水》的文体和语言也很有创新，文体短小，语言含蓄、精巧，具有古典意味。陈楸帆的《开窍》则以一个被看做精神病人的神经外科医生的间歇性癔症作为核心叙事，把现实生活、阴暗制度及社会规则的黑洞给写出来，具有强烈的批判精神。

科幻不只是天马行空的想象，在这批作家的笔下，科幻从人类仰望星际之时的困惑和想象，回到人间，人间的亦"幻"亦"真"的生活，再由人类社会发展和科技的现实去想象未来世界的可能性。这一不断回环往复的过程，其实也是对人类社会的未来性和可能性进行描述，它们让我们看到，科幻、科学、技术蕴含着人类现实的全部，恐怖的、美好的、极端的、幸福的，等等。该如何面对人类自身的发展，这是所有人都要思考的问题。

长篇科幻小说往往表现出辉煌的、壮丽的、开阔的想象力，遥远的星空，完全未知的未来的人类世界，各种变异世界等等，非常完整，其中包含着作者完整的世界观。如刘慈欣的"三体"系列融合了对"历史"、"道德"、"宇宙社会学"、"宇宙生态学"的思考，甚至涉及时间的本质和秘密等等，这些都是人类存在所面临的本质问题，也因此，刘慈欣有着"以一己之力将中国科幻文学提高到世界级水平"的赞誉。韩松的《地铁》则以"地铁"这一都市生活中最普遍而又最具隐喻性的存在，黑暗、封闭、未知、速度，等等，虚构了地铁未来世界的恐怖和人类社会的大变异，有着人类毁灭的诡异、恶心和绝望，这其中蕴含着作者对现代技术和现代文明的批判和反思。而科幻中短篇小说则以某种轻盈的姿态，以特别清晰的想象轨迹对某一层面进行书写，能够在一定空间内给读者以印象深刻的美感和想象力的冲击。它很适合都市的日常阅读，是对都市沉闷、枯燥的日常生活很好的反击和对抗。

中国生活，中国故事

几年前笔者曾经写过一篇论七十年代出生作家美学问题的文章，文章最后，提到"及物"的问题：作家是否和这个时代、和自我的心灵达到了"及物"的状态？在某种意义上，文学修养的提升、技术的完善既成就了作家，同时也遮蔽了作家。因为技术和修辞往往导向某一个结构模式，很容易被套进去。恰如我们所处的时代，它的大众化、娱乐化、丰富性和混杂性成就了我们，但同时也遮蔽了我们。九十年代以来消费文化、工业文化长驱直入，一个人的经验也是所有人的经验，每个人每天看同一个电视剧，关注同一个社会事件，说同样的话，围观同一个微博，发出同一种感叹，正符合本雅明所言的"机械复制时代"的特征。所有人都被拖进一个看不见的时间黑洞之中，单调、贫乏、没有知觉。民众既对时代缺乏真正的感知力,也对自我的存在缺乏独立有洞见的判断。许多文学作品类似于"城市景观树",修剪整齐,细腻流畅,但特征不够清晰。经验较为趋同,体裁风格也过于模式化,以至于分不清彼此的相貌、特征和个人的修辞。文学也像塑料假花,可以快速生产,但是没有任何生机,缺乏独一无二的质感。

年轻一代许多作家放弃对社会、制度和政治的探索,论者在不同场合听到年轻作家对政治和大的观念的拒绝,把个性变为任性,变为一种坚固的新意识形态。这同样是一种早衰的征兆。作家不是以思辨的方式开辟新的道路,而是以某种文学化的姿态放弃"宏大叙事",急于表白自己没有多少野心,尤其是政治的野心。好像有野心、有宏大叙事的愿望特别落伍,这固然是作家强调个人性的一种表达,但同时也是一种顺应潮流的便捷的做法。于是,经常会出现这样一种情况,作家的语言是中国的,写的事件、故事也是中国的,但传达出来的精神气质却是西方的,与中国生活很隔。这与作家对自我生活的内在本质、对其真实性和社会性理解不深有很大关系。文学需要作家对个人、现实、社会、政治及它们之间的关系有超常的想象力和理解力。司汤达在《拉辛与莎士比亚》中宣称,"一切伟大作家都是他们时代的浪漫主义者。……罗马的艺术家是浪漫主义者;他们表现了他们时代的真实的东西,因此感动了他们同时代的人。路易十四的雕刻家是古典主义者;他们在他们的凯旋门(圣马丁门这个讨厌的名称倒是与之相称的)的浮雕上雕刻的却是与那个时代人们看到的毫无相似之处的形象。"① 做这一时代同时代的人,描述这一"时代的真实的东西"是最具有浪漫主义精神的写作,这或者对无法安置自我精神与时代关系的作家是一个很好的安慰。就中国生活和中国文学而言——它的复杂性、过渡性、交替性和混杂性——真正能够达到突破并获得更大内部空间的还是那些有宏大意识和对社会矛盾有敏锐认知的作品。

蒋一谈的《China story》写出了当代中国城乡之间巨大的差异,都市生活的压抑、老龄化社会的到来、家庭生存方式和情感方式的改变,具有很强的隐喻性。阿乙的小说传达出了中国小城和小人物特有的压抑和灰暗,既具有中国意味,同时,又有某种象征性和超越性。东君以一种安静的方式把被遮蔽了的中国传统文化的雅信和生命力给书写出来。这些作品都有特殊的韵味,不同于卡夫卡、福克纳、博尔赫斯,也不同于马尔克斯、加缪,虽然有学习和模仿的成分,但是,它们的根本来自于作家对自我身份和自身生活的体验和感知,来自于作家对这一身份和生活的内在渊源的某种理解力。并不是每个作家都能够感受、把握到这一渊源,它需要作家拨除附着在生活表层的厚厚的灰尘,需要作家对自身、对这一古老而又新鲜的世界、对这一喧嚣而又久远的生活有深切的体验和思考。

英国的约翰逊博士在所编撰《词典》的序言中说:"每一个民族的主要光荣都来自于作家。"这可能是许多当代作家所不愿意去理解的一

---

① 司汤达:《拉辛和莎士比亚》,上海译文出版社,1979年版,第68页。

句话。作家已经自愿放弃了这一光荣。实际上，我们可以说，陀斯妥耶夫斯基、托尔斯泰、索尔仁尼琴是俄罗斯的光荣，莎士比亚是英国的光荣，卡夫卡是布拉格的光荣，作家们承担了表述、丰富、思考民族精神和人类存在的责任，他们的文学扩大了人类生存的疆域，它所承担的也是拯救世界的职责。但是，不是告知世界哪一种政治正确、科学如何发展的职责，而是承担呈现世界内在性和多种可能性的职责。作家有责任把世界的浩瀚、内在和复杂给呈现出来，这一世界所能包含和示范的一切应该远远超于我们的日常感知。

美国社会学家米尔斯（C. Wright Mills）认为，"社会科学家首要的政治与学术使命是搞清当代焦虑和淡漠的要素，在此，二者是一致的。……正是因为这个使命和这些要求，社会科学正在成为我们时代文化的共同尺度，社会学的想象力正在成为我们最需要的心智品质。"① 文学也是社会科学之一，它要承担的正是描述并寻找"当代焦虑和淡漠的要素"。文学的想象力不只是个人的飞翔，个人的烦恼与命运，与公共议题、当代政治、历史面貌息息相关。反过来，公共的焦虑与淡漠也是个人化的扩展。

从这个意义上讲，不是有什么样的世界，就有什么样的文学。而是有什么样的文学，就有什么样的世界。不是现实赋予作家什么样的写作，而是作家能给现实带来什么新的启示。这一反过来的说法可能会使作家获得一种解放，从现实的焦灼中解放出来，以自由的、更

---

① （美）C.赖特·米尔斯：《社会学的想象力》，三联书店，2005年版，第12页。

宽阔的心灵重新进入，给世界以启发。"文学就是自由。尤其是在一个阅读的价值和内向的价值都受到严重挑战的时代，文学就是自由。"苏珊·桑塔格的这句话或许特别适合目前中国文学所面临的境遇与所要思考的问题。

土地的黄昏

"天色已黄昏。大地的轮廓消失了。黄昏是'明'与'暗'、'生'与'死'、'动'与'静'的交界处。越过这个界限，一切可见的'动'都变成了'静'。大地上的一切事物，都以一种'死寂'的形式在悄然生长。土地沉睡了，但它的分子和元素还在悄悄地行动，尘土的微粒和草叶的根茎都在喃喃自语。农民也沉睡了，但他们的梦还没有睡，梦在召唤稻谷和子嗣的种子选手。"

黄昏降临，阳光将退未退，光亮与阴影、温柔与热烈同时存在，大自然与生活显示出它的多重特性和内在的矛盾性。是的，黄昏是矛盾的，它暧昧又复杂，却呈现出生生不息的永恒奥秘。这一充满着神秘气息和辩证存在的开头奠定了张柠《土地的黄昏》的诗性特征。诗性，并非只是一种抒情或修辞，更是一种对存在的体验，一种感受及理解事物的角度。它不是对单纯的美的召唤，而是对万物生长的复杂性和内在的过程持最虔诚的态度，倾听、思考、体会，从中得到情感或理论上的思考，最终获得与自我、自然、各种事物同在的生命感知。

哲学的原则在于定义，社会学、人类学也是试图从一个部落或族群中寻找出某种规律性的和普遍性的存在。但是，这不是《土地的黄昏》的任务，张柠并不想从中抽取一个类似于费孝通《乡土中国》那样的概念总结，相反，他认为，他的首要任务是"拆解"，是还原性的，"将笼罩在乡土之上的一些概念、成见、话语所构成的'覆盖物'拆除，让它们恢复到'分子'状态（或者说'材料'状态）。而所谓的'编码'，就是将那些重新变回材料的新的乡土文化'符码'，重新纺织一次，编出来的不再是概念，而是图案。"

在这里，"拆解"并非后现代主义意义下的碎片化或虚无化，也不是推翻或重新论证之前我们已认知的种种概念，张柠避开本源性的抽象理论探讨，重回大地深处，去寻找一个个细节和节点，让这些细节和节点鲜活并且富于象征力量，最终，组成一幅完整的"图案"。或者说，张柠想做的是，避开正午强烈的阳光（它会遮蔽一些事物），来到"黄昏"时刻，大地疲倦、光线减弱，各样事物自在呈现，花的萎顿、露珠的生成、灰尘的下落、房屋的阴影、儿童的奔跑、器物的位置都因"明"与"暗"的临界点的到来而更富意义，更富时间感和结构感。他的目的既是为了判断这是一种怎样的生活和结构，每一种话语、每一个"器物"背后包含着怎样的生活方式、心理机制和控制作用，但同时，又不想因为这一判断而牺牲掉其中每一个的"在"，两者互相彰显，并且处于"均衡"状态。它所写的既是人，个体的活生生的"在"，但又并非这一活生生的"在"本身，而是以其背后的象征性为基本起点。或者说，他把"人"放置于结构之中，但结构却并没有束缚其中人的存在感，这也是他所强调的"用理性捕捉消逝"的根本所在。

张柠强调自己是一位"体验者",是以强烈的经验色彩去感受这些"体验"。体验,即在内部行走,能够看到内部的纹理,能够感知到那纹理的粗糙、闪亮和灰暗之处,这是纯粹的观察者所无法体会到的。他把自己在小小的竹林垄村生活的二十年作为思考和叙事的基本起点。作者毫不避讳自己的经验主义色彩,并且认为,人类文化活动是一种"活的类型",只能靠经验的"类比"来完成。中国社会正处于急速变化的时期,每一个问题、每一种事物都面临着多样的和复杂的变化,此时,经验主义反而更具有有效性。打开《土地的黄昏》,土地、原野、植物携带着时间、空间和历史的气息扑面而来。在这敞开的空间内部,我们看到了各种已经遗失于时间之中的家具、农具、玩具、食物、服装,它们栩栩如生,仍然在某个繁忙的农妇手中,在奔跑的小孩腿间,你几乎可以听到那小孩尖锐的呼喊和迎风而落的汗水。

《土地的黄昏》为我们建构了一个关于乡土中国的百科全书式的意义空间、生命空间和象征空间。在前六章中,作者从乡村的时间、空间特征开始,对乡村"器物"(家具、农具)、玩具、农民、食物等进行层层分析,深入阐释乡村的认知结构和基本来源。土地的、乡村的时间是一种怎样的时间?张柠对时间类型、时间数字、时间词语等进行详细的文化学意义的解析,把时间分为五类:"生态时间"(自然的)、结构时间(实践的)、节日时间(反实践的)、机械时间(人为的)、心理时间(体验的)五种。"生态时间"是最初的时间类型,与自然的变化、季节的轮回、生命的循环周期相吻合;"结构时间"则是人类社会化程度不断提高的结果;"节日时间"是对"生态时间"的轮回性的一种绝望的救赎,通过仪式化的时间记忆让时间凝固并缓解焦虑,最终形成相对应的"心理时间",等等。同时,作者把乡村空间分为"地理空间和血缘空间"、"私人空间和公共空间"、"神圣空间和世俗空间"三组相对应的概念,并认为"在中国传统的乡土社会中,内部空间最稳固、最和谐的状况,就是纯粹地理空间与血缘宗族空间的重叠"。作者以符号学的方法对每一重空间中的符码进行了甄别、剖析和抽象,如对"祠堂"、"晒场"、"田头"、"墓地"的分析都非常新颖、独到,富于启发性。

值得注意的是,作者并没有把这些文化学意义的分析作为已经凝固了的"时间"和"空间"来书写,他敏锐地察觉到,在现代性观念的冲击下,乡村时间感发生了非常大的变化。他在书中举了一个非常有意味的例子,"我"回到空虚、破败的村庄,正在打麻将的"族叔"不同于以往的热情接待,而是出现了激烈的姿态矛盾,即在"站立待客"和"坐下摸牌"之间出现了冲突。在这样的身体姿态和表情姿态下,作者意识到了"麻将时间"在乡村的蔓延和控制性,"在麻将(赌博)时间面前,自然时间和生态时间全都消失了,历史和祖先的记忆时间也消失了……它意味着劳动情感和土地情感的终止。"而乡村的空间也由于处于闲置状态而被抽空意义,变成了抽象的空无内容的空间,"如果土地丧失了增值、保值能力和抵押价值,如果生产丧失持续性,如果空间丧失可再生性,如果共同认可的生产价值准则破裂,乡村便会变成一盘散沙——身体活动与土地空间脱节,意图与实践活动脱节,存在与经验脱节。这就是'家园'即将丧失的征兆。"的确,在现代性的轴心中,乡村的土地已经失去了其本真的存在价值——植物性和生产性,它正被抽离并变为城市资本的一部分。具有生命力的乡村空间正在丧失,它也是我们的"家园"丧失的物理体现和心理体现。

时间和空间是乡村和大地得以在人类文明史和心灵史中存在的总体性图景,而真正使生活得以呈现的是由人产生的各种"器物"。"它是农民个体器官的延伸部分",但同时它又不是被动的工具,当它被制造、被使用并经过时间的洗礼之后,它反过来又"对农民的行为方式进行控制、规训和改造"。从第四章到第七章,作者详尽地讨论了乡村器物与农民的实践和乡土文化的关系。读这几章,一个已被遗忘了的、但又无比丰富芜杂的完整世界慢慢浮出历史地表,堂屋的长条形香几,香几正中央供奉的祖先灵牌、土地神、观音、菩萨、毛泽东像,坛、缸、仓、八仙桌、马桶、火桶、镰刀、锄头、耙、犁,还有牛、马、驴等"移动的器物",还有,小孩的铁环、飞镖、弹弓、陀螺等五花八门的玩具,等等,几乎相当于一本博物志。张柠在乡村大地上寻寻觅觅,把丢弃于无名角落的每一个细小的物品都捡拾起来,细细打量,寻找时间和意义。

器物并不只是器物,它承载着的是农民的文化方式和生活方式,也承载着不同的时间感和精神存在。作者从对农具的形状、力学原则分析看到农民的节约原则和在场原则,而现代化工具却因为便捷和集约而导致了污染和破坏。同样,乡下孩子的玩具往往自己亲手制作,并最终成为他个性和生命的一部分,每一个玩具、每一种游戏都有自己的性别、气质,并且,它背后蕴含着泥土意象、粪便意象和植物意象,蕴含着一个小孩的荣誉、幻想和生命成长,而城里孩子的玩具则是可复制的,仅仅是一种单纯的消费行为,玩具的独特性和生命性则被取消。

从第八章开始,作者从时空、器物(人的存在的延伸和背景),进入到人的内部研究和社会史的研究,作者花费了七个章节对农民性格、心理,乡村的婚姻、爱情和乡村社会结构进行阐释。在这些章节里,作者从大的层面对乡村的权力结构,如族长制度和权威的生成、乡村秩序的建构及与现代国家价值体系的差异层层剖解。这些与费孝通《乡土中国》的论题有所相同,但张柠选取了完全不同的进入方式。他并没有进行直接的理论表述,以自己的经验观察、体会权力的诞生和表现方式,如在对家乡的几位族长和族长式老人进行考察之后,他认为"族长的力量、智慧和威严不是人为强加的,而是铭刻着宗族、时间和记忆因素的。年纪大的族长都有女性和男性的双重特征,他应该同时具备男性的'力量'、'智慧'、'经验',以及女性特有的'守护'、'养育'、'亲近'等要素"。而现代"平等"观念的强行介入,瓦解了中国农民传统的"平等"观念和意识。作者认为,乡村传统公共领域的萎缩乃至消亡,决定了他们传统的平等观念的消亡。而这些传统,恰恰是建构乡村社会最基本的观念。它们的消失也意味着中国自身所曾经拥有的文化空间的消失。

与此同时,作者从微观层面对乡村各类人物进行准确、精辟又生动的描述和界定。从农民的身体学、姿态学、表情学细致入微地观察、思考他们的性格生成、心理期许、历史逻辑及文化样态。譬如理发匠、郎中等这种乡间边缘人物。张柠认为，这些人之所以一直是被歧视、被嘲笑的对象，与他们的流动性、不确定性及与身体的接触性相关，而造成这一原因又来自于乡土秩序的深层模式，那些"与身体相关的职业，会消解传统社会的禁忌，破坏稳定的秩序"。而乡村的"二流子"为什么能够在乡村获得某种程度的宽容？恰恰是因为他在替整个宗族执行"代理休闲"，他实现了其他人也渴望了的奢望。他的存在本身显示了乡土社会的整体压抑。譬如"相好"，这一词语在乡村本身就是暧昧的称呼，未婚或已婚男女、私奔通奸的都可以称为"相好"。在乡村，"相好"几乎是公开的秘密，大家既可以在背后批判、嘲笑他们，但在实际生活中又给予充分的包容。他们的存在样态都体现了中国农村观念中的某种宽松，概念的游离实际上是某种经验的游离。阅读《土地的黄昏》这一部分，你会感觉到，那长期游走于乡村边缘、并被各种话语所遮蔽的人重又从充满泥污的历史中站立起来，他们的面庞重又清晰，他们的眼睛重又睁开，深刻、富于意味。

在今天，大地、乡村和农民有越来越被简单化和问题化的倾向，他们的"黄昏"属性，那植物的、神秘的、温热的，代表着某种时空感和文明方式的属性正在被遗忘。现代都市的迅速发展和乡村的被遗弃都使得这些经验、记忆面临着被遗忘的境地，其意义和价值也随之丧失。但是，这样一种完整的经验世界和象征世界，这诸多在时间长河中闪闪发光的、承载着生命和历史的器物，这乡村种种复杂的人生和人格，是否就此失去了存在的空间和必要性？在此意义上，《土地的黄昏》通过对复杂图案的"发现"和"重构"来对抗这种丧失和遗忘。

读《土地的黄昏》,你会时时为作者知识的博杂、理论的繁多、记忆打捞能力和研究方法的繁多所惊叹。作者以知识考古学进入,把关于"乡土中国"的概念重新感性化,并进行新的分类、归纳和叙事;以符号学为基本方法,对乡村"器物"和乡村各类人等进行最详尽的阐释和描述,高度具体,又高度抽象。它包含着大量的社会学、人类学和心理学的方法,譬如对农民姿态的分析就可以说是心理学的完美实证,对族长权威的生成则很恰当地使用了社会学、人类学的分析方法,"器物"的那几章则是人类学、文化学、符号学和物理学的交叉结合。但是,张柠看重的不是一种"以数据为基础的理性的事实",而是"一种经验变化的事实"。他特别欣赏涂尔干的话,研究社会事实的准则:"既不包括任何形而上的思想,又不包括任何关于存在的本质的思辨,它只求社会学家保持物理学家、化学家和生物学家,在他们的学科开辟新的研究领域时所具有的那种精神状态。社会学家应该在进入社会世界时,意识到自己进入了一个未知世界;他们应该认识到,他们所要处理的事实的规律,和生物学尚未形成以前生命的规律一样是不可猜测的;他们应该随时准备去作会使他们惊讶和困惑的发现。"以面对一个"未知世界"的心态回到即将成为"过去和记忆"的世界,这需要作者清空那些已经成为碎片的记忆和被顽固占领的"现代性"头脑,需要以赤子之心回到大地上,并试图保持历史的连续性和生命的温度。这样,才能使司空见惯的风景重新陌生并产生真正的惊讶和困惑。

在西方人类学史上,列维·斯特劳斯是一位富于诗性的人类学家,他的《忧郁的热带》、《野性的思维》都因其诗性思维而使得他能够进入研究对象的生命深处，并以此发掘生命背后的思维逻辑和象征性结构。他的作品不只是人类学的，也是文化学的和文学的。中国人类学家林耀华的《金翼》也具备这样的诗学特征。诗性是一种包含着强烈生命感和大地体验的叙事，但它并不排除理性和逻辑。就总体而言，《土地的黄昏》甚至可以说是一个象征性结构。它整体的结构——时间—空间—器物—人——已经把乡村世界作为一个大的意义体系和生命体系给呈现了出来；它的语言方式更是一种诗性的象征结构，用感性的语言达到理性的穿透，既是一种审美语言，也是一种象征语言和逻辑语言。"农具记忆是一种缓慢而柔性的'肉体雕刻技术'，这是一种古老的身体记忆形式。在现代世界，它转换成战争、监狱、流放这些激烈的'肉体毁灭技术'。现代世界的日常书面记忆（阅读和教育）是一种记忆的假象，与传统的农民世界无关。……农具的历史就是惯例、习俗和经验，需要顺从和学习。农具的使用就是对肌肉的挑战和考验，需要支付和忍耐。只有肌肉的疼痛和疲劳才不会被人遗忘，这是古老的心理学原理。农具将记忆镌刻在一代又一代农民的肌肉上。使用农具在肌肉上产生的经验和记忆，是缓慢和恒久的。"这样精彩而富于意味的叙述和充满象征性、生命性、感性的理论表达全书俯拾皆是。

张柠谙熟乡村的语言方式，顺口溜、打油诗、方言、俗语、乡村荤段子等等这些充斥在乡村生活缝隙中的小象征，被随手拿来，运用在文本各处，妥帖异常。作者常有出神入化的比拟，如在谈到"击壤老人"所唱的歌谣时（日出而作。日入而息。凿井而饮。耕田而食。

帝力于我何有哉！），张柠认为王充对老人的批评完全不对（不知道帝王姓名；年老还要玩泥巴），并把老人比做最早的"左翼批评家"。这几乎有嬉笑怒骂皆成文章的味道，正是这样敏慧而机智的比拟，使得《土地的黄昏》机锋不断，引人入胜。书中很多章节的标题本身就让人浮想联翩，"镶牙者或毁容大师"，"配种者或叫春应急中心"，"二流子：替代性休闲者"等等，读起来风趣、幽默，把抽象的理念和思索化入到形象的故事中，但又直中核心。每一节既是某一概念的具象分析，同时，又是一个小故事。你拿起书，掀开任何一页，都会很快被吸引。

在学科归属上，《土地的黄昏》的确是一个异数。如作者所言，这本书在社会学和文学之间流浪了许多年，却始终两不靠，作者本人宣称"一开始就没有打算为某一学科写作"，它是一次自由写作，是一本"充满情感的理智"的矛盾之书。它丰沛、庞杂的气息，多种学科的反复交叉，感性和理性、具象和抽象并在，的确很难用某一学科或某一命名来界定。

但是，试图命名总是理论者的冲动，我想，如果一定要为它寻找一个恰切的叙事伦理的话，那不妨就称之为"黄昏叙事"和一本"文化伦理学"著作。只有拥有对黄昏事物的敏锐体验，只有能够深深地沉浸于黑暗降临大地前那柔和而暧昧的氛围，只有拥有对大地人生深深的爱与理解（那是一种基于自我和本源的爱），才能够有如此庞杂而多义的思绪，才能够对其中的每一种形态给予精确而微妙的叙述。

张柠有自己的野心，他在前言中对中西方人类学、社会学甚至历史学相关方面的论述进行了仔细解剖,并认为,现代以来,中国尽管出现了如《乡土中国》、《江村经济》这样的人类学著作,也有相当多的"三农"问题研究专著,但却始终没有一部"农民哲学"、"农民心理学"的文化史学著作,没有对农民日常生活和行为方式及其相互关系的全景研究的著作。他希望能够以自己的努力弥补这方面的缺憾。的确,《土地的黄昏》绕过抽象研究和问题式研究,从时间、空间进入大地,从大地到器物,从器物到人,从人到文化心理,再到乡村文化场域的建构,以一种全景式的图案再现了中国乡村生活的微观存在,而这一微观存在是以具象和抽象共在方式呈现的。它们把你带回到乡村现场,一个繁茂异常、生机勃勃的世界。你看到你自己从时间和大地深处跑过来,在你身后,一整个世界都慢慢浮现出来,山、河、树、草、房屋、床、缸、锄头、铁锹、耙子,那个仍然威严的族长,仍然在村口骂街的妇女,那个容易脸红的皮肤细白的裁缝,每样事物都携带着时间、记忆和历史的痕迹,你熟悉其中的一草一木,熟悉他们的行为方式。

  在此意义上,我们可以说,《土地的黄昏》是一部关于乡土中国农民日常生活的文化伦理学著作。这里的"伦理",是就广泛意义而言的。它不只是指农民、乡土的道德秩序,也指由时间、空间、器物和人交织在一起形成的那样一个井然有序、相互生成又各自自由的乡土世界,里面包含着中国一整套的生活经验、历史记忆和生命形态。并且,现代世界愈迫近,它的象征性、完整性和对中国生活的伦理意义就愈发清晰地呈现出来。

个体乌托邦的追求与困境

认识刘剑梅之前，就买了她的《革命与情爱》一书，深为作者理论的宽阔度、论述之细腻和思辨性语言所吸引，尤其是其中对女作家作品的分析，敏锐犀利，灵性四溢，颇具启发性。看简历后方知，她北京大学中文系毕业后就去了美国，先是在科罗拉多大学东亚系读硕士，接着在哥伦比亚大学东亚系读博士，之后在马里兰大学教书，《革命与情爱》是她的博士论文，全书用英文写就。

后来在一次会议中认识刘剑梅，且有机会深聊，聊家庭、孩子、女性，聊学术、理论和文学，颇为投缘。刘剑梅豁达、温厚，充满热情，思维非常开阔，而我感觉最为突出的是，在她身上，有非常自觉的"回转"意识。西学背景当然给她带来宽广的交叉视野和自如的纵横能力，但是，她并没有把此作为本源的学术思维，而是试图重回中国文化、哲学内部，从历史中去思考文学、文化及知识分子的命运。在她身上，你反而更深地感觉到传统的"在"，不是方法论，不是角度，而是一种本源的"在"——生活方式、精神特征和思想逻辑——这一"在"仍然存在并影响着一代代中国人的生活和精神。她的热情、敏锐,她对学术思想的热爱、对中国知识分子生活和精神的探索都与这一"在"相关。这一点,不能不说受她父亲刘再复先生的影响。她和她的父亲是亦师亦友的关系,既有传承、教诲,也有对话、碰撞,既是几千年文脉和知识分子精神相传的彰显,也有作为平等的两代知识分子之间的相互辩证和补充。《共悟人间:父女两地书》和《共悟红楼》就是这样的传承和对话的结晶。这种纯粹精神的熏陶和传承,在中国当代家庭中,包括知识分子家庭,越来越少了。能在这样一种氛围中成长、思考,这是刘剑梅的福气,也是一种启示。

正是在这样的精神传承和学术逻辑下,刘剑梅开始写作《庄子的现代命运》一书,"选择中国知识分子对待庄子的态度作为研究课题,因为庄子在现代中国经历了一个和现代知识分子、现代作家大体相同的命运。在我看来,庄子精神的核心就是突出个体、张扬个性、解放自我的精神。……庄子在现代中国的命运,正是中国个体存在、个体自由、个体精神的命运。庄子的命运在很大程度上,折射着中国文学在20世纪的起落浮沉,以及中国知识分子复杂的思想变迁和坎坷的心路历程。"在此意义上,《庄子的现代命运》所要处理的不只是庄子哲学本源问题,而是一个历史性问题,即中国现代知识分子在面对家、国、自我和政治之间的矛盾时,如何思考庄子,并为自己寻找支撑?他的路径是什么?反过来,庄子精神又如何渗入现代知识人灵魂里面,成为一种集体无意识,影响着他们的思想和创作?

沿着这一线索,我们必须重返20世纪初期中国社会的大场域,并重新面对一些基本问题:何谓"现代性"?在中国社会政治转型、"五四"新文化运动、国共之争和新的政治意识形态建构的历史变迁语境中,"现代性"追求给个人带来了怎样的解放、矛盾和悲剧?当国家和个人、革命和情爱、民族和自我之间的"现代性"有所冲突时,知识分子作了怎样的选择?这一选择背后有着怎样的哲学和思想源头?"庄子"的"复活"、"厄运"或"回归"反映出怎样的时代精神倾向和内在需求?反过来,"现代性"、民族国家建立的本身又包含着怎样的矛盾?个体自由独立精神如何以"变形"、"压抑"、"悖离"的方式出现于知识分子的社会实践和文本实践中?等等。这些问题都是探讨中国现当代知识分子精神史和思想史所必须思考的问题,也是《庄子的现代命运》一书所探讨的基本问题。

可以说,《庄子的现代命运》既是一部中国古典思想的变迁史,也是一部中国现当代知识分子的命运史。通过对郭沫若、胡适、鲁迅、周作人、废名、汪曾祺、韩少功、阎连科和高行健等十几位几乎贯穿百年中国历史的知识分子"庄子态度"的分析,作者给我们描述了一个"草蛇灰线"似的思想河流,它的流动方式、流动时间及遭遇到的阻隔和限制既显现了河流的空间形态,同时,也为我们勾画出了那时那刻的复杂历史样貌。郭沫若对庄子的态度为何前恭后倨?他对庄子的解释和塑造体现了当时怎样的社会文化状况,体现了"知识话语结构的权力和控制"怎样的"内在紧张感"?从浮夸的浪漫化庄子——把庄子作为"反抗宗教的、迷信的、他律的"个性解放的最早实践者,到苦闷时期——对庄子相对客观的学术性把握,再到匡济时期——对庄子功利的政治性颠覆,这前后完全迥异的"庄子态度"的变化显示了郭沫若对传统文化和哲学思想的功利性理解。但是,如果把郭沫若所面临的政治境遇结合在一起,我们也可以看到"中国现代知识分子在政治环境的压力下个性逐渐走向毁灭的悲剧"。作者分析郭沫若的变化,并不是为了否定郭沫若,而是试图分析知识分子在"国家语境"和"现代性语境"冲突中所面临的困境。

这样一种对哲学思想的"历史化"研究为我们提供了一个很好的学术范式。"庄子"并非只是"庄子",他本身就是一个被"历史化"了的存在。从刘剑梅对长达百年的知识分子精神史的分析中,我们看到各种各样的"庄子",也看到了隐藏在"庄子"背后的不同的知识分子的脸,当然,还有这各张脸背后复杂的政治谱系、精神倾向和时代需求。

但是,必须注意的是,《庄子的现代命运》并非一部纯粹的知识分子精神史,它更是一部独具个性的文学史。作者跨了几个层面,以中国古典哲学精神为原点,以庄子形象的"历史化"为切口,以一百年来知识分子与"庄子"的关系为纲,最终呈现出来的却是中国现当代文学的发展史。因为,中国现当代知识分子对"庄子精神"的实践并非直接以行动体现,而是通过文学,文学既是一个自足的审美世界,同时又是作家和知识分子本人精神状态的体现。或者不如说,庄子思想并非只是一种哲学思想,而早已化为审美精神塑造着中国文学的形态,从古典文学时期的竹林七贤、陶渊明、王维、曹雪芹到现代的鲁迅、周作人、林语堂、废名等作家,无不因庄子精神(哲学与文学)

而创造出一个独特的美学世界。就当代作家而言，如汪曾祺、阿城、阎连科、高行健等人的小说，也在不自觉中汲取庄子之魂，进而塑造出富于自由、叛逆与批判精神的文学意象。

从庄子入手，这些作家文学空间的丰富性、混杂性及独立性被充分体现出来。刘剑梅从这些作品的"庄子性"入手，找到了各种形态的"美学庄子"。在"庄子的回归"一章中，她认为"庄子不仅被汪曾祺市井化了"，同时，"市井也被他'自然化'和'艺术化'了"。批评者往往不愿意触及汪曾祺小说中的"市井气"，因为它无法处理作品中同时出现的"逍遥"与"世俗"，这两者很难找到一个理由并存。但是如果把它放置于庄子的现代命运谱系中，就可以看到汪曾祺以庄子为核心的市井叙事，恰恰是想为我们重塑一个具有朴素的自由精神的世俗生活世界。在这里，"庄子"并非只是文本的一种美学装饰，而是试图让它作为本源性精神在中国生活中更加内化和合法化。在分析阎连科长篇小说《受活》时，刘剑梅富于创造性地把受活庄里的畸人和庄子在《人间世》中描写的"支离疏者"比拟在一起，这为理解这部备受争议的小说找到了精神谱系和新的切入口。她认为，《受活》描写了集体庄子和现代性话语的冲突，在这背后，也显示了乌托邦的建构与个人权力之间的矛盾，在此意义上，阎连科把古老乌托邦拉下了神坛，"阎连科戏剧性地转换了鲁迅疗治'国民性'的角度。……鲁迅的乌托邦激情建立在塑造现代性的历史意识之上，和启蒙者的主体紧密相连……阎连科的乌托邦激情在于回归质朴的过去，而不在于寻求表面荣华的未来。"

从郭沫若的"前恭后倨"、胡适的"进化论"包装、鲁迅的拒绝庄子，到汪曾祺的市井庄子、阿城的自在庄子，再到阎连科"集体庄子的困境"、高行健的"现代"逍遥，刘剑梅为我们呈现了百年文学精神的嬗变轨迹。而如果从单篇来看，每一篇又是独立的文学批评。以文化和哲学进入文本世界，又从文本进入作家本体研究，这一方法拓宽了文学批评的边界，同时，也使略显沉闷的当代文学批评焕发出一种新鲜的活力。

刘剑梅留学多年，接受了一整套的西方叙事理论、修辞理论和治学方法，并且，能够非常熟练地用来阐释和理解中国现代文学。但是，作为一个关注中国精神生活、中国文学的学者，究竟该如何放置西学理论，换句话说，在哪一种意义上，西学理论能够帮助我们打开中国生活与历史的内部空间，而不是遮蔽，或仅仅只是华而不实的大帽子？在这一角度，刘剑梅对中国思想脉络和文化哲学的熟悉发挥了很大作用。她能够让两者融会贯通，以"从内到外"，而不是"从外到内"的视野去理解当代的思想来源，这使得她的论述少了二元对立的判断，多了对其复杂性的思辨。上个世纪八十年代刘小枫的《拯救与逍遥》名声大噪，他的基督教立场及对"绝对精神"的提倡在当时非常新鲜，也影响了一代学人。但是，刘剑梅对此却有质疑，并尖锐地指出，不能把"拯救"与"逍遥"，即把信仰价值与自由价值绝对对立起来，这样的对立不亚于对庄子及中国古典自由精神进行一场"宗教裁判"。"中国本有儒家思想体系，但它毕竟是重群体、重秩序、重教化、缺少个人发展的空间，而庄子的逍遥精神强调的是重个体、重自由、重自然，这恰恰可以提供给个人赢得从群体关系中跳出来的哲学理由，所以才构成对儒家的补充和调节。"刘剑梅注意到中国文化语境带给中国知识分子特殊的对"自由"和"生命"的体验。上帝缺席，但并不意味着中国知识分子对信仰就没有认知和实践，这恰恰是西方视野下对中国文化所作出的判断。这一自觉的文化本位意识和历史意识可以说是刘剑梅学术思维非常重要的一点。正如刘再复先生所言，"刘剑梅不仅把'逍遥'看成是一种充当'局外人'的消极自由的存在形式，而且看成是审美创造的一种积极自由的存在形式。两者的正常关系不应是'非此即彼'，而应是'亦此亦彼'。"如果不是拥有中西的互照眼光，我想，刘剑梅也很难意识到语境本身对中国精神的局限和塑造性。

刘剑梅一直关注中国现代知识分子内部的精神分裂及这一分裂与现代性追求之间的关系。在《庄子的现代命运》中，我们可以看到，中国知识分子如何竭尽全力描绘一个更富强更现代的中国的乌托邦梦想，并且因此陷入"困境"——个体与集体、政治与梦想、幸福与乌托邦的困境。这既是中国知识分子们在现代性之初的自我矛盾性的设定，也是他们无法统一自己命运的内部原因。

早在《革命与情爱》中，她就被知识分子这一"分裂的个性和矛盾的现代意识所震动"。现代知识分子们希望在集体神话与个人理想、政治与审美、革命与爱情之间寻求一致性和统一性，但最后却被这些词语内部本源的矛盾所控制，由此形成了复杂的文本实践和精神行为。"'革命加恋爱'主题的发展，最大限度地表达了变化着的'现代'的意义。如果个人的自由和幸福的意识被当做现代性概念中最重要的前提之一，那么这个主题记录了这样的自我意识是如何被集体的现代理想所激励或压抑的过程。"在这部史料详实又犀利敏锐的论著中，刘剑梅以福柯知识考古学、权力话语、来源于奥斯汀的说话行为理论的"表演性"（Performative）和女性主义理论为主要方法，重回左翼文学的历史语境，对"现代性"、"革命"、"恋爱"、"阶级"等词语进行了发生学的梳理和辨析，从中考察政治与性别、革命与情欲之间的复杂关系及在文学中的暧昧存在。多年的西学训练使她拥有一个开阔的学术视野，能够重新打开历史空间，得出许多极富启发性的观点。如在分析左翼文学时期作家个人情爱与革命激情的关系时，刘剑梅觉察到这一写作模式内在的分裂性，"'革命加恋爱'的文学写作公式，是一个强调双重人格的特殊的文学类型，以此来挑战把现代意识看成是一个象征性的整体的传统观点。虽然那些左翼作家带着明确的目标来憧憬与追求进步、自由和乌托邦社会，他们同时也忍受着一种如同精神分裂般的症状，在这一症状中，他们作为一个个体对乌托邦与现实之间的差距感到巨大的困惑。"

在对众多左翼作家作品中的"新女性"分析之后，刘剑梅觉察到，"对女人身体解放的赞美并非是自然形成的，而是通过左翼作家的凝视，通过革命话语与中国父权制的协商，通过对可视的物化对象的替换和再造而产生的。"但是，也正是"这些被西方物质文化所塑造的性感的物化的身体缠绕、妨碍、甚至颠覆了革命话语"。进而，她考察女作家如何通过"表演性行为"在复杂的左翼意识形态的文化背景中建立和质疑"新女性"的形象。由此，刘剑梅看到了白薇"歇斯底里式的写作"背后所蕴含的"身体的真相"，"身体就是她的现实，身体就是她的希望与绝望"，"这一饱受病痛与恋情折磨的身体，是她的情人杨骚所无法编造与篡改的，也是男性作家所无法模仿的，更是任何意识形态所无法控制的。"

刘剑梅对庐隐以好友石评梅为原型所写作的长篇小说《象牙戒指》和石评梅作品及人的分析更为独到和富于启发性。她认为《象牙戒指》中的"革命加恋爱"虽然带有典型的那个时代的感伤主义和革命浪漫相结合的特点，但是，"《象牙戒指》中的爱情和死亡话语却不带有明确的政治转向。庐隐似乎在相同的感伤主义的情绪中反复地诉说，这种感伤主义深深地得益于中国的情爱—浪漫传统，这是由曹雪芹的《红楼梦》、魏子安的《花月痕》、徐枕亚的《玉梨魂》所建构的。"这完全是现代文学的另一个传统，这一结论无疑很有启发性。刘剑梅特别注意到《象牙戒指》所展示的女性友谊和自我身份认同，"这部小说可以说是女性主义写作的先驱。小说中的女性友谊和女性意识的叙述形式，是属于庐隐自己的一种性别表演性语言，在革命文学的语境中具有特殊的意义；而且，那种与死亡和毁灭性的感伤主义紧密相关的叙述语言，给'革命加恋爱'的主题写作带来了极其不同的声音。"同时，作者也看到石评梅身上一种"表演"的气质，通过"表演"，石评梅按照自己独特的女性主义观点重新定义了"新女性"，"她宁愿将自己的生命变得悲剧化，宁愿自己是一出悲剧的女主角，宁愿伤痕累累，宁愿沉浸在残泪寒梦中，也不愿意接受由男性话语控制的罗格斯中心社会所界定的女性位置。"毫无疑问，这从另一角度解释了现代文学时期女性作家身上普遍存在的、似乎有些夸张的悲剧气质和作品中的感伤情调，庐隐、白薇、石评梅的作品都有着非常典型的"死亡、颓废、浪漫、自恋"色彩，以这种方式，她们"颠覆并替代了男性的欲望和认同"，同时，也使得当时的"革命加恋爱"小说变得复杂和多向。

在《革命与情爱》中，刘剑梅已经显示了对中国传统知识资源的把握和使用能力，可以说，《庄子的现代命运》是她自觉的学术"回转"。从西方回到中国，在一个更开阔的视野中重新回到源起，回到传统之中，这使得她拥有多重的空间和精神资源。

实际上，理解与阅读《庄子的现代命运》，需要有充分的思想储备和知识谱系，你得对中国古典哲学、知识分子精神史、政治生活史、文学发展史等有所了解。也因此，在阅读过程中，我会不断地放下书，重新找出庄子、孔子的论著和一些近现代思想史来读。但这是一种很愉快的停顿和具有互文性的思考。这本书的论述确实能够激发读者再次回到原典的兴趣，回到原典，既是为了更好理解作者的论述，也是希图能够更好地理解自己身处的这条历史的河流。在某种意义上，刘剑梅为古典哲学精神在文学研究空间的重新打开提供了充分的可能性。文学研究如何与历史、哲学、现实接通，拓宽自己的内部空间，并为解释文学作品和生活找到恰切的途径，这始终是一个大的课题。《庄子的现代命运》为我们提供了一种富于启发性的方法和宽阔的路径。

声、色、气、味

当年写博士论文时，由于题目与区域文化有关，不自觉中，总会用对比的眼光去感受地域之间、地域文学之间的不同，这就发现，在小说领域，确有北方和南方的差别。作为一个地道的北方人，作为一个热爱创作的文学研究者，在研读南方小说时，我时常感到一种障碍，准确地说，这种障碍让我自卑。在南方小说家的作品中，有一种气质，不论我如何揣度、如何模仿，我永远无法超越。这一障碍即对物质、对日常生活、对人的内在情感和精神的丰富细微的描述，还有那种对文明的体会、对生命的自信从容和雍容的态度，北方作家不可能达到。其实，地域和由于地域而产生的自然环境、人文环境的差异会影响作家的文化心理结构和气质倾向，它们形成作家作品独特的色彩、气息和别具一格的精神气质，它来自于作家童年最初的记忆，来自于作家第一次看世界时进入视野的感觉。于是，属于北方和南方的不同气质也在小说中体现出来。

在阅读小说的过程中，我时时为两者色彩的不同而震惊、感叹。南方和北方的小说有着明显的色彩差别：繁复、绵密与单调、广阔

(意象);敏感、细腻与厚重、灰茫(对生活细节的体味)。南方文学常有梅雨季节的阴郁,潮湿、难耐的烦躁,清丽空灵的沉思,而北方则是一种忧郁和荒凉,他们的背景是阔大的,那种平原特有的孤寂、单调和阔大的忧郁;南方文学沉浸在"物"与"情"的喜悦中,在细雨中从容地铺开生命、生活的场景,日子是丰富、细密,缓慢而又有意味的,北方文学里只有生活,"生活"已经够作家们忙碌的了,他们迷失在"生活"的海洋里,和作品中的人物一同争吵、打架、斗嘴、争权夺利,而对于生命本身,他们没有时间去体会,于是,北方出现了杨争光、刘震云、李佩甫、阎连科,而南方则有王安忆、叶兆言、余华、苏童、魏微等。

由色彩的差别而起,南方小说和北方小说有着明显的叙述差别和审美差别:前者是抒情的文学,带着一点贵族气息,带着许多美感,忧伤、喜悦,甚至暴虐,这些情绪都能产生出审美的空间,着重于表达情绪;后者则是叙事的文学,是实在化的,有着实在的目的和用途,忧伤和喜悦都是实实在在的,有着物质特性,与美感的关系不大,着重于结构故事;前者的审美在于表达了生命内在的冲突,后者的审美则更多地表达生命与外在环境的冲突和生成,一个是自我的,一个则时时显示着他人在自我世界中的意义。这使得两者的小说精神产生了极大的差别。

北方,无论是河南,还是陕西,很难出现像张爱玲、苏青、沈从文那样的作家。自然环境的贫瘠和荒凉在本质上决定了一个作家的思维背景和情感方式。重读当年苏青的《结婚十年》,对其中所描述的女性心灵的挣扎与辗转深切认同，但同时，更为迷恋的却似乎是她作品中那种密实、细腻的生活气息，穿衣吃饭，婚礼人情，庭院树木，无不透露出作者对物质的丰富感受和一种艺术化的情致，胡兰成在评价苏青时说，"苏青是宁波人。宁波人是热辣的，很少腐败的气氛，但也很少偏激走向革命。他们只是喜爱热闹的、丰富的、健康的生活。许多年前我到过宁波，得到的印象是，在那里有的是山珍海味，货物堆积如山，但不像上海；上海人容易给货物的洪流淹没，不然就变成玩世不恭者，宁波人可是有一种自信的满足。……她的热情与直率，就是张爱玲给她的作品的评语：'伟大的单纯。'……听她说话，往往没有得到什么启示，却是从她那里感染了现实生活的活力与热意，觉得人生是可以安排的，没有威吓，不阴暗，也不特别明亮，就是平平实实的。"

北方作家不可能有这样"平实"、"明亮"、"富足"的色调，不可能有张爱玲、苏青作品中的那种物质感，对物的细碎的喜悦、欣赏、品味，对旧式文明的咀嚼背后所隐藏的是从容、自信的贵族底韵，可以把物质、把生活转化为艺术来欣赏。严酷的自然环境、低劣的文明条件、单调的北方乡村生活场景是大部分北方作家的童年记忆，没有所谓"文明"的物质环境，随时而至的战争、灾荒、饥饿不只是一个"惘惘的背景"，更是迫近于眼前需要解决的实际问题。没有热闹、踏实、富足的日常生活作为基础，他们所看到的是为基本的温饱而斗争、为一点点蝇头小利就争得死去活来的日常生活，他们的作品常常有一种绝望隐含在其中。南方作家也有绝望，但是是对**生命**的绝望，而北方作家多是对**生活**的绝望,他们还来不及把这绝望上升到生命的感受,这绝望是彻底的,有着切骨的疼痛。因此,北方只可能出现徐玉诺的《一只破鞋》,师陀的《果园城记》。那果园城里的"城主",威严的魁爷,在肮脏、布满灰尘的北方街道上背手而过,周围的妇女紧张地屏息着,又暗暗期待着能得到恩赐;北方作家不可能写出沈从文的《边城》,那明丽、自然、略带些哀愁的翠翠是只可能在南方温柔的河流边生活的。

张爱玲说:"我发觉许多作品里有力的成分。我不喜欢壮烈。我是喜欢悲壮,更喜欢苍凉。壮烈只有力,没有美,似乎缺少人性。悲壮则如大红大绿的配色,是一种强烈的对照。但它的刺激性还是大于启发性。苍凉之所以有更深长的回味,就因为它像葱绿配桃红,是一种参差的对照。""壮烈与悲壮",这是一对并不相悖的词语,但因前者有了生命的断裂感而多了一丝决绝和牺牲,而喜悦着生命细微处之美的张爱玲本能地排斥这一名词;"悲壮"、"苍凉"则有体味、感受和留恋在内,是欲去还留的徘徊和回旋,因此,多了旋律和音乐,多了情感和"参差的对照",这正是南方美学的基本特征。当代学者赵园在《北京:城与人》的后记中这样写道:"我依然时时梦到乡村,而且总是北方灰黄的乡村:冬日黯淡的天幕下的平野与远村,沙岸间的清流细柳,被鞋底磨亮的乡间小道与杨树夹峙的笔直的公路。我疑心北方式的单调与荒凉已透入了我的肌肤、浸渍性情且构成了命运。"这种"北方式的单调与荒凉"也许并不是赵园一个人的感受,而是千百年来中国北方文人的感受,它不仅是一种自然色调,也奠定了作家审美的基础。斯达尔夫人在《论文学》中论及德国北方文学与南方文学时,说,

"……北方各民族萦怀于心的不是逸乐而是痛苦,他们的想象却因而更加丰富。大自然的景象在他们身上起着强烈的作用。这个大自然,跟它在天气方面所表现的那样,总是阴霾而暗淡。当然,其他种种生活条件也可以使这种趋于忧郁的气质产生种种变化;然而只有这种气质带有民族精神的印记。南方的诗人不断把清新的空气、繁茂的树林、清澈的溪流这样一些形象和人的情操结合起来。……在南方,人们的兴趣更广,而思想的强烈程度却较逊;然而产生激情和意志的奇迹的,却正是对同一思想的专注。""北方的气质带有民族精神的印记",也许这句话带有某种地域决定论的倾向,但对于一直以北方为政治经济中心的中国来说,却也有一定的道理。

自然环境的不同和物质生活的差异导致作品色彩美学倾向不同,实际上,政治环境的差异会导致作家作品主题的巨大差异。北方作家作品中有不自觉的家国同构意识,而南方作家则一直是个人生命体验占据重要的位置。他们对个人情感和生命遭遇的关注较多,而外部环境,尤其是社会政治,较少成为他们思考的起点。但并不是一成不变的,政治文化环境的变化也在不停地改变着文学的面貌。当中原河南作为帝王的首都时,如唐代古都洛阳和宋代朝都开封时,也曾产生过细腻、典雅而又充满着雍容之气的艺术,开朗、富足、充满活力的生活流露其中,我们从唐代壁画那圆润、自信的线条便可感受到这一点,从白居易《长恨歌》那缠绵多情的基调也可略感一二,但是整个唐朝是豪放的,杜甫的诗只可能出现在北方,在他的诗中有一种时时存在的"家国同构"结构,这是北方文人自然的胸怀和气质,是久居中原之地文人的一种霸气,它的文学和南方作帝都时的文学截然不同;北宋时期的《东京梦华录》中描述市民生活的"丰富、从容",繁复的色调和优裕的光华,对日常生活的玩味,勾栏瓦肆,说书斗鸡,有一种让人沉进去的温柔之感和颓败之气,这是一个繁荣帝国所特有的气息。

从整体意义而言,以上的分析有一定的学理性。但是,当真的把作家放在"声色气味"的地域背景中考察,尤其是,当你在真实的地域行走、观察、体验之后,当一个物质的地域中国呈现在面前的时候,才发现,用"南方、北方"这样的字眼来对地域文化、文学特征进行区分只能是一个较为笼统的概念,也许只适合属于典型的南方、北方省份,比如江浙、河南这样的地方,而对于像四川这样具有鲜明地域文化特征的地方,这一划分会掩盖许多细节的但却也是本质的不同。

那一年秋天和朋友一起,绕了大半个中国,从中原腹地河南开始,到广州、海南,其间经过广西、湖南等地,然后,又到四川、西藏。对于南方,最大的感觉是太干净了,习惯了北方的风沙、灰尘,觉得南方干净得不近人情,但是,那清晰深刻的阳光与阴影、突然而至的骤雨、南方的潮湿的酷热却也使人能够更真切地体会到南方作家作品中的诸多气息。而感受最深的却是巴蜀之地——四川。

只有到了真正意义的蜀地之后,才能够参悟川籍作家作品中所隐藏着的神秘符码。

这是一种典型的盆地文化生态。川地的秀丽与明媚自不必说,它的边远与险峻之态更造就了巴蜀文化的基本形态。因其自在的封闭之态,所以才有巴金笔下的大家族那沉重压抑的生活——那种充满原型化的家族是最典型的中国封建家庭的生态图,才有沙汀笔下《其香居茶馆》中的众生相;但也因为自在,才有如今的安然与从容。在日益浮躁、紧张的现代化都市生活的背景下,川地犹如世外桃源,行走在时间之外,虽然有许多新生事物的侵蚀进入,但是,其步伐仍然没有紊乱,街边竹凳竹椅,谈天说地,喝茶斗牌,浑然不觉日已昏黄,温润的阳光,灰色的天空,美味的食物,靓丽的女性,无不充满着使人想无限地沉下去的醉感;也因其自在之态,川地盛产独异的才子才女。郭沫若、巴金、沙汀、周文、翟永明等都是典型的代表,在这样险峻而秀丽、封闭而广阔的自然环境中,人以自然的性情生活、成长并感受着事物。如巴金、艾芜这样的浪漫主义者,就好像从山野中走出的孩子,以一颗好奇的、单纯的心去感受世界,字里行间充满着新鲜的纯真与超越世俗之上的自然之光。北方的政治文化与南方的主情主义对他们来说都只是后天的熏染,在他们的骨子里,有着因与自然之间的和谐关系而天然的对自由的渴望。巴山蜀水,这是一个很容易滋生浪漫情怀的地方。边远但不边缘,避开了名利场的纷争,反而更能达到思想的沉淀与独立。我的一班生活在川地的同学朋友,平日教书写文,周末喝茶起社,游山玩水,韬光养晦,几年未见,一个个神色爽朗,清辉流泻,明净异常,也使我依稀感触到川地的净化功能。

在品尝了川地数目繁多、难以名状的美味之后,在迷失在重庆的浓雾之中的瞬间,川籍作家作品中的另外一种气味突然被感觉出来。在第一个层面上,川籍作家作品中流露出无拘无束的浪漫与不谙世事的天真，但是，细细品味，却充满着厚实浓重的油烟味儿。那是诱人的、真切的人间烟火味儿，就像中午时分经过一家门口，从厨房里飘出来的是各种原料汇合的爆炒味儿，隐约能听到里面热烈的声音。人情世故，家长里短，或以短小精致见长，或长篇如史诗，人物、故事、风俗、掌故，都娓娓道来，不疾不徐，充满着一唱三叹的趣味与强烈的泼辣气质。或者，这与川地本身的生存状态一脉相通。麻辣的火锅，无数多的风味小吃，随处可见的清秀干练的女性，人对物质生活的热爱与创造在这里得到淋漓尽致的体现与发挥。如果说北方以单调、寥阔使人产生一种悲凉之感，南方以繁复、细密让人产生淡远的忧郁的话，那么，川地则以一种厚重的味觉和世俗的享受使人油然而生"沉沦"之心。这或许也是川地作家与广义的北方、南方作家微妙的不同之处。北方作家作品中没有吃的艺术，因为，吃只是吃，是温饱，是战斗，是奋斗的唯一目标，因此，北方作家一旦写到吃，有一股子狠劲，除了吃饱后的舒畅之外，似乎也找不到更多的能够传达北方作家乡情的地方了；南方作家作品中的吃是点心，是轻轻一拈的举动，吃本身并不重要，重要的是姿势、仪态与心境；但川地作家作品中的吃则是全方位的、实在的艺术与享受，是吃的过程，如川人之语，铿锵有力，但却回环往复，一波三折，也恰如坐在麻辣火锅的下风口，虽辛辣刺鼻，但却五味吃透，麻辣之中浸透着浓香，刚烈之中回旋着温柔。当看到一位优雅、美丽的川地女子，坐在热腾腾的火锅面前，一边说话聊天，一边用勺子耐心地替每一位朋友布菜、放料的时候，你会为她如此享受而莫名感动。如此从容、自在的享受，谁能说这不是生活的一种境界呢？或许生命在其中也得到某种最大的尊重。

是的，川地女子亦是上帝给人间造就的一个奇迹。巴金笔下的鸣凤、瑞珏已经使我们感受到川籍作家心中的女性形象，但真正能代表川地女子形象的却是艾芜小说中的石青嫂子，一个坚韧、勤劳、不屈服于命运的典型的"辣妹子"形象。川地女子的美德、美丽已经得到全民族的广泛认同，她们任劳任怨，精明能干，"出得厅堂，下得厨房"，而其中最不可思议的是，她们极爱自己的丈夫，尊敬，甚至于宠爱。当你亲眼目睹川地女子对丈夫的服侍与呵护时，你不会想到那是男尊女卑思想的作怪，你看到的是一位伟大的充满母性光辉的女性，她全力关心、照顾她所爱的人，维护她的家庭的尊严与完整性，那是一种自然的奉献与宽广的温柔情感。

或许，这种因地论文的方式并不能揭示文学的全部含义，譬如一部作品的普遍性与共通性，但是，你会发现，当你用身处其中的眼光去阅读时，你会对作品的情感世界有更深切的体会。每一部作品，那字里行间的背后都有一个遥远的、模糊的，但却也是完整的、具有某种独异色调的世界，它有自己的色彩、气味、气质和呼吸。这一独特的"声色气味"既属于作家个体，但也属于那一方山水和人情。

恢复对"中国"的爱

在阅读当代小说的过程中,经常有一种分裂的感觉。从总体上看,作家的审美自觉性已经达到了比较高的程度,作家的批判精神也已成为一种自觉意识,无论是写人与历史、文明、制度之间的冲突,还是写人性自我的挣扎、变异,都渗透着作为一个知识分子的独立意识与人道主义精神。但是,失望常常不期而至。当你跟随着作品进入小说世界时,小说的意义——无论通过多么富于匠心的结构方式或别致的语言表达——始终没能超越现实,它既没能给我们带来新的思考方向和思考空间,也没能丰富我们的心灵世界。当作者对历史的情感、态度及认知已经成为民族之中人的生活常识的时候,作家这种象征性的揭示还有什么意义?它远没有真正的现实给我们的冲击更大。

以莫言的《生死疲劳》为例。毫无疑问,《生死疲劳》对历史持一种鲜明的批判态度,并且通过莫言式的狂野精神与怪诞想象来展开对中国当代政治史的批判。但是,不得不承认,《生死疲劳》让人有点失望。失望不在于它并不那么具有实质意义的动物变形叙事视角,也不在于他过于顺畅以致有点泛滥的语言,而是伴随着阅读逐渐产生的、越来越强烈的空洞的感觉——陈旧，老套，无非是一些普通知识分子甚至普通中国人都有的批判态度和基本观点，作家对历史的想象和认识没有超越一般人，这让人无法维持激情的延伸，也难以获得心智的深层拓展。在回到那个充满古典意味的场景的时候，在夜色沉沉之中，一盏灯突然亮了，昏黄，微弱，在它后面，是拿着惊堂木的、戴着眼镜的民间说书人，身材瘦长，严肃庄重，在他前面，是由于震惊、期待突然肃穆了的孩子和那些疲劳但却恭敬的大人们。这是乡村的节日。"啪！"惊堂木响了，一切都变得极为寂静，那是神圣的时刻，因为另外一个世界就要呈现出来，那是高于他们的精神、生活和神经的世界，他们从那里学习，也感受那神秘的、不可言传的虚幻的故事的美。莫言的小说具有此种震惊的效果，但是，当你屏息凝听的时候，却突然发现，这已经是你烂熟于心的故事，只不过换了名字与地点，对于说书人的故事结尾与训诫，你早已被教导了无数遍了。

阅读《兄弟》是轻松的。伴随着情节的发展，你的精神会越来越放松，越来越没有担待，到最后，你完全松懈而且畅快了，因为余华与你灵魂的世俗要求完全吻合，与这个时代的大众文化内核几乎完全一致，换言之，时代大众精神在余华这里没有遭遇到丝毫的抵触，反而被赋予逻辑严密的合情性和合理性。这并不是说余华放弃了批判精神，恰恰相反，作者沿用了其先锋时期的暴力书写，用冷静、酷烈、细致的手法给我们描述了时代政治的非人道存在与人性的变异，这在宋钢父亲宋一凡"文革"中被打的细节中表现得最为突出，而余华书写李光头时所运用的反讽修辞也不能说不是一种批判。但是，当作家试图以解构和游戏的方式批判政治精神的压抑与残酷的时候，却意外地陷入了大众精神的圈套，并导致作品陷入非此即彼的尴尬境地，对政治的控诉也由此变为对商业社会的膜拜。与此同时，李光头的形象不但没有成为作家批判社会的代言人，反而走上与作者的期待完全相反的道路——时代精神的"英雄"。巴赫金式的狂欢化最后得到的不是"广场吆喝"后的释放与升华，而是彻底的松懈，背后没有任何力量的支撑。无疑，这一尴尬情况的出现与余华批判历史观的简单化、与作家对时代精神及历史的复杂性没有深刻的洞察力有直接关系。

可以说，作家批判主义历史观的简单化已经成为制约小说意义升华的一个重要原因，也导致作家思想的薄弱与思维的简单，尤其是对于那些试图对中国当代史进行总体叙述并作出一定判断的作家作品。

这其中隐藏着的是对两个重要词语的误读——"批判"和"中国"。在启蒙主义思想中，批判是对现存制度、文明发展、人性存在等的一种彻底的怀疑、审视态度，其中包含着深刻的思辨特点，也包含着对批判本身的批判，并对社会声音、自我声音始终保持着一种警醒的态度。具体到中国语境来说，批判并不是简单地否定土改、反右，反"文革"，也不是简单的否定政治，同情人民，它包括对这一否定和同情的再审视。简单地否定并不能产生本质的意义，尤其是在整个民族语境中的人都以此为基本心态的时候，作家的任务并不是推波助澜，顺流而下，而是对任何倾向都怀着警惕，审查、思考并予以描述。作家应该有一种更为宽广的历史意识和冒险的勇气，这一冒险不只是指与政治之间的巧妙周旋，同时，也指敢于违背民众普遍思想之勇气，我甚至以为后者更为重要（因为可以确定地说，探讨"文革"还有其合理性的作家比完全否定"文革"的作家要承担更大更多的压力）。

另外一个误读是把"中国"与"政治"等同起来。从根本上讲，它们是不同级别的词语。"中国"要比"政治"、要比唐宋元明清等等，都要大得多，不仅是时空上的宽广与博大，更是一种本源的连续性与一致性，作为一名作家，可以，也应该在时代之中作"持不同政见者"，虚无、绝望、怀疑，甚至诅咒，但是，那只是针对这一国度中某一具体的能指，你不能把拒绝的范围扩展到"中国"——它躯体上的每一缕阳光，每一粒灰尘，与所有看得见与看不见的生与死，爱与痛，温柔与残暴，都应该成为你"批判"背后的温暖底色，成为你灵魂永不熄灭的神圣事物。否则的话，批判就没有对立面，"轻"就无法转化为"重"，"游戏"与"狂欢"也无法转化成具有严肃意义的批判与爱，更无法传达出具有阔大情感的"中国意象"。当代作家不是不关注社会现实，而是对"现实"的情感和总体意识出现了问题。

非常奇怪的是，当在阅读西方一些著名的美学家、作家或哲学家的作品时，哪怕他们在咒骂自己的祖国，也能够感受到他们在说起自己国家民族名字时的自豪感，一种深沉、宽广的爱与忧郁，"啊，法兰西"（波德莱尔）、"德国悲剧的起源"（本雅明）、"智利的民族"（聂鲁达）、"俄罗斯的平原"（屠格涅夫）。波德莱尔在自己的美学评论中经常提到这样一个词，"法兰西精神"，那是带着一种无限的爱说出来的，虽然恰恰是他在为法兰西捡拾那些被正统生活和精神遗弃的"垃圾"；尼采是他的时代的叛逆者，他批判一切，但是，在他的哲学著作中，却透露着对德国精神的忧愤深广。而在中国，除了鲁迅及其他少数作家，当代作品很少能让人感受到"中国"的存在，在作品的潜结构中没有这一宏大的叙事，而在提及"中国"这两个字时几乎没有感觉，多是一种反讽或冷漠，甚至被认为是可笑的。

或许，一味的批判与否定是最为懒惰，也最为肤浅的做法，它并不是真正的具有现代性意义的探寻，也不能够从真正意义上对世界内部作出有效的阐释与描述。波德莱尔在论述何谓"现代性"时这样认为，"宣称一个时代的服式中一切都是绝对的丑要比用心提炼它可能包含着的神秘的美（无论多么少多么微不足道）方便得多。现代性就是过渡、短暂、偶然，就是艺术的一半，另一半是永恒和不变。""每个时代都有它的仪态、目光和举止"，都有其庄严之处，在这里，波德莱尔特别强调对于时代本身意义的发掘，强调对于时代的思辨意识，在丑中发掘美，在普遍的否定判断中寻求其还可能存在的价值，艺术才能真正呈现出它的现代性来。一个作家的任务也许不是辨析时代精神背后的政治学、文化学意义，不是某种理性观念的传声筒，但至少，对于试图从复杂的当代史中寻找民族的或个体的存在性的作家来说，他应该对其中的历史场景所包含的复杂性有所体察，有更深层的思考，而不应该被简单化的否定或某种概念化的模糊观念所遮蔽。

或许，在文学中，应该恢复爱的能力，恢复对"中国"这一名词的爱，抛开现实政治、世俗性对它的干扰，寻找到纯粹的存在。不是为了狭隘的政治，而是为了寻找到与民族生活相联系时那种神圣且神秘的伟大情感。当有一天，如果能在我们时代的小说中读出一种说不出,但却时时存在着的"中国精神",能从作家的虚无与怀疑背后读出那么一种庄严与高尚的"爱",而不是一种近乎轻佻、猥琐的"愤世嫉俗"时,我想,那时,我们时代的文学肯定有了长足的进步,在那无边无际的"中国"梦境深处,肯定多了一些凝视的目光——温柔而深沉的、犀利而智慧的目光。